A Única Mulher

MARIE BENEDICT

A Única Mulher

Ela era linda, um ícone do cinema.
E uma cientista absolutamente genial.
**O MUNDO NÃO ESTAVA PREPARADO
PARA HEDY LAMARR**

Tradução
Isadora Prospero

2ª edição

Copyright © Marie Benedict, 2019
Copyright © Editora Planeta do Brasil, 2020
Todos os direitos reservados.
Título original: *The Only Woman in the Room*

Preparação: Thais Rimkus
Revisão: Fernanda Cosenza, Juliana de A. Rodrigues e Andréa Bruno
Diagramação e projeto gráfico: Marcela Badolatto
Capa: Helena Hennemann / Foresti Design
Fotografia de capa: Donaldson Collection / Getty Images

DADOS INTERNACIONAIS DE CATALOGAÇÃO NA PUBLICAÇÃO (CIP)
ANGÉLICA ILACQUA CRB-8/7057

Benedict, Marie
    A única mulher / Marie Benedict - 2.ed. - São Paulo: Planeta, 2020.
    320 p.

ISBN 978-65-5535-068-5
Título original: The Only Woman in the Room

1. Ficção norte-americana 2. Guerra mundial, 1939-1945 - Ficção 3. Judias - Ficção I. Título

20-2007   CDD 813.6

Índices para catálogo sistemático:
1. Ficção norte-americana

2020
Todos os direitos desta edição reservados à
Editora Planeta do Brasil Ltda.
Rua Bela Cintra, 986 – 4º andar – Consolação
01415-002 – São Paulo-SP
www.planetadelivros.com.br
faleconosco@editoraplaneta.com.br

Para Jim, Jack e Ben

PARTE I

CAPÍTULO 1

17 de maio de 1933
VIENA, ÁUSTRIA

Minhas pálpebras tremularam e se abriram, então os holofotes me cegaram por um momento. Apoiando a mão discretamente no braço do meu colega de cena para me firmar, tentei sorrir de modo confiante enquanto minha visão se ajustava. Os aplausos eram estrondosos, e eu balançava na cacofonia de som e luz. A máscara firmemente ostentada durante a performance deslizou por um momento, e deixei de ser Elizabeth, imperatriz da Bavária no século XIX, para voltar a ser simplesmente a jovem Hedy Kiesler.

Eu não podia permitir que os espectadores do famoso Theater an der Wien me vissem vacilar na atuação da amada imperatriz da cidade, nem mesmo durante os agradecimentos. Ela fora o emblema da gloriosa Áustria dos Habsburgo, um império que perdurara por quase quatrocentos anos, e as pessoas tinham se agarrado a sua imagem naqueles dias humilhantes depois da Grande Guerra.

Fechando os olhos por um segundo, mergulhei profundamente em mim mesma, deixando de lado Hedy Kiesler, com suas preocupações pequenas e suas aspirações comparativamente mesquinhas. Convoquei minhas forças e assumi o manto da imperatriz outra vez, com a necessária determinação e o fardo de suas responsabilidades. Então, abri os olhos e encarei meus súditos.

A plateia se materializou diante de mim. Percebi que eles não estavam aplaudindo do conforto de seus assentos acolchoados de veludo vermelho. Tinham se erguido para uma ovação, uma honra que meus concidadãos vienenses ofereciam com parcimônia. Como imperatriz, aquilo me era devido, mas, como Hedy, perguntei-me se aqueles aplausos eram realmente para mim ou para outro ator de *Sissy*. Hans Jaray, que interpretava o imperador Franz Josef, era, afinal de contas, uma figura lendária do Theater an der Wien. Esperei meus colegas receberem os aplausos. Embora ovacionassem entusiasticamente os demais atores, os espectadores ficaram enlouquecidos quando tomei o centro do palco para fazer minha reverência. Aquele era, de fato, *meu* momento.

Como eu gostaria que papai tivesse visto minha performance. Se mamãe não tivesse fingido estar doente, em um plano óbvio para desviar a atenção de minha noite importante, ele teria me visto estrear no Theater an der Wien. Sei que teria apreciado a reação do público, e o testemunho de toda aquela adulação poderia ter lavado a mancha de minha performance obscena no filme *Êxtase* – um papel que eu desesperadamente desejava esquecer.

O som dos aplausos começou a cessar, e uma nota de desconforto caiu sobre a plateia quando uma procissão de lanterninhas desfilou pelo corredor central com os braços carregados de flores. Aquele gesto grandioso, em um momento público e inapropriado, perturbou os reservados vienenses. Eu quase podia ouvi-los se perguntar quem teria ousado interromper a noite de estreia no Theater an der Wien com tal demonstração audaz. Só o exagero de um pai ou uma mãe justificaria o ato, mas eu sabia que meus cautelosos pais jamais ousariam tanto. Será que a família de um de meus colegas tinha cometido essa gafe?

À medida que os lanterninhas se aproximavam do palco, vi que seus braços transbordavam não de flores comuns, mas de primorosas rosas de estufa. Talvez uma dúzia de buquês. Quanto teria custado aquela abundância de raras flores vermelhas? Tentei imaginar quem poderia ostentar daquela maneira em uma época como a nossa.

Os lanterninhas subiram os degraus, e entendi que tinham sido instruídos a entregar os buquês a seu destinatário em frente ao público. Incerta sobre como lidar com a quebra de decoro, olhei para os outros atores, que pareciam igualmente perplexos. O diretor gesticulou para que interrompessem aquele espetáculo, mas eles deviam ter sido bem pagos, porque o ignoraram e fizeram uma fila diante de *mim*.

Um a um, entregaram-me os buquês, até que meus braços não conseguiam mais segurar todos, então começaram a deixá-los a meus pés. Subindo e descendo por minha coluna, senti os olhares desaprovadores de meus colegas de elenco. Minha carreira nos palcos dependia dos caprichos daqueles atores veneráveis; eles podiam me destronar com algumas palavras bem colocadas e me substituir por qualquer uma das diversas jovens atrizes que adorariam interpretar aquele papel. Fiquei tentada a recusar os buquês, mas um pensamento me impediu.

O remetente podia ser qualquer um. Podia ser uma figura proeminente de um dos partidos que disputavam o governo - um membro do Partido Social-Cristão ou um socialista do Partido Social-Democrata. Ou, pior, meu benfeitor podia simpatizar com o Partido Nacional-Socialista e desejar a unificação da Áustria com a Alemanha e seu novo chanceler, Adolf Hitler. O pêndulo do poder parecia oscilar a cada dia, e ninguém podia se dar ao luxo de correr riscos. Especialmente eu.

O público tinha parado de aplaudir. No silêncio desconfortável, as pessoas se acomodaram de volta nos assentos. Todas, exceto um homem. Ali, no centro da terceira fileira, no assento mais cobiçado do teatro, havia um homem de peito largo e maxilar anguloso. Sozinho entre os espectadores do Theater an der Wien, permaneceu em pé.

Olhando para mim.

CAPÍTULO 2

17 de maio de 1933
VIENA, ÁUSTRIA

A cortina desceu. Em resposta aos olhares inquisidores de meus colegas, eu dei de ombros e balancei a cabeça, esperando transmitir confusão e desaprovação em relação àquele gesto. Assim que pareceu apropriado no meio das felicitações, voltei ao camarim e fechei a porta. Fui tomada por raiva e preocupação quando pensei em como aquelas flores desviaram a atenção de meu triunfo, daquele papel que me ajudaria a deixar *Êxtase* definitivamente para trás. Eu precisava descobrir quem tinha feito aquilo comigo – e se o tinha feito como elogio, ainda que equivocado, ou outra coisa.

Tirei o envelope escondido entre as flores do maior buquê e, com minha tesourinha de unha, o abri. O cartão era pesado, em papel creme com a borda dourada. Erguendo-o perto da lâmpada na penteadeira, li:

> A uma Sissy inesquecível. Afetuosamente,
> sr. Friedrich Mandl.

Quem era Friedrich Mandl? O nome parecia familiar, mas eu não lembrava ao certo.

A porta do camarim estremeceu com uma batida autoritária.

— Srta. Kiesler? — Era a sra. Else Lubbig, figurinista veterana das estrelas de toda produção do Theater an der Wien nos últimos vinte anos.

Mesmo durante a Grande Guerra e os anos desesperançados após a derrota austríaca, a matrona de cabelos grisalhos auxiliara os atores a subir no palco para performances que elevavam o ânimo dos vienenses – como a imperatriz Elizabeth, que lembrava as pessoas das façanhas passadas da Áustria e as incitava a imaginar um futuro promissor. A peça, é claro, não abordava os últimos anos da imperatriz, quando as correntes douradas do desprazer do imperador se tornaram um jugo ao redor de seu pescoço, restringindo seus movimentos. O povo vienense não queria pensar sobre isso; era especialista em negar os fatos.

— Entre, por favor — eu chamei.

Sem dar um olhar sequer para a profusão de rosas, a sra. Lubbig começou a me desatar do vestido amarelo-sol. Enquanto eu esfregava creme no rosto para tirar a maquiagem forte e os últimos vestígios da personagem, ela soltou meu cabelo do coque que o diretor considerara adequado à imperatriz Elizabeth. Embora a sra. Lubbig estivesse quieta, senti que estava apenas esperando um pouco antes de fazer a pergunta que sem dúvida fervilhava pelo teatro.

— Belas flores, senhorita — comentou, finalmente, depois de ter elogiado minha atuação.

— Sim — respondi, esperando a questão verdadeira.

— Posso perguntar de quem as ganhou? — sondou, depois de terminar meu cabelo e se voltar para o espartilho.

Hesitei em responder. Podia mentir e atribuir a gafe das flores a meus pais, mas aquela fofoca era moeda com a qual ela podia negociar e, se eu compartilhasse a verdade, a mulher talvez me devesse um favor. E um favor da sra. Lubbig podia ser bastante útil.

Eu sorri, entregando-lhe o cartão.

— Um sr. Friedrich Mandl.

Ela não disse nada, mas ouvi uma inspiração brusca e significativa.

— Já ouviu falar dele? — perguntei.

— Sim, senhorita.

— Ele estava no teatro hoje? — Eu sabia que a sra. Lubbig assistia a todas as performances das coxias, sempre de olho na atriz designada a ela para ajudar rapidamente caso uma bainha se rasgasse ou uma peruca se deslocasse.

— Sim.

— Era o homem de pé depois do aplauso final?

Ela suspirou.

— Sim, senhorita.

— E o que a senhora sabe sobre ele?

— É melhor não dizer, senhorita. Não cabe a mim comentar.

Escondi meu sorriso com a falsa modéstia da sra. Lubbig. Sob certos aspectos, com sua coleção de segredos, ela tinha mais poder que qualquer outra pessoa naquele teatro.

— A senhora me faria um grande favor.

Ela parou, dando um tapinha em seu cabelo imaculadamente preso no alto, como se considerasse minha súplica.

— Só ouvi fofocas e boatos. Nem todos lisonjeiros.

— Por favor, sra. Lubbig.

Eu a observei pelo espelho. Seu rosto de traços finos parecia examinar o dossiê cuidadosamente arquivado em sua mente para escolher a informação mais apropriada.

— Bem, o sr. Mandl tem uma reputação e tanto com as mulheres.

— Assim como todos os homens em Viena — retruquei, rindo. Se era só isso, eu não precisava me preocupar. Com homens, eu sabia lidar. Com a maioria deles, pelo menos.

— É mais que a libertinagem de costume, senhorita. Um romance com ele levou uma jovem atriz alemã, Eva May, ao suicídio.

— Minha nossa — sussurrei, embora, dado meu próprio histórico de corações partidos, incluindo uma tentativa de suicídio de um pretendente rejeitado, eu não estivesse em posição de julgar.

Ainda que fosse terrível, aquela informação não era tudo o que ela sabia. Pressenti pelo tom que ainda me escondia alguma coisa, que havia mais a relatar. No entanto, a sra. Lubbig ia me cobrar mais por isso.

— Se há algo mais, ficarei em dívida com a senhora.

Ela hesitou.

— É o tipo de informação a ser compartilhada com cautela nos dias de hoje, senhorita. — Naqueles tempos incertos, conhecimento era moeda de troca.

Então, peguei a mão dela e a encarei.

— Essa informação é apenas para mim, para minha segurança. Prometo que não será compartilhada com mais ninguém.

Depois de uma longa pausa, ela disse:

— O sr. Mandl é o dono da Hirtenberger Patronenfabrik, que produz munições e outros armamentos militares.

— Um serviço desagradável, certamente. Mas alguém precisa fazê-lo — eu disse. Eu não via por que tomar o dono pela indústria.

— Não é tanto pelos armamentos que produz, mas para quem os vende.

— Ahm...

— Sim, senhorita. Eles o chamam de Mercador da Morte.

CAPÍTULO 3

26 de maio de 1933
VIENA, ÁUSTRIA

Nove dias depois de minha estreia em *Sissy*, uma lua crescente assomava no céu vienense, deixando rastros de sombras roxas. A luz era suficiente para iluminar as ruas da cidade, então desci do táxi e resolvi caminhar para casa pelo elegante distrito oitocentista, embora já fosse tarde. Eu desejava um interlúdio de tranquilidade, uma pausa entre a loucura após a performance e a inundação parental que vinha recebendo depois de cada apresentação.

As calçadas continham apenas alguns transeuntes – um casal grisalho voltando lentamente para casa depois de um jantar tardio, um jovem que assobiava –, e eu me sentia segura o bastante. O trajeto foi ficando mais cheio conforme eu me aproximava da casa de meus pais no bairro de Döbling, então eu sabia que as ruas estariam seguras. No entanto, nada disso teria apaziguado as preocupações de meus pais se soubessem que eu voltaria sozinha. Eles eram muito protetores com sua filha única.

Afastando pensamentos de mamãe e papai, permiti-me sorrir pela resenha publicada no *Die Presse* naquela semana. As palavras entusiasmadas sobre minha interpretação da imperatriz Elizabeth levaram a uma corrida por ingressos e, nas últimas três noites, sobraram apenas lugares de pé no teatro. Meu *status* tinha se inflado, e eu ouvira elogios do diretor, que geralmente era crítico. Depois do escândalo de minha nudez em *Êxtase* – decisão que parecera aceitável e adequada à sensibilidade artística do filme, até que o público, incluindo meus pais, reagira com choque – era bom receber aquelas honras. Foi quando entendi que o retorno ao teatro depois de minha aventura no cinema tinha sido a decisão certa. Eu me sentia à vontade de novo.

Atuar tinha sido um modo de me proteger contra a solidão da infância, de preencher minha existência silenciosa com pessoas além de minha babá e meu tutor, sempre presentes, e de mamãe e papai, sempre ausentes. Começou com a simples criação de personagens e histórias para minhas muitas bonecas, num palco improvisado sob a enorme escrivaninha no escritório de papai, então, inesperadamente, as encenações se multiplicaram. Quando fui para a escola – subitamente apresentada a uma gama ampla e atordoante de pessoas –, atuar tornou-se minha forma de estar no mundo, um tipo de moeda de troca que eu sacava sempre que quisesse. Eu podia me tornar qualquer coisa que aqueles ao redor secretamente desejavam e, por minha vez, conseguia o que quisesse deles. Só quando pisei num palco pela primeira vez, no entanto, compreendi a extensão de meu talento. Eu era capaz de me enterrar e assumir a máscara de uma pessoa completamente diferente, uma máscara entalhada por um diretor ou um autor. Eu podia virar meu olhar para o público e exercer minha capacidade de influenciá-los.

A única sombra sobre toda essa luz de *Sissy* era a entrega diária de rosas. A cor mudava, mas não o volume. Eu tinha recebido flores fúcsia, rosa-pálido, marfim, vermelho-sangue, até de um violeta raro e delicado, mas sempre exatamente uma dúzia de buquês. Era obsceno. Pelo menos o método de entrega tinha mudado. Os lanterninhas não me entregavam mais as rosas no palco com toda aquela cerimônia; agora, eles discretamente as colocavam em meu camarim durante o ato final da peça. Misterioso sr. Mandl. Pensei que o tinha visto entre os espectadores no cobiçado assento da terceira fileira em diversas ocasiões, mas não estava certa disso. Ele não tentara se comunicar comigo depois do bilhete com as primeiras rosas – até aquela noite. Um cartão com borda dourada enfiado entre as flores de um amarelo vibrante, que era precisamente a cor do meu vestido, continha as seguintes palavras manuscritas:

> Cara srta. Kiesler, eu gostaria muito de ter a honra de levá-la para jantar no restaurante do Hotel Imperial depois da apresentação. Se a ideia lhe for agradável, por favor, avise meu *chauffeur*, que a esperará na porta dos bastidores até a meia-noite. Afetuosamente, sr. Friedrich Mandl.

Meus pais ficariam desesperados se eu sequer considerasse me encontrar com um estranho, desacompanhada, no restaurante de um hotel, mesmo sendo o famoso estabelecimento do arquiteto Josef Hoffmann. No entanto, as informações que eu reunira sobre o sr. Mandl garantiram que eu não ultrapassaria esse limite. Perguntas cuidadosas tinham rendido mais informações sobre meu misterioso benfeitor. Os poucos amigos que eu cultivara no universo do teatro ouviram dizer que ele era impulsionado pelo lucro, não pela moralidade daqueles a quem vendia seus armamentos. A informação mais interessante, porém, consegui espontaneamente da fornecedora oficial de segredos, a sra. Lubbig, que sussurrou que o sr. Mandl era favorecido pelo círculo de autocratas da direita que brotavam por toda a Europa. Isso me perturbou mais que tudo, uma vez que a Áustria lutava para manter sua independência, cercada geograficamente por ditaduras famintas por territórios.

Embora eu não ousasse jantar com ele no Hotel Imperial, tampouco podia continuar a ignorá-lo por completo. Segundo todos os relatos, o sr. Mandl era um homem politicamente bem conectado, e a situação atual exigia que todos os vienenses agissem com cautela. Mesmo assim, eu não sabia como gerenciar a atenção dele, uma vez que todos os meus flertes anteriores tinham sido com jovens maleáveis, com idade próxima à minha. Até formular um plano, alistei a sra. Lubbig para distrair o motorista do sr. Mandl enquanto eu evitava a porta dos bastidores e saía pela frente.

Meus saltos marcavam um ritmo em *staccato* enquanto eu continuava meu progresso à Peter-Jordan-Strasse. Passei pelas casas familiares de nossos vizinhos enquanto me aproximava do que meus pais chamavam de nossa "casa de campo", expressão não adequada que os residentes de Döbling usavam para descrever suas moradias. Era uma homenagem ao estilo arquitetônico inglês das casas do bairro, amplas e arejadas, construídas ao redor de jardins familiares fechados, mas passavam uma ideia falsa do tamanho, que era considerável.

A algumas casas da residência dos meus pais, a luz pareceu diminuir. Ergui os olhos para ver se as nuvens encobriam a lua, mas ela continuava brilhando forte. Eu nunca tinha notado o fenômeno antes, mas, também, quase nunca andava sozinha por lá à noite. Perguntei-me se a escuridão poderia ser explicada pela proximidade da Peter-Jordan-Strasse do denso bosque de Viena, o Wienerwald, onde papai e eu gostávamos de caminhar aos domingos.

Não havia qualquer lampejo de luz elétrica no quarteirão, exceto pela casa de meus pais. Janelas no breu com um brilho ocasional de vela minguante me encaravam das residências vizinhas, e de repente me lembrei do motivo daquela escuridão. Muitos dos habitantes do enclave de Döbling honravam a tradição de evitar o uso de eletricidade entre o pôr do sol da sexta e o pôr do sol do sábado, embora seus hábitos religiosos não tendessem à ortodoxia dessa prática. Eu tinha esquecido porque era uma tradição que meus pais nunca seguiram.

Era sabá em Döbling, bairro judeu em uma terra católica.

CAPÍTULO 4

26 de maio de 1933
VIENA, ÁUSTRIA

No instante em que atravessei o umbral, senti o forte aroma. Eu não precisava ver as rosas para saber que a casa estava repleta delas. Por que o sr. Mandl as enviaria para cá também? Notas aleatórias de Bach soaram do piano de cauda Bechstein na sala. Quando a porta se fechou atrás de mim, a música parou, e minha mãe chamou:

— Hedy? É você?

Enquanto entregava meu casaco a Inge, nossa criada, respondi:

— Quem mais seria a esta hora, mamãe?

Meu pai veio da sala me cumprimentar. Com um cachimbo de madeira entalhado pendendo do canto da boca, perguntou:

— Como vai nossa imperatriz Elizabeth? Você "dominou o palco", como declarou o jornal *Die Presse*?

Sorri para meu pai, alto e bonito, com cabelo grisalho nas têmporas e rugas ao redor dos olhos azuis. Apesar da hora avançada – passava das onze –, ele estava vestido impecavelmente num terno cinza-escuro sem vincos, com gravata listrada vinho. Ele era o confiável e bem-sucedido gerente de um dos bancos mais proeminentes de Viena, o Creditanstalt--Bankverein.

Ele segurou minha mão e, por um momento, lembrei-me das tardes de fim de semana da minha infância, durante as quais ele pacientemente respondia a todas as minhas perguntas sobre o mundo e seu funcionamento. Nenhuma questão estava fora dos limites, fosse histórica, fosse científica, sobre literatura ou política, e eu devorava aquele tempo com ele, o único em que tinha sua atenção exclusiva. Em uma tarde ensolarada, ele passara meia hora descrevendo a natureza da fotossíntese em resposta a minhas ruminações infantis sobre o que as plantas comiam; sua paciência para responder a incansáveis perguntas sobre o mundo natural e as ciências físicas nunca vacilava. No entanto, aquelas horas eram poucas, uma vez que minha mãe, o trabalho e as obrigações sociais exigiam dele quase todas as que restavam. E, sem ele, eu enfrentava longas horas de lições maçantes com professores ou tarefas de casa e rotinas com minha babá e, em menor medida, com minha mãe, que só prestava atenção em mim quando eu me sentava diante de um piano e ela criticava minhas habilidades. Mesmo adorando música, agora eu só tocava quando ela não estava em casa.

 Ele me conduziu à sala e me acomodou em uma das quatro poltronas de brocado diante da lareira, que estava acesa naquela noite fria de primavera. Enquanto esperávamos por minha mãe, ele perguntou:

 — Está com fome, princesinha? Podemos pedir a Inge que prepare algo para você. Está magra demais depois daquela última crise de pneumonia.

 — Não precisa, mas obrigada, papai. Comi antes da apresentação.

 Olhei ao redor da sala, onde retratos de família preenchiam paredes já cobertas por um papel de parede listrado, e vi que alguém – provavelmente minha mãe – tinha espalhado artisticamente pela sala os doze buquês de flores rosa-pálido. No entanto, exceto por uma sobrancelha erguida, papai não disse nada a respeito das flores. Ambos sabíamos que seria minha mãe a fazer as perguntas.

Ela entrou na sala e foi se servir um copo de *schnaps*. Sem dizer palavra nem me olhar nos olhos, expressou sua decepção comigo.

A sala caiu em silêncio enquanto esperávamos que ela falasse.

— Parece que você tem um admirador, Hedy — comentou, depois de um longo gole de *schnaps*.

— Sim, mamãe.

— O que você pode ter feito para incentivar um gesto desses?

Seu tom trazia o julgamento de costume. A escola de etiqueta que ela me obrigara a frequentar tinha fracassado na tarefa de me transformar numa *Hausfrau* em treinamento, refinada e pronta para me casar, como ela esperava. Quando segui uma profissão que ela considerava "vulgar", embora o teatro fosse tido em alta conta pelos vienenses, ela decidira que, muito provavelmente, o resto de meu comportamento seguiria o mesmo rumo. E admito que às vezes, com alguns dos jovens que me cortejavam, eu permitia que ela tivesse razão. Ocasionalmente, deixava certos pretendentes – fosse o aristocrático Ritter Franz von Hochstetten, fosse o pretensioso coprotagonista de *Êxtase*, Ariberto Mog – tocarem-me de todos os modos que mamãe presumia, numa rebelião privada contra ela. *Por que não?*, eu me perguntava. Ela já pensava que eu estava entregue a um comportamento lascivo. E eu gostava de ver que o poder que tinha sobre os homens espelhava o poder que eu exercia sobre o público, a capacidade de mantê-los sob meu controle.

— Nada, mamãe. Eu nem sequer conheço o homem.

— Por que um homem lhe daria todas essas rosas se você não lhe deu nada em troca, se nem o conhece? Será que ele viu seu *Êxtase* repreensível e concluiu que você é uma mulher fácil?

Papai interveio, um tanto bruscamente:

— Basta. Talvez tenha sido o talento da atuação dela, Trude. — O nome de mamãe era Gertrude, mas meu pai só a chamava pelo apelido ao tentar apaziguá-la.

Depois de enfiar uma mecha de cabelo negro rebelde de volta no penteado impecável, ela se levantou. Parecendo muito mais alta que seu metro e cinquenta e dois, foi até a mesa onde estava o buquê com o cartão. Apanhou seu abridor de cartas de prata e fatiou o envelope creme.

Erguendo o cartão de borda dourada próximo à lâmpada, leu:

> Ao sr. e à sra. Kiesler, tive a sorte de ver sua filha interpretar a imperatriz Elizabeth quatro vezes na semana passada e lhes parabenizo pelo talento dela. Desejo apresentar-me a fim de pedir sua permissão para visitar sua filha. Se for aceitável, irei à sua casa neste domingo às seis da tarde, única noite em que o teatro fecha. Atenciosamente, Friedrich Mandl.

O sr. Mandl estava me forçando a agir.

Para minha grande surpresa, meus pais ficaram em silêncio. Pensei que minha mãe desprezaria um convite tão ousado e inapropriado ou me censuraria por alguma ofensa imaginária que teria atraído a atenção do sr. Mandl. E presumi que meu pai, que era pacato em todos os assuntos exceto os que me envolviam, ficaria revoltado com aquele pedido de um homem não conectado a nós por família nem por amigos. Contudo, nosso relógio preferido, acima da lareira, um presente de meus avós maternos para o casamento de meus pais, bateu alto por quase um minuto. Ainda assim, eles não disseram nada.

— Qual é o problema? — perguntei.

Meu pai suspirou, algo que vinha fazendo com mais frequência nos últimos meses.

— Precisamos agir com cautela, Hedy.

— Por quê?

Minha mãe tomou o resto de sua bebida e perguntou:

— Você sabe alguma coisa sobre esse sr. Mandl?

— Um pouco. Quando começou a enviar rosas ao camarim, perguntei no teatro. Parece que ele tem um negócio de munições.

— Ele já havia lhe enviado flores? — Papai parecia alarmado.

— Sim — respondi, em voz baixa. — Todas as noites, desde a estreia de *Sissy*.

Eles se entreolharam de modo inescrutável. Meu pai falou por ambos:

— Vou responder ao sr. Mandl. Vamos recebê-lo aqui para um coquetel às seis horas no domingo, e depois você vai jantar com ele, Hedy.

Fiquei chocada. Embora minha mãe ansiasse para que eu tomasse juízo e me casasse com um rapaz de Döbling – e eu imaginava que meu pai também, embora jamais tivesse dito abertamente –, eles nunca tinham se intrometido de forma tão descarada em minha vida pessoal. Nem quando me recusei a desistir de minha carreira para aceitar o pedido de casamento de um membro de uma das famílias mais proeminentes da Alemanha, o tal Hochstetten. E eles certamente jamais insistiram que eu saísse num encontro com qualquer rapaz em especial. Por que agora?

— Não tenho escolha?

— Sinto muito, Hedy, mas você precisa fazer isso. Esse não é um homem que podemos arriscar ofender — disse meu pai, com expressão triste.

Embora eu tivesse adivinhado que eventualmente teria que encontrar o sr. Mandl, eu queria protestar. Ao mesmo tempo, o olhar sofrido no rosto de meu pai me impediu. Algo, ou alguém, o obrigava a agir assim.

— Por que, papai?

— Você nasceu depois da Grande Guerra, Hedy. Não entende como a política pode ser uma força de destruição. — Ele balançou a cabeça e suspirou outra vez.

Não elaborou o pensamento. Quando ele tinha começado a esconder informações de mim e a pensar que eu era incapaz de entender assuntos complicados? Ele sempre me dissera que eu era capaz de qualquer coisa. E eu sempre acreditara. Suas garantias haviam fortalecido minha confiança quando resolvi ser atriz.

Tentei disfarçar a raiva e a decepção.

— Só porque escolhi atuar não significa que não compreendo assuntos não relacionados ao teatro, papai. Você, de todas as pessoas, devia saber isso.

Eu estava irritada com seu tom condescendente, estranho, após anos me tratando como uma igual em questões intelectuais. Quantas noites de domingo tínhamos passado discutindo o jornal ao lado da lareira após um jantar em família? Desde que eu era relativamente jovem, ele me questionara a respeito de cada detalhe das manchetes até ter certeza de que eu entendera as nuances da cena política nacional e internacional, sem contar os desenvolvimentos econômicos. Enquanto isso, mamãe bebericava seu *schnaps* e balançava a cabeça em desaprovação, murmurando que era "desperdício de tempo". Por que papai pensaria que eu tinha mudado simplesmente porque o teatro agora ocupava minhas noites de conversas à frente da lareira?

Ele deu um sorriso fraco e disse:

— Suponho que seja verdade, princesinha. Então você deve saber que, dois meses atrás, em março, o chanceler Dollfuss se aproveitou de uma irregularidade nos procedimentos de votação parlamentar para tomar o governo austríaco e dissolver o Parlamento.

— É claro, papai. Apareceu em todos os jornais. Eu não leio só a seção de teatro. E vi o arame farpado ao redor do prédio do Parlamento.

— Então deve entender que essa ação transformou a Áustria, assim como a Alemanha, a Itália e a Espanha, em uma ditadura. Teoricamente, ainda somos um país com uma constituição democrática e dois partidos: o Partido Social--Cristão conservador de Dollfuss, que apela para as parcelas rurais e de classe alta por motivos diferentes, e a oposição, o Partido Social-Democrata. A realidade, porém, é diferente; o chanceler Dollfuss está no comando e trabalha para consolidar o poder total. Há muitos rumores de que ele vai banir o Schutzbund, braço militar do Partido Social-Democrata.

Meu estômago se revirou ao ouvir meu pai classificar a Áustria como seus vizinhos fascistas e agrupar seus líderes na mesma categoria de Adolf Hitler, Benito Mussolini e Francisco Franco.

— Não sei se a situação é tão clara assim, papai. — Eu sabia que a Áustria estava cercada por ditadores fascistas, mas pensava que nosso país havia permanecido livre, em grande parte, de tais governantes. Até então, pelo menos.

— Você pode não encontrar a palavra "ditador" nos jornais, mas, na prática, foi nisso que o chanceler Dollfuss se transformou, e o Heimwehr, organização paramilitar, como você sabe, vem servindo efetivamente como seu exército pessoal, já que o tratado que pôs fim à Grande Guerra limita a capacidade da Áustria de reunir tropas. O chefe oficial do Heimwehr é Ernst Rüdiger von Starhemberg, mas por trás de Starhemberg está seu amigo próximo e colega de negócios, o sr. Friedrich Mandl. O sr. Mandl supre todas as necessidades militares do Heimwehr e, segundo relatos, está envolvido com a estratégia também.

Pensei que papai estava divagando naquele discurso político, mas então compreendi. Ele conectava tudo ao sr. Mandl, e aos poucos se tornava claro o poder que aquele homem misterioso exerce.

— Entendo, papai.

— Não sei se entende. Há mais, Hedy. Tenho certeza de que você leu nos jornais que esse tal de Adolf Hitler se tornou chanceler da Alemanha em janeiro.

— Sim — confirmei, minha mãe se erguendo para tomar sua segunda dose de *schnaps*. Ela costumava beber apenas uma, lentamente, ao longo da noite.

— Você também está familiarizada com as políticas antissemitas que Hitler vem implementando na Alemanha?

Eu não tinha prestado muita atenção nos artigos sobre esse assunto, por achar que não se aplicavam a nós. Mas não queria admitir ignorância, então disse:
— Sim.
— Então sabe que, assim que os nazistas ascenderam ao poder, começaram um boicote formal a negócios judeus e baniram todos os não arianos da advocacia e do serviço civil. Cidadãos alemães judeus não só foram vítimas de ataques violentos como foram privados dos direitos de cidadania. Direitos que os judeus austríacos têm desde os anos 1840.
— Li sobre isso — eu disse, embora, na verdade, tivesse só corrido o olho pelas histórias.
— Bem, então talvez tenha lido os artigos sobre os nazistas austríacos que desejam a unificação de nosso país com a Alemanha. E, quaisquer que sejam as opiniões políticas sobre Dollfuss, o medo primário de todos é que esse chanceler Hitler dê um golpe para tomar a Áustria. Nada foi dito publicamente ainda, mas ouvi rumores de que o chanceler Dollfuss se encontrou com o líder italiano Mussolini no mês passado, e que Mussolini concordou em ajudar a proteger nosso país no caso de uma invasão alemã.
— Suponho que seja uma boa notícia, mas não sei se a Áustria devia ter essa dívida com a Itália. Quer dizer, Mussolini também é um ditador e podemos simplesmente acabar nas mãos dele em vez de nas de Hitler.
Papai me interrompeu:
— É verdade, Hedy, mas Mussolini não defende as mesmas políticas antissemitas extremas que Hitler.
— Entendo — eu disse, embora não entendesse por que ele estava tão preocupado. Aquelas políticas não iriam realmente nos afetar. — E o que isso tem a ver com o sr. Mandl?

— O sr. Mandl tem um relacionamento de longa data com Mussolini; forneceu-lhe armas durante anos. O boato é de que *ele* teria arranjado a reunião entre Dollfuss e Mussolini. Fiquei até zonza quando comecei a ver o fio que costurava Mandl naquela tapeçaria nefasta. Era esse o homem que me cortejava?

— Esse sr. Mandl está por trás do trono do chanceler Dollfuss. Mas também pode ser o homem que vai garantir a independência da Áustria.

CAPÍTULO 5

28 de maio de 1933
VIENA, ÁUSTRIA

O gelo bateu no cristal, e o líquido foi vertido sobre o gelo. Risadas forçadas e o zumbido de conversa fiada flutuaram pela íngreme escadaria de mogno. Houve uma pausa na conversa, retificada pelos tons suaves de Beethoven nas mãos experientes de minha mãe. Meus pais tentavam lidar com Friedrich Mandl.

Tínhamos decidido que eu esperaria no andar de cima até que meu pai me chamasse. Assim, eles poderiam se envolver na farsa de avaliar o sr. Mandl para decidir se ele era digno de cortejar sua única filha, embora todos soubéssemos que isso era uma encenação e que a permissão de papai tinha sido concedida no instante em que o sr. Mandl assinara aquela carta para eles.

Minhas mãos estavam suando, o que era incomum. Minha ansiedade nunca tinha sido um problema, não em relação a homens. Às vezes eu sentia um frio na barriga no segundo antes de as cortinas se erguerem no palco ou nos longos minutos antes de o diretor gritar para fazermos uma pausa, mas nunca no contexto de namoro. Rapazes não me intimidavam; eu sempre tivera a vantagem em meus relacionamentos passados, criando e cortando laços com facilidade. Eu os tratava como súditos com os quais podia praticar minhas habilidades de camaleão, os tijolos com os quais construí minha carreira de atriz.

Ergui-me da espreguiçadeira e parei diante do espelho de corpo inteiro pela centésima vez. Mamãe e eu tínhamos discutido o figurino adequado para aquele encontro. Nada sugestivo demais, ou ele poderia ter a impressão errada de mim; nada muito infantil, ou ele poderia se ofender pensando que não o estávamos levando a sério. Decidimos por um vestido de crepe verde-esmeralda com ombros quadrados e decote alto e que caía bem abaixo do joelho.

Andando de um lado para o outro no quarto, tentei ouvir a conversa lá embaixo. Algumas palavras se tornavam audíveis periodicamente, mas nada que eu conseguisse contextualizar. Uma risada alta soou, então meu pai chamou:

— Hedy, desça se estiver pronta, por favor.

Depois de uma última olhada no espelho, desci as escadas, meus saltos fazendo um barulho excessivo. Meu pai esperava no batente da sala de visitas, seu rosto cuidadosamente fixo numa expressão agradável que mascarava a preocupação que eu sabia se esconder ali.

Segurando papai pelo cotovelo, cruzei o umbral para a sala. Mamãe estava sentada no sofá encarando o sr. Mandl com uma expressão cautelosa. Do visitante, que estava de costas, eu só podia ver o cabelo cuidadosamente penteado.

— Sr. Mandl, permita-me apresentar minha filha, srta. Hedwig Kiesler. Acredito que já esteja familiarizado com ela, embora nunca tenham sido formalmente apresentados. — Meu pai me direcionou para a frente, com gentileza.

Juntos, minha mãe e o sr. Mandl se ergueram, e ele se voltou para mim. Depois dos boatos desagradáveis que eu ouvira sobre sua relação com política e mulheres, esperava considerá-lo repulsivo. Inclusive, estava me preparando para isso. No entanto, depois que ele fez uma reverência formal, nossos olhos se encontraram e eu o achei inesperadamente atraente. Não propriamente no quesito físico – embora fosse bem-apessoado de um jeito refinado, com seu impecável terno azul-marinho Savile Row e abotoaduras douradas –, mas pelo poder e pela confiança que exalava. Ao contrário de meus pretendentes anteriores, era um homem, não um rapaz.

Ele tomou a iniciativa.

— É uma honra, srta. Kiesler. Sou um admirador de seu trabalho, como imagino que já saiba.

Certo calor se espalhou por minhas bochechas, outra ocorrência rara para mim.

— Obrigada pelas flores. Todas lindas e... — Procurei a palavra certa. — Generosas.

— Um reflexo pálido de meu deleite com seu trabalho. — Palavras suaves vertiam de sua boca como líquido.

Um silêncio desconfortável tomou a sala. Minha mãe, sempre socialmente astuta, em geral tinha respostas certas na ponta da língua, mas o sr. Mandl parecia ter perturbado todos nós. Papai veio ao resgate.

— O sr. Mandl estava compartilhando seu amor pelas artes conosco.

— Sim. — Ele se virou para mim. — Descobri que sua mãe era pianista antes de se casar. Confesso que, mesmo quando ela protestou dizendo que só se apresentava para familiares, eu lhe implorei que tocasse. Sua execução de Beethoven foi magistral.

Foi a vez de mamãe corar.

— Obrigada, sr. Mandl.

O fato de minha mãe ter tocado para o sr. Mandl me revelou mais sobre o medo de meus pais que o monólogo anterior sobre as manobras políticas e militares conduzidas por ele. Quando ela desistira da carreira vinte anos antes para se casar com meu pai, jurou que jamais tocaria para ninguém, exceto para a família. E, teimosa, tinha feito jus à promessa – até aquela noite.

— Imagino que tenha ensinado sua filha a tocar habilmente também — disse ele.

— Bem... — Ela hesitou.

Eu sabia que mamãe não suportava elogiar minhas habilidades. Ela exigia perfeição, e todos os meus esforços lhe desagradavam, assim como minha aparência. Era como se acreditasse que eu escolhera a beleza de propósito, exclusivamente para desafiá-la.

— Viu alguma das outras peças que estrearam neste mês, sr. Mandl? — Eu desviei a atenção dele, obviamente apreensiva, e conduzi a conversa para um assunto mais amplo. Não queria que ela preenchesse o silêncio com seus julgamentos nervosos e pouco favoráveis a mim.

Ele fixou seus olhos castanhos nos meus.

— Na verdade, srta. Kiesler, sua performance em *Sissy* me arruinou para qualquer outro ator ou atriz. Eu não consigo abandonar o Theater an der Wien.

Sua intensidade me deixou desconfortável, e eu desejava desviar o olhar. Contudo, senti que ele não queria modéstia de mim, e sim força. Então retribuí seu olhar enquanto dizia as palavras que a etiqueta requeria.

— O senhor me lisonjeia demais.

— Cada elogio é sincero, e a senhorita merece cada rosa.

Mamãe voltou a si e deixou escapar uma frase que repetia sem parar desde que eu era criança. Eu ouvira aquilo toda vez que alguém dizia que eu era bonita ou elogiava minhas

habilidades no piano ou nos palcos, e em cada momento extra que meu pai passara me explicando o funcionamento interno de um motor de carro ou de uma fábrica de porcelana.
— O senhor vai mimar a garota.
A frase não era a reprimenda afetuosa que aparentava. Refletia seus sentimentos de que eu não merecia ser mimada, de que eu sempre recebera demais, de que, no fundo, eu era indigna.
Será que esse desconhecido era capaz de decodificar a crítica por trás das palavras de minha mãe?
Se o sr. Mandl percebeu o significado real do comentário, não reagiu. Em vez disso, sem desviar os olhos dos meus, disse:
— Seria um prazer mimá-la, sra. Kiesler. — Voltando-se para papai, perguntou: — Tenho sua permissão para levar sua filha para jantar?
Depois de um discreto olhar apologético para mim, meu pai respondeu:
— Sim, sr. Mandl.

CAPÍTULO 6

28 de maio de 1933
VIENA, ÁUSTRIA

No momento em que saímos da limusine guiada pelo motorista do sr. Mandl e pisamos no saguão do Hotel Imperial, os funcionários se aglomeraram ao redor dele. Até o *maître* notoriamente pedante do lendário estabelecimento correu até o sr. Mandl para oferecer seus serviços. Nas raras e especiais ocasiões em que eu jantara lá com meus pais – em aniversários ou na formatura do colégio –, tínhamos praticamente implorado por atenção e esperado quase uma hora para fazer os pedidos. O estabelecimento, conhecido pela alta gastronomia e pela arrogância da equipe, me pareceu diferente na companhia do sr. Mandl. Ainda assim, tentei esconder meu espanto para interpretar o papel da atriz refinada.

Sussurros nos seguiram enquanto éramos levados a uma mesa no cobiçado centro da sala, recoberta de painéis de madeira. Eu sempre tinha pensado que meu pai era um homem bem-sucedido – e ele era –, mas só naquele momento entendi o que era o poder. Engraçado como algo dessa natureza podia ser transmitido pelo serviço em um restaurante e pelos olhares de outros clientes.

Rosas de todas as cores imagináveis decoravam a mesa, iluminando a sala luxuosa, monocromática. Nenhuma das outras mesas tinha flores, só castiçais de bronze com velas brancas reluzentes, e o sr. Mandl devia tê-las encomendado especialmente para a ocasião. Com certeza, ele não tivera nenhum receio verdadeiro de que meus pais não dessem permissão para o encontro.

Enquanto eu me sentava na cadeira com estofado listrado puxada pelo sr. Mandl, que tinha dispensado as tentativas do *mâitre* de me acomodar, senti-me deselegante no vestido que mamãe e eu tínhamos escolhido. No espelho, tinha parecido simples, mas apropriadamente modesto. No restaurante, porém, esposas e namoradas usavam a última moda, que de modo geral consistia de faixas leves de tecido caro costuradas com cordões de cristal. No contraste, eu parecia praticamente uma freira.

Ele me fez algumas perguntas específicas sobre os tipos de comida de que eu gostava e o vinho que preferia, então perguntou:

— Incomoda-se se eu fizer o pedido? Janto aqui com frequência e tenho uma ideia razoável dos melhores pratos. Odiaria que ficasse decepcionada.

Muitos homens teriam tomado a iniciativa e feito o pedido sem nem pedir permissão, então apreciei a cortesia. Mesmo assim, sabia que não devia apenas aquiescer obedientemente; a firmeza dele exigia precisão em retorno.

— Em geral gosto de escolher eu mesma, mas neste caso é aceitável.

Minha ressalva o surpreendeu e o agradou, como suspeitei. Ele riu – um som rico e melódico – enquanto acenava para que o garçom retornasse à mesa. Depois de pedir ostras e champanhe, seguido por *chateaubriand*, ele iniciou uma conversa sobre o mundo do teatro. Conhecia todos os diretores, os escritores e os atores renomados de Viena, e ouviu com atenção minhas opiniões sobre a encenação e o elenco de peças que estrearam nos últimos tempos. O interlocutor instruído foi algo raro para mim – a maior parte dos homens conhecia pouco, ou pouco se importava, com o mundo do teatro –, assim como o encorajamento ativo a que eu expusesse minhas ideias. Era revigorante e inesperado.

Ficamos em silêncio quando as ostras chegaram, até que ele disse:

— Suponho que tenha ouvido muitas coisas sobre mim.

A indagação direta me alarmou. Até então, eu estava aproveitando sua companhia e tinha momentaneamente esquecido sua reputação desagradável. Incerta sobre a resposta mais segura, escolhi ser franca, uma vez que a franqueza dele parecia exigir uma resposta à altura.

— Sim.

— Imagino que não tenha sido nada bom.

Um nó se formou em meu estômago. Meus pais e eu tínhamos esperado que a noite se passasse sem qualquer discussão sobre o caráter dele.

— Nem *tudo* foi ruim — respondi, com um sorriso.

Eu esperava injetar um toque de leveza naquela conversa perturbadora e talvez voltar ao assunto anterior.

Ele apoiou o garfo no prato e cuidadosamente enxugou os cantos da boca com o guardanapo de linho.

— Srta. Kiesler, não vou insultar seu intelecto óbvio alegando que os rumores que ouviu são *todos* mentiras. É verdade que namorei diversas mulheres e já fui casado. Também é verdade que, por minha profissão, devo ocasionalmente lidar com figuras e movimentos políticos que as pessoas acham desagradáveis. Tudo o que peço é que a senhorita me dê a oportunidade de demonstrar que sou diferente dos homens com quem faço negócios e que sou mais respeitável do que sugeriria o número de mulheres com quem me relacionei. Eu não sou minha reputação.

Embora eu soubesse que não devia me sentir assim, que devia me proteger daquele homem, suas palavras me tocaram. Eu o compreendia. Eu também tentara restaurar o dano a minha honra causado por *Êxtase*. Imediatamente depois da estreia, a nudez e a representação de uma relação sexual no filme – na qual o diretor havia me cutucado com um alfinete para atingir a expressão orgástica em meu rosto – levaram ao banimento do filme em diversos países e à censura em outros, o que projetou uma sombra sobre meu nome. Mesmo que, é claro, o escândalo só tivesse aumentado o desejo das pessoas de verem o elusivo filme. Aquele homem não merecia a mesma chance de redenção que eu também procurava?

Antes que eu respondesse, ele falou de novo:

— Você parece hesitante, srta. Kiesler, e eu ficaria surpreso, talvez até um pouco decepcionado, se não estivesse. Eu não tenho interesse em jogos, então peço que me permita expressar abertamente meus sentimentos e minhas intenções.

Assenti, embora o pedido tivesse piorado o nó em meu estômago.

— Não sou particularmente religioso, srta. Kiesler. Nem especialmente romântico.

Sem pensar, ergui a sobrancelha e mirei as rosas.

— Bem, não sempre — disse ele, com um sorriso. Seu rosto rapidamente ficou sério de novo. — Quando a vi no palco, porém, houve um momento em que senti como se a conhecesse. Não como se tivéssemos nos conhecido de maneira convencional, em um evento social ou por meio de pessoas em comum, mas como se sempre a tivesse conhecido. Aconteceu um pouco antes dos agradecimentos; por alguns segundos, a senhorita não era mais a imperatriz Elizabeth, mas si mesma. E senti que a conhecia.

Ele continuou falando, mas parei de escutar. Estava chocada demais com seu discurso e mergulhada em meus próprios pensamentos.

— Foi uma experiência singular para mim, e eu me senti estranhamente conectado a você... — Ele parou de falar de repente e balançou a cabeça. — Se meus parceiros de negócios me ouvissem, considerariam minhas palavras os desvarios de um fã demente. Como a senhorita deve considerar agora também.

Eu poderia tê-lo deixado constrangido. Eu poderia ter ficado em silêncio e observado aquele homem, que supostamente segurava o destino da Áustria nas mãos, vacilar. Seu comportamento poderia ter me fornecido a desculpa para recusar encontros futuros. Mas eu senti uma conexão peculiar com ele.

— Não, eu não vejo o senhor dessa forma.

— Se está sendo sincera, consideraria sair comigo de novo?

Eu já tinha sido cortejada por rapazes e, embora só tivesse dezenove anos, não era inocente. Houvera muitos admiradores: Wolf Albach-Retty, o conde Blücher von Wahlstatt, até um jovem acadêmico russo cujo sobrenome longo e impronunciável tinha esvanecido de minha memória, entre outros. Alguns tinham mantido minha atenção por pouco tempo e outros eu tinha entretido por períodos um pouco mais longos. A alguns eu permitira acesso a meu corpo, enquanto mantivera distante a maioria. Nenhum deles, porém, tinha me concedido o respeito daquela franqueza. Em vez disso, se engajaram naquela dança de cortejo intricada, tão típica da maioria dos homens, mas insultuosa a minha inteligência, tão previsível era. Apesar de títulos, riqueza e diplomas, nenhum tinha parecido um igual, então eu ficara ao lado deles por pouco tempo. Friedrich Mandl era diferente.

Eu hesitei, permitindo-lhe pensar que eu estava refletindo sobre seu pedido. Ele não se preocupou em esconder seu anseio, e eu adiei minha resposta tanto quanto possível, aproveitando sua apreensão e a influência que eu exercia sobre aquele homem tão poderoso.

Tomei um longo gole de champanhe, cuidadosamente lambendo os lábios antes de falar. Então, finalmente, disse:

— Sim, sr. Mandl. Eu consideraria encontrá-lo de novo.

CAPÍTULO 7

16 de julho de 1933
VIENA, ÁUSTRIA

Quase dei uma risadinha. Colocando a mão sobre a boca, abafei o riso de menina prestes a escapar de meus lábios. Esse comportamento tolo não estaria de acordo com a mulher sofisticada que eu fingia ser. Não que Fritz fosse se importar demais. Ele parecia se encantar comigo, mesmo com aqueles aspectos que eu não achava atraentes.

Depois de me controlar, corri um dedo pela borda do prato. A superfície brilhou como se fosse de ouro, mas certamente não passava de porcelana folheada. Como se tivesse lido meus pensamentos – ocorrência cada vez mais comum –, Fritz respondeu:

— Sim, *Liebling*, os pratos são de ouro maciço.

A risada que eu tinha suprimido escapou.

— Pratos de ouro maciço? De verdade?

Ele riu comigo, então explicou:

— Quase maciço. Ouro puro é macio demais, então deve ser misturado com uma liga leve. Nesse caso, foi endurecido com prata, o que só o torna mais resistente, mas não menos bonito... como você.

Eu sorri com o elogio, aproveitando o fato de ser apreciada por minha força. A maioria dos homens achava minha confiança intimidadora, mas Fritz pedia minhas opiniões e gostava de ouvir meus pontos de vista, mesmo os que diferiam dos dele.

— Você os encomendou? Imagino que não se encontrem pratos de ouro numa típica *Geschäft das Porzellan verkauft*.[1]

— Digamos apenas que se tornaram disponíveis depois da agitação recente nas universidades. E a um preço razoável.

Suas palavras me confundiram. Ele estava falando sobre os tumultos deflagrados no inverno e na primavera passados, quando alunos judeus foram barrados da Universidade de Viena por socialistas? Por que essa confusão levaria a uma queima de estoque de pratos de ouro? Os dois eventos não pareciam relacionados, mas a conexão ainda rondava as margens de minha consciência.

Fritz interrompeu meus pensamentos, erguendo um cálice de cristal delicadamente gravado.

— Um brinde às últimas sete semanas. As mais felizes de minha vida.

Enquanto batíamos as taças de cristal e experimentávamos o Veuve Clicquot fino e borbulhante, pensei sobre as últimas semanas. Sete jantares extravagantes, um para cada noite em que o teatro estava fechado. Vinte almoços extravagantes, para aquelas tardes em que eu não tinha matinês e ele não tinha reuniões de negócios. Quarenta e nove entregas de flores frescas, nunca repetindo a cor duas vezes seguidas. Sete semanas em que tive que me obrigar a não olhar para o assento na terceira fileira que ele comprara para toda a temporada do espetáculo, e que tinha ocupado em muitas das noites em que subi ao palco. Sete semanas com o Theater

---

1. Loja que vende porcelanas. (N.T.)

an der Wien alvoroçado com meu caso – todo mundo estava, exceto a sra. Lubbig, cujos lábios se fecharam ao saber de meu novo relacionamento e não se abriram desde então. Sete semanas com os nervos de meus pais em polvorosa até que eu voltasse para casa de minhas tardes nos braços do homem mais rico da Áustria, que dizia que eu o fazia sentir jovem de novo. Até esperançoso.

Eu cedi meu mundo a ele. Exceto pelas horas que passava no palco, tornei-me dele. Como ele havia pedido, permiti que se provasse para mim.

Nós tínhamos jantado em todos os estabelecimentos finos de Viena e dos arredores, mas nunca visitamos sequer uma de suas três casas – um enorme apartamento vienense; um castelo chamado Schwarzenau perto de uma cidade de mesmo nome, aproximadamente cento e vinte quilômetros ao nordeste de Viena; e um chalé de caça de vinte e cinco cômodos chamado Villa Fegenberg, oitenta quilômetros ao sul de Viena – até aquela noite. Jantar a sós na casa de um homem adulto sem acompanhante apropriado ia contra o protocolo que meus pais prezavam. Então, não contei a eles.

Mais cedo naquela noite, ele tinha me conduzido pela entrada colunada e pelo portão de seu prédio de pedra branca no número quinze da Schwarzenbergplatz, na seção mais abastada de Viena e adjacente à Ringstrasse, passando pelo *concierge* de uniforme e três porteiros, até o elevador com grade que levava ao topo do prédio. Lá, ele tinha me mostrado seu apartamento de doze cômodos, um espaço mais adequadamente descrito como mansão, uma vez que ocupava três pisos, e que elogiei em um tom reservado, embora sentisse vontade de elogiar entusiasticamente. Sua casa era decorada em um estilo que, a princípio, parecia a antítese da decoração aconchegante e cheia de estampas com a qual eu crescera em Döbling. Quanto mais eu estudava a simplicidade da mobília, dos tapetes e das obras de arte monocromáticas, porém, mais enjoativo achava o excesso da decoração encontrada na maior parte das casas vienenses. E, em vez de parecer estéril, seu lar se mostrava maravilhosamente moderno e revigorante.

Enquanto saboreávamos cinco pratos da alta cozinha francesa, cobertos de molhos desconhecidos que Fritz ordenara que o *chef* preparasse em honra do refinado champanhe francês que estávamos bebendo, corri o dedo pelo tecido da cadeira e pelo linho da mesa de jantar. A seda nodosa era deliciosamente lasciva sob a ponta de meus dedos. Embora o rosto de Fritz estivesse voltado para o criado que enchia sua taça outra vez, captei um vislumbre de sua expressão no reflexo de um grande espelho na parede oposta. Ele estava radiante com meu deleite.

Erguendo o champanhe aos lábios, ele fez outra pergunta sobre minha criação. Fritz parecia infinitamente curioso sobre mim, mas nunca falava sobre a própria infância. Parecia impossível que o homem impecável e poderoso sentado diante de mim tivesse sido uma criança meiga e vulnerável. Será que ele já nascera forte e implacável? Tinha saído do útero marchando com passos confiantes?

— Basta de falar sobre mim, Fritz. Com certeza, a esta altura, você entendeu que a vida de Hedwig Kiesler de Döbling não é particularmente empolgante. Mas, bem, você é outra questão. Qual é a origem de Friedrich Mandl?

Com um sorriso satisfeito, ele se lançou à história da Hirtenberger Patronenfabrik. Sua narrativa do negócio de munições da família, o qual ele tinha resgatado e ampliado exponencialmente após a falência que se seguiu à derrota austríaca durante a Grande Guerra, soava ensaiada, quase indiferente. Com certeza, ele recorria a ela sempre que a ocasião exigia, mas eu queria mais que o relato empresarial. Eu queria a história do verdadeiro Fritz. A história do garoto que se tornou o homem mais rico do país, não a narrativa pública que ele tinha cuidadosamente criado sobre a ascensão de uma companhia.

— Impressionante, Fritz. Em especial o empréstimo que você negociou com o banco para devolver a empresa para a família depois da falência. Uma ideia brilhante.

Ele sorriu. Adorava receber elogios.

Então, continuei:

— Mas e sua vida familiar? Conte-me sobre sua mãe.

O sorriso amplo desapareceu. Ele apertou o maxilar, que se tornou mais anguloso. Onde estava o Fritz apaixonado e ávido que eu conhecera? Senti um arrepio. Reclinei-me para trás na cadeira e, percebendo minha reação, ele forçou o sorriso de volta.

— Não há nada a contar nesse sentido. Ela era uma típica *Hausfrau* austríaca.

Eu sabia que não devia insistir. Mudando de assunto para aliviar o clima, perguntei:

— Importa-se em me mostrar a sala de estar?

— Excelente sugestão. Por que não tomamos nossos digestivos e comemos a sobremesa lá?

Ele me conduziu ao sofá diante de uma janela ampla, com uma bela vista da imponente arquitetura ao redor da Ringstrasse. As luzes dos prédios ornamentados cintilavam e refletiam nas muitas superfícies espelhadas da sala e, enquanto eu bebericava o festivo *Bowle* que ele servia para mim, senti uma pontada irracional de felicidade. O sucesso de *Sissy* e meu relacionamento florescente com Fritz pareciam perfeitos demais para ser verdade. *Eu não merecia*, como diria minha mãe.

Olhando de relance para Fritz, percebi que ele estava me encarando, sorrindo com meu sorriso. Inclinando-se em minha direção, ele me beijou, a princípio gentilmente. A ternura deu lugar à intensidade, e suas mãos escorregaram de minha cintura para minhas costas. Senti seus lábios em meu pescoço, e seus dedos começaram a abrir meu vestido.

Eu já tivera relações íntimas antes. Beijos demorados e abraços em varandas e bastidores do teatro. Carícias desajeitadas e apertões no assento traseiro de carros. Três tardes roubadas no apartamento vazio dos pais professores de um namorado, quando me libertei de todas as minhas inibições. No entanto, eu senti que devia me segurar com Fritz, que devia esperar e permitir que ele me perseguisse. Então, embora o desejasse, eu me afastei.

— É melhor eu ir — disse, quase sem fôlego. — Meus pais vão ficar furiosos se eu chegar em casa depois da meia-noite.

Ele soltou meus braços e me deu um sorriso enigmático.

— Se é o que deseja, *Hase*.

Eu o puxei para um último beijo.

— Não é o que desejo, mas preciso ir. Meus pais são rígidos.

Respirando próximo a mim, ele disse:

— Acho que, quando voltar para casa, você vai se surpreender com o *status* dessas regras. Pode haver mudanças no horizonte.

CAPÍTULO 8

16 de julho de 1933
VIENA, ÁUSTRIA

O motorista abriu a porta para mim, mas os dedos de Fritz não soltaram os meus.

— Gostaria que você não precisasse me dar boa-noite — sussurrou ele.

— Eu também — sussurrei de volta.

E era verdade. Eu tinha começado aquele relacionamento dizendo a mim mesma que não gostava dele, que todo o tempo que passava escutando e assentindo e conversando e rindo e até beijando-o era um papel atribuído por meus pais, pela necessidade. Outra performance. Imaginei que daria um jeito de escapar da situação. Mas a Hedy que eu era de verdade, por baixo de toda a atuação externa, tinha desenvolvido sentimentos reais. E percebi que meu coração passara a ser tão vulnerável quanto todos os que eu tinha partido em jogos românticos no passado.

Mesmo assim, de certa forma, meus verdadeiros sentimentos não importavam nem influenciavam no palco. Puxei minha mão da dele e saí do carro sem outra palavra. As luzes estavam apagadas na casa de meus pais. Se não fosse a claridade da lua minguante, eu teria tropeçado na passagem de pedra até a porta da frente. Apalpando no escuro, abri a maçaneta e fechei a porta em silêncio atrás de mim, tomando cuidado para não acordar ninguém, nem mesmo Inge, a criada. Tinha passado muito da meia-noite e, se eu tivesse sorte, mamãe e papai já estariam dormindo profundamente, portanto quaisquer sons que eu fizesse não os acordaria. Meus ombros relaxaram enquanto eu pensava na perspectiva de me deitar sem o interrogatório de praxe.

Desafivelei e tirei meus sapatos prateados. Coloquei-os cuidadosamente no chão para evitar fazer barulho. Caminhei com passo leve até a escada, evitando as tábuas que rangiam, e comecei a subir os degraus sem fazer som nenhum.

Quando abri a porta do quarto, meu pai estava sentado na beira da cama, com o cachimbo nos lábios.

— Está tudo bem, papai?

Ele nunca tinha me esperado em meu quarto antes. Ele e mamãe esperavam por mim na sala, fumando e bebericando *schnaps* depois de uma noite no teatro com os amigos, ou então iam dormir. Pelo menos até eu começar a sair com Fritz.

— Ninguém está doente nem nada do tipo, se foi o que quis dizer, Hedy.

Erguendo meu longo vestido azul, sentei-me ao lado dele na beira da cama, cruzando as pernas.

— Então qual é o problema, papai?

— O sr. Mandl veio me visitar hoje no banco — disse, dando uma longa pitada no cachimbo.

— Visitá-lo?

Por que Fritz teria ido ver meu pai hoje? E, mais importante, por que não tinha mencionado isso durante nossa longa noite juntos?

— Sim. Convidou-me para almoçar em seu clube privado e, sendo o sr. Mandl quem é, eu aceitei.

Minha mente correu em busca de possíveis motivos, e minha voz estremeceu quando perguntei:

— Sobre o que vocês falaram no almoço?

Ele soprou um anel de fumaça em direção ao teto e observou-o subir, tocar o reboco em torvelinho e se dissipar. Só então respondeu:

— Trocamos as cortesias de sempre, mas, é claro, principalmente discutimos você. O sr. Mandl está arrebatado, Hedy.

Meu rosto corou e eu fiquei grata pela escuridão. Apesar dos avisos que tínhamos recebido e de todos os relatos sórdidos, eu era extremamente atraída por Fritz. E gostava da sensação de poder de quando estávamos juntos. O homem não era sua reputação, ele havia me provado isso.

— Foi certamente gentil da parte dele convidá-lo para almoçar. — Eu não sabia o que mais dizer. Sentia-me desconfortável perguntando detalhes da conversa deles.

— Não acho que fui claro, Hedy. Havia um propósito para o almoço, além da mera exaltação de suas muitas virtudes.

— Ah, é? — Minha voz tremeu. Se de antecipação ou medo, eu não sabia.

— Sim. O sr. Mandl pediu sua mão em casamento.

— Casamento? — Eu estava chocada. Só nos conhecíamos havia sete semanas.

— Sim, Hedy. Ele está determinado a tê-la como esposa.

— Ah — sussurrei.

Emoções conflituosas me atravessaram: lisonja, medo, poder. Fritz não era um rapaz deslumbrado, como meus casos anteriores. Era um homem adulto que tinha uma série de mulheres à disposição e queria a mim.

Papai apoiou o cachimbo. Com as mãos livres, ele me abraçou.

— Sinto muito, Hedy. Minha insistência para que você não ofendesse esse homem poderoso teve um resultado terrível.

— Você acha que é terrível, papai?

— Não sei o que pensar, *Liebling*. Você acabou de conhecer o homem, e não conhecemos nada dele exceto sua reputação tenebrosa. Embora tenha aceitado ir a muitos encontros com ele, não faço ideia de como você se sente de fato. E tenho medo. Eu realmente temo, mesmo se você gostar dele, o que ser esposa de Friedrich Mandl implica. — Ele hesitou, pesando suas próximas palavras. — Mas talvez eu tenha mais medo das repercussões para você, para nós, se o recusar.

Eu sussurrei:

— Não acho que o pedido dele seja terrível.

— Está dizendo que gosta dele? — Ele parecia chocado. E desejoso. Pelo que, eu não tinha certeza.

— Bem... — Fiz uma pausa, incerta sobre qual a linguagem apropriada para a conversa. Era estranho falar com meu pai sobre o que eu sentia em relação a um homem. Em meus outros relacionamentos, eufemismos tinham sido a ordem do dia. — Certamente estou lisonjeada, papai. E tenho sentimentos por ele.

Ele se afastou e me olhou nos olhos. Na luz baça do abajur na mesa de cabeceira, vi lágrimas nos olhos de meu estoico pai.

— E não está dizendo isso porque acha que vai me agradar, está?

— Não, estou sendo sincera.

— Há um golfo, um oceano vasto, na verdade, entre gostar de alguém e desejar casar-se com a pessoa, Hedy.

Perguntei-me se ele estava pensando em seu relacionamento tenso com mamãe quando disse isso. Mas, em vez de responder à questão que meu pai deixara implícita – ou de perguntar a ele sobre minha suposição –, desviei do assunto.

— O que você acha, papai?

— Em uma situação normal, independentemente de seus sentimentos, eu me oporia, por uma série de motivos. Ele é velho demais para você. Vocês mal se conhecem. Não conhecemos a família dele. A reputação dele com os negócios e as mulheres. Eu poderia continuar. E tenho certeza de que sua mãe concordaria, mas ainda não discuti isso com ela. Queria saber o que você pensava primeiro.

Ele estava me dizendo para recusar o pedido? Suas opiniões importavam muito para mim. Os sentimentos de minha mãe quanto a Fritz me impactavam bem pouco. Seu desdém por mim influenciava suas opiniões, que confirmavam suas críticas e eram inúteis para mim. A não ser que percorresse o caminho exato que ela julgasse apropriado, eu era uma mulher desgraçada aos olhos dela.

Meu pai não tinha acabado.

— Na verdade, estou dividido. Se você gosta dele, essa união pode protegê-la no futuro. Ele é poderoso. Independentemente de compartilharmos suas visões políticas e seu alinhamento com o chanceler Dollfuss, ele está comprometido em manter a Áustria independente da Alemanha, livre de seu vil chanceler antissemita Hitler. E, se os boatos são verdadeiros, a situação vai ficar mais perigosa para os judeus.

Do que papai estava falando? Não éramos realmente judeus, não como os imigrantes que chegaram em peso à Áustria durante a Grande Guerra e, depois, durante os dias sombrios e pobres que se seguiram a nossa derrota. Aqueles judeus do leste, os *Ostjuden*, viviam à parte do resto da sociedade austríaca, atendo-se a suas crenças e suas práticas ortodoxas. Eu nem sequer conhecia alguém assim, que se vestia com trajes tradicionais. Os poucos judeus religiosos que eu conhecia no bairro, aqueles que descansavam no sabá e tinham menorás ou mezuzás em casa, faziam isso discretamente, não com a despreocupação ousada dos *Ostjuden*, e se pareciam com todos os outros. E minha família... Bem, não nos considerávamos realmente judeus, exceto por uma vaga forma cultural. Estávamos completamente assimilados na vida cultural vibrante da capital. Éramos, acima de tudo, vienenses.

— Mas não somos como os judeus do Leste Europeu que imigraram para cá nos últimos anos.

A voz dele soou ríspida.

— Só porque não uso quipá e não celebramos as festas não significa que não somos judeus, especialmente aos olhos dos outros. Vivemos em Döbling, um lugar com sua própria sinagoga, onde quase todos os quatro mil habitantes são judeus. E tanto sua mãe como eu fomos criados em lares judeus. Se os *Hakenkreuzler*, aqueles brutamontes que desfilam por aí com suas malditas suásticas, estenderem seus domínios, Döbling certamente pode se tornar um alvo. Assim como seus habitantes.

— Não, papai, não Döbling. — Parecia quase risível que Döbling, pitoresca e segura, se tornasse um alvo para qualquer pessoa.

O tom ríspido de papai se suavizou, e a tristeza transpareceu.

— Os ataques a judeus estão aumentando, Hedy, mesmo que não sejam reportados nos jornais. Só os ataques públicos violentos, como o que aconteceu na sala de prece do Café Sperlhof no ano passado, não podem ser abafados pelo governo. Em áreas em que vive a comunidade ortodoxa, como Leopoldstadt, panfletos antissemitas são distribuídos regularmente e há brigas frequentes. As tensões estão crescendo, e Deus nos ajude se Hitler colocar as mãos na Áustria.

Eu estava sem palavras. Papai e eu só tínhamos discutido nossa origem judaica uma vez antes. Uma lembrança daquela conversa se soltou e entrou no momento presente, tão fresca e viva quanto na ocasião. Eu tinha cerca de oito anos e, por várias horas, estivera sentada embaixo da mesa de papai, encenando uma dança para minhas bonecas; eu adorava usar como teatro a área escura e privada sob sua escrivaninha ornamentada. De repente, percebi que mamãe – sempre espreitando por trás da próxima curva, especialmente quando eu não queria que estivesse – passara o dia todo fora. Em vez de experimentar alegria com a libertação inesperada dela e de seu cronograma estrito – uma liberdade que me permitira aquela longa brincadeira teatral –, entrei em pânico. Será que algo terrível tinha acontecido?

Correndo do escritório, encontrei meu pai sentado diante da lareira na sala de visitas, lendo o jornal e pitando seu cachimbo com uma expressão bastante satisfeita. Sua calma me perturbou. Por que ele não estava preocupado com mamãe?

— Aonde ela foi? — gritei da porta.

Ele ergueu os olhos do jornal, alarmado.

— O que aconteceu, Hedy? Quem?

— Mamãe, claro! Ela desapareceu.

— Ah, não se preocupe. Ela está na casa da sra. Stein para a shivá.

Eu sabia que a sra. Stein, vizinha que morava a quatro casas da nossa, tinha recentemente perdido o pai, mas o que raios era uma shivá? Parecia exótico.

— O que é isso? — perguntei, torcendo o nariz de um jeito que mamãe descrevia como "inapropriado". Como ela não estava ali, papai jamais me censuraria por algo tão tolo quanto meu nariz.

— Quando um judeu morre, a família fica em luto por uma semana, recebendo visitantes para expressar seus pêsames. Isso é o período de shivá.

— Então os Stein são judeus? — Era uma palavra que eu ouvira meus pais dizerem, mas não tinha certeza do que significava, exceto que as pessoas pareciam se dividir em dois grupos: judeus ou não judeus. Eu me senti bastante crescida falando-a em voz alta.

As sobrancelhas de papai se ergueram com a pergunta, e seus olhos se arregalaram em uma expressão incomum. Parecia surpresa, mas eu nunca vira meu impassível pai surpreso com qualquer coisa.

— Sim, Hedy. São. E nós também somos.

Eu queria fazer uma pergunta a ele – algo sobre o que significava ser judeu –, mas a porta da frente bateu com força. O som inconfundível dos saltos de mamãe no piso da entrada chegou a nós, e papai e eu nos entreolhamos. A hora para perguntas tinha passado, mas, a partir daquele momento, eu sabia a qual categoria minha família pertencia, mesmo que não entendesse precisamente o que a religião envolvia.

Essa segunda conversa era a mais longa que meu pai e eu já tivéramos sobre nossa herança judaica – embora, nesse meio-tempo, eu tivesse adquirido um senso geral da religião e do fato de que nossa família descendia de judeus. As palavras dele me aterrorizaram. Antes daquele momento, os atos de violência sobre os quais eu lera nos jornais pareciam acontecer a outro grupo de judeus, um povo separado e distante de minha herança familiar remota. Agora, eu não tinha certeza.

— Deveríamos nos preocupar, papai?

Meu medo provavelmente estava aparente, porque ele pegou minhas mãos e tentou me acalmar.

— Falei demais sobre minhas preocupações particulares, Hedy. Ninguém sabe o que vai se passar nesse tumulto. Mas, se alguém pode proteger você, esse alguém é ele. Friedrich Mandl é capaz de mantê-la a salvo em tempos inseguros.

CAPÍTULO 9

18 de julho de 1933
VIENA, ÁUSTRIA

A noite parecia ter sido lustrada até brilhar. Nossa mesa estava posicionada perfeitamente no centro da sala de jantar, onde todos os olhos podiam repousar sobre nós. Nosso rosto brilhava sob a luz tremeluzente de dois candelabros de prata, que seguravam velas em braços na forma de galhos. O brilho caloroso projetado por esse suporte prateado fazia as taças de cristal reluzirem mais forte, e a prataria cintilar de muitas superfícies refletivas. No centro da mesa havia um vaso de porcelana cheio de rosas exibindo cada um dos tons das que foram entregues em meu camarim, um buquê podado por mãos habilidosas, de modo que as flores ficaram na altura perfeita e não interferiram na visão que tínhamos um do outro. O restaurante zumbia com a conversa baixa dos outros comensais noturnos e a música suave de um piano. Eu sentia que todos os nossos outros jantares e almoços elegantes tinham sido um ensaio para esse momento; a cortina se erguia na noite de estreia. Ou estaria eu enxergando teatralidade e importância em detalhes inconsequentes porque pensava que Fritz me pediria em casamento naquela noite?

Eu sabia que meu pai tinha falado com Fritz no dia anterior. Eles tinham marcado outro almoço no clube de Fritz, e de manhã, antes de sair, papai e eu ensaiáramos o que ele diria. Resquícios da fumaça de seu cachimbo redemoinhavam no saguão de entrada quando voltei do teatro à noite, e eu corri até onde ele esperava, na sala de visitas, para ouvir os detalhes da conversa. De acordo com papai, tinha acontecido precisamente como planejáramos, com uma exceção. Fritz deixou claro para meu pai que queria que eu parasse de atuar quando nos casássemos – a mesma condição pela qual eu tinha rejeitado outro jovem pretendente. Mas aquela proposta – daquele homem – era diferente, mesmo que eu continuasse não gostando da condição. No entanto, com o medo crescente das ameaças políticas, os riscos eram muito maiores e, de toda forma, meus sentimentos por Fritz eram muito mais intensos. Depois de uma longa discussão às lágrimas com papai – observada por minha mãe, que ofereceu sugestões enquanto ensaiávamos minha resposta –, comecei a ver a condição de Fritz através de outra lente e passei a aceitá-la, mesmo que de mau grado.

Fritz, no entanto, não tinha dito nada sobre esse segundo almoço, assim como não mencionara o primeiro. A pressão para manter o clima descontraído e meu tom leve e provocador – como eu sentia que ele queria – era imensa. Precisei me apoiar em minhas habilidades de atriz para mascarar a ansiedade que fazia meu estômago se revirar e minhas mãos suarem. Obriguei-me a suprimir a jovem e ansiosa Hedy Kiesler de Döbling e me tornei Hedwig Kiesler, a queridinha dos palcos, acostumada e merecedora da atenção do homem mais rico da Áustria.

Eu contava a Fritz uma história dos bastidores sobre um colega de peça e as exigências cada vez mais ridículas do diretor quando um homem apareceu ao lado da mesa. Durante nossos encontros no restaurante, muitos homens prestavam respeito a Fritz com uma reverência rápida e uma palavra baixa, mas ele nunca se levantou nem os apresentou para mim. Dessa vez, no entanto, Fritz se ergueu num pulo e apertou a mão do cavalheiro alto, enfaticamente.

— Ah, Ernst. Posso apresentá-lo à srta. Hedwig Kiesler? Hedy, este é o príncipe Ernst Rüdiger von Starhemberg.

Príncipe Von Starhemberg. Mesmo se papai não o tivesse recentemente descrito como líder da direita austríaca – às vezes fascista – e líder do Heimwehr, eu teria reconhecido o sobrenome. A família Starhemberg, longa e antiga linhagem de nobres austríacos, era dona de milhares de acres e diversos castelos por todo o país.

O cavalheiro virou seus olhos aproximados, seu longo nariz aristocrático e sua expressão severa em minha direção.

— Ouvi falar de seu triunfo em *Sissy*, srta. Kiesler. É uma honra conhecê-la — disse ele, fazendo uma reverência intensa.

O príncipe Von Starhemberg tinha ouvido falar de mim? Fiquei zonza com a ideia de um homem de sua nobreza e importância saber de minha existência e, por um momento, congelei. Um olhar afiado de Fritz me mobilizou, e eu assenti.

— O prazer é meu, príncipe. Agradeço as palavras gentis sobre minha performance.

Os olhos do príncipe se demoraram em mim por um momento desconfortável, e me perguntei como Fritz reagiria quando notasse a atenção de Starhemberg. Para minha surpresa, observei quando seu rosto refletiu aprovação – e não ciúmes.

Os dois homens se encararam de novo.

— Os planos com nosso amigo italiano estão caminhando bem? — perguntou Starhemberg.

— Ah, sim, muito bem. A próxima reunião já está agendada? — perguntou Fritz.

Conforme as vozes baixaram para um sussurro, tentei não ouvir nem fazer conjecturas sobre as maquinações envolvendo o tal "amigo italiano", que temi ser Mussolini. Ocupei-me estudando a famosa decoração do restaurante. Fazendo um aceno para o futuro e uma homenagem ao passado com sua mobília francesa polida e linhos belgas suntuosos, equilibrados por traços de estilo tirolês, os donos tinham criado o estabelecimento quintessencialmente austríaco.

Os homens se afastaram, e Starhemberg pegou minha mão.

— Terei que assistir a sua performance como nossa lendária imperatriz Elizabeth. O povo precisa desesperadamente de heroínas nestes tempos — disse e então beijou o dorso de minha mão.

Após uma reverência final, seguiu para as portas amplas do restaurante, e um garçom apressou-se para abri-las antes que ele as alcançasse.

Fritz e eu nos acomodamos de novo nas cadeiras, cada um tomando um gole longo de champanhe.

— Desculpe-me pela interrupção, Hedy.

— Não há por que se desculpar, Fritz. Foi um prazer conhecer o príncipe Von Starhemberg.

— Fico feliz em saber. Ernst é mais que um bom amigo. O alinhamento de nossas visões políticas e econômicas nos levou a formar uma aliança forte, e imagino que você o verá muito no futuro.

Com a palavra "futuro", engoli em seco. Será que ia acontecer? Será que aquele era o momento em que minha vida mudaria?

Tentei disfarçar minha ansiedade e minha empolgação crescentes.

— Ele foi muito gentil de elogiar minha atuação. Um homem como o príncipe Von Starhemberg deve ter assuntos mais urgentes com que se preocupar.

Fritz caiu em silêncio e me perguntei se eu tinha cometido um erro. Será que o tinha insultado ao sugerir que um homem importante não devia ter tempo para o teatro ou para uma atriz? E que ele, por inferência, não era tão importante quanto o príncipe?

— *Hase*, você ama tanto assim a fama? — perguntou, de repente.

Com essa pergunta, senti que chegávamos ao cerne da questão. Minha resposta exigia que eu procedesse com cuidado; caso contrário, a chance podia ser perdida. Papai e eu, com mamãe nas coxias, tínhamos discutido esse ponto espinhoso, e minha resposta ainda mais espinhosa, durante toda a noite, até o amanhecer. Embora eu lamentasse o sacrifício de minha profissão, tinha começado a ver como um sacrifício necessário a troca de minha carreira pela estabilidade e segurança que Fritz ofereceria. No entanto, agora que o momento tinha chegado, eu podia dizer as palavras?

Respirei fundo.

— A fama, os aplausos... isso nunca foi meu foco, Fritz. O que me dá prazer é a arte de desempenhar outro papel, de viver outra vida. — Foi esse o discurso que eu e papai ensaiamos.

— E se lhe fosse ofertada outra vida? Um papel a desempenhar cada minuto de cada dia, não apenas quando no palco? Precisaria do teatro?

Eu sabia o que ele queria que eu dissesse, o que era necessário para assegurar essa oportunidade. Assumindo uma expressão recatada, baixei os olhos e disse:

— Depende do papel. E da oferta.

Ele pigarreou e anunciou:

— O papel é o de esposa. E estou pedindo que seja a minha.

Erguendo os olhos para Fritz, através dos cílios, perguntei:

— De verdade?!

Ele deslizou uma caixa de veludo negro pela mesa, abrindo-a diante de mim. Dentro havia um largo anel de ouro, incrustrado com uma fileira brilhante de diamantes. Era a joia mais extravagante que eu já vira; eu nem podia adivinhar o número de quilates em sua confecção. Quase ri ao pensar em mim mesma, uma garota de dezenove anos, que estivera em uma escola de etiqueta suíça apenas dois anos antes, adornada com um anel mais adequado à mão madura de uma princesa.

— O que me diz, *Hase*?

— Sim, Fritz. Serei sua esposa.

Ele deslizou o anel pelo meu dedo e acenou ao garçom para pedir mais champanhe. Enquanto brindávamos à futura sra. Mandl, experimentei um sentimento de perda inesperado por Hedy Kiesler, a atriz. Quem ela se tornaria se Fritz Mandl nunca tivesse visto *Sissy*? Porque, eu sabia, esse novo papel de esposa que Fritz me oferecia era permanente. Eu não podia abandoná-lo quando um ensaio terminasse ou a cortina descesse.

Aquele brinde e aquele casamento eram um adeus.

CAPÍTULO 10

10 de agosto de 1933
VIENA, ÁUSTRIA

O corredor da igreja é só mais um palco, eu disse a mim mesma. *Não há motivo para ficar nervosa.* Alisei meu vestido outra vez e enfiei um fio de volta no coque baixo e entrelaçado com delicadas orquídeas brancas. Andando de um lado para o outro no pequeno espaço reservado para nós no santuário da capela, quase esbarrei em meu pai. Ele notou minha agitação e me puxou para perto, tomando cuidado com o buquê elegante de orquídeas que eu carregava e com as dobras complexas do vestido, que, apesar da marca Mainbocher, parecia simples demais comparado ao interior barroco da Karlskirche.

— Você está linda, *Liebling*. Não tem o que temer.

Papai sempre me dissera que a beleza com a qual eu nascera devia ter um propósito. No passado, eu pensava que ele se referia ao teatro vienense, o mundo cultural altamente valorizado para o qual a atratividade era requisito. Naquele instante, no entanto, fiquei na dúvida. Será que na verdade ele estivera dizendo que minha aparência estava destinada a me ajudar a fazer um casamento importante? Um casamento que ajudaria a mim e a minha família?

— Olhares de centenas de desconhecidos — respondi.

Papai bufou em uma risada.

— Isso não deve impactá-la, minha pequena atriz. Toda noite você encara centenas de estranhos.

— Ex-atriz — eu o corrigi, então me arrependi das palavras quando vi a tristeza em seu rosto.

— Você verá muitos rostos familiares de Döbling na plateia também — disse ele, tentando desviar meu foco.

— Sem dúvida horrorizados com esse casamento católico, sem uma *chupá* — retruquei.

Uma vez que papai tinha aberto a porta para discussões sobre nosso lado judaico, não resisti à provocação.

— Vamos, *Liebling*. A maioria dos habitantes de Döbling mora em Viena há gerações e está familiarizada com cerimônias cristãs.

— Talvez tenham presenciado casamentos cristãos como convidados, papai. Duvido que muitos tenham visto um dos seus participarem de uma cerimônia cristã.

— Você ficaria surpresa.

As semanas desde o pedido de Fritz passaram depressa. Como havíamos combinado, fiz minha última apresentação em *Sissy* e escrevi uma declaração que dizia: "Estou tão feliz com meu noivado que não consigo ficar triste com minha partida dos palcos. A animação com meu casamento iminente tornou fácil desistir de minha ambição antiga de ser bem-sucedida nos palcos". Enquanto esboçava as declarações públicas, eu me sentia tudo, menos feliz por desistir de atuar e embora nunca tivesse confessado minha angústia a Fritz, ele deve ter percebido, porque tentou aliviar o golpe com uma viagem surpresa a Paris no dia seguinte, a fim de comprar meu vestido de noiva.

Tendo mamãe como acompanhante, passamos três dias na capital francesa. Eu ansiava por ver os teatros e os museus que visitara com meus pais em viagens anteriores. Nessas ocasiões, nós três costumávamos esbanjar e ficar no luxuoso Hôtel Le Meurice, escolhido pela proximidade do Louvre, onde passávamos as manhãs diante de coleções incomparáveis de pinturas e esculturas – mamãe preferia os tons rosados de Fragonard, enquanto papai se demorava diante dos retratos sóbrios de Rembrandt – antes de almoçarmos no requintado restaurante do hotel. Depois, enquanto minha mãe descansava, eu e meu pai passávamos a tarde caminhando pelo Jardin des Tuileries ali perto, onde examinávamos as antigas amoreiras plantadas por Henrique IV e as esculturas elegantes; ocasionalmente nos permitíamos prazeres mais plebeus que mamãe desaprovaria, como os acrobatas itinerantes, os teatros de marionetes e os barcos em miniatura que velejavam pelo pequeno lago. Então, juntos, saíamos para uma noite de ópera no Palais Garnier ou de música sinfônica em um dos diversos teatros, dependendo da orquestra que mamãe e papai selecionassem. Algumas de minhas lembranças familiares mais queridas eram desses passeios parisienses.

    No entanto, aquela visita a Paris não incluiu nada da cultura nem da exploração de minhas viagens anteriores. Fritz tinha marcado uma série de encontros com os melhores costureiros da cidade, situados nos bulevares de alta--costura da Rue Cambon, da Avenue Montaigne, da Place Vendôme e da Avenue George V. Durante essas horas com os estilistas na Chanel, na Vionnet, na Schiaparelli e, finalmente, na Mainbocher, mamãe ficou sentada, atipicamente muda, enquanto Fritz me observava desfilar para ele um vestido depois do outro.

Na privacidade do provador na Mainbocher Couture, observei uma assistente de costureiro me prender num vestido azul-claro com faixas que se ajustavam ao corpo e caíam como as vestes de uma deusa grega. Ela se afastou para me permitir estudar o design no espelho de três lados antes que eu o mostrasse a Fritz e à mamãe, e não pude reprimir um suspiro de deleite. Ele me caía como nenhum outro, destacando minhas curvas de um modo que era tanto lisonjeador como apropriado para o casamento, ao mesmo tempo que atraía atenção para meu rosto, quase como um leve raio de luz. Um vestido singular para uma ocasião singular. Era perfeito.

Eu mal podia esperar para ver a reação de Fritz. Desfilando para a salinha privada fora do provador, onde mamãe e Fritz estavam acomodados em cadeiras de seda bordadas à mão, segurando taças de champanhe, reduzi o passo e me apresentei a eles. A ele.

Um sorriso lento tomou o rosto de Fritz enquanto ele me inspecionava. Seus olhos se demoraram na curva do decote e seu olhar começou a parecer indecente na presença de mamãe.

— Então, o que acha? — perguntei, com um volteio para desviar seus olhos de meu busto.

— É muito lisonjeiro, *Hase*.

— É esse — anunciei, lançando um olhar para mamãe. Nem mesmo ela conseguiu conter um sorriso.

Fritz se ergueu e se aproximou tanto que senti o calor de seu hálito.

— É muito bonito, Hedy, mas não é esse.

— Como pode dizer isso, Fritz? — perguntei, com um olhar provocador. Afastando-me dele e girando outra vez, perguntei: — Não caiu perfeitamente em mim?

Ele se aproximou e, por um momento, pensei que me daria um beijo. Em vez disso, seus dedos apertaram meu braço com força e, em uma voz baixa e furiosa que só eu ouvi, ele disse:

— *Não é* esse. Você vai experimentar os outros.

Eu me afastei dele, quase tropeçando, e recuei para o provador. Ele tinha me ameaçado?

Trêmula, permiti que a assistente de costureiro me libertasse do vestido grego. Ela tirou da arara um impressionante vestido branco e preto e me vestiu. No espelho, vi que ele chamava atenção para meu cabelo negro e minha pele pálida, mas as arestas afiadas e o design geométrico pareciam mais adequados para um baile formal que para uma noiva. Mas eu poderia expressar essas preocupações a Fritz? Ousaria fazer isso? Eu estava dividida. Não queria ouvir aquele tom na voz dele outra vez nem sentir seus dedos afundarem em meu braço; mas tampouco queria sacrificar tudo - inclusive a escolha de meu próprio vestido de noiva - para manter a paz.

Sem desfilar nem voltar, entrei na sala, pronta para o julgamento de Fritz. Ele se ergueu num salto quando me viu e puxou mamãe junto.

— É *esse* — disse, sem perguntar a mim nem a minha mãe o que pensávamos.

Quando mamãe viu a cor se erguer em meu rosto, balançou a cabeça para mim. Discordar de Fritz, pelo visto, não era aceitável. Não depois da cena que ela presenciara.

— É adorável — eu disse, tentando enterrar a raiva que sentia pela rispidez de antes e, em vez disso, me concentrar em seu deleite ao me ver naquele vestido. Eu me perguntei se o vestido era realmente tão importante. O ponto mais crítico não era assegurar meu casamento com Fritz, com toda a segurança e proteção que isso implicava?

Virando de novo para o espelho, tentei me ver como Fritz me via, como ele queria que eu fosse. De fato, eu causava uma bela impressão no vestido. Encontrando seu olhar no espelho, assenti em concordância com sua decisão.

Depois da prova, deixamos mamãe no hotel e passeamos brevemente pelo familiar Jardin des Tuileries, então seguimos para o norte em direção à Place Vendôme. Com as janelas arqueadas no térreo emolduradas por pilastras e pilares ornamentais, a grandeza dos prédios que cercavam a praça octogonal me deixou boquiaberta, e Fritz se divertiu me contando a história por trás da coluna Vendôme no centro da praça. Com mais de quarenta metros e feita com base na Coluna de Trajano, a famosa coluna triunfal em Roma, tinha sido encomendada por Napoleão no início do século XIX para celebrar suas vitórias. A coluna de bronze, com baixos-relevos que espiralavam para cima, tornou-se um ponto de controvérsia e, conforme o *status* de Napoleão descia ou subia, foi desmantelada e remontada até o fim do século, quando a restauraram de vez.

— Governantes e movimentos podem ascender e cair, mas o poder do dinheiro sempre prevalece — disse Fritz.

Embora fosse o resumo de um episódio da história napoleônica, parecia uma declaração apropriada de suas próprias crenças políticas. O poder parecia um fim em si mesmo.

Passamos pelas lojas suntuosas que ocupavam lugar de destaque ao redor da praça, parando em frente às janelas de bronze arqueadas da Cartier. O sol dourado da tarde fazia as joias na vitrine cintilarem, e eu admirei um conjunto de brincos, colar e pulseira incrustados com um padrão geométrico de diamantes, rubis, safiras e esmeraldas. O momento era perfeito, e tentei pôr de lado minha angústia de antes.

— As joias não chegam nem perto de sua beleza, Hase.

Nada chega — disse Fritz, envolvendo o braço ao redor de meus ombros.

Desviando a conversa para o dia do casamento enquanto voltávamos da Cartier, ele repassou os planos para o almoço que se seguiria à cerimônia. Fritz tinha assumido o comando do casamento, ditando praticamente todos os elementos – as flores, o vestido, a música, o restaurante, o cardápio, a lista de convidados – com tantos detalhes quanto faria um cenógrafo ou um diretor de teatro. O único item ainda não abordado por ele era a cerimônia em si, e presumi que ele trataria disso em seguida. No começo, na privacidade do lar, mamãe resmungou desgostosa sobre esse arranjo "inapropriado" no qual o noivo, e não a noiva, organizava o casamento. No entanto, à medida que passava mais tempo com Fritz e testemunhava seu foco quase frenético no evento, até mesmo essas reclamações se silenciaram. Em vez disso, ela não só não ousava interferir como também me aconselhava a não fazê-lo.

O único aspecto do planejamento em que me envolvi foi a lista de convidados. Fritz insistiu em convidar não só a alta sociedade, como o príncipe Gustav da Dinamarca, o príncipe Albrecht da Baviera e o príncipe Nicolau da Grécia, mas também figuras políticas de relevo, incluindo os chanceleres Engelbert Dollfuss e Kurt von Schuschnigg. Meus pedidos foram poucos; eu só queria incluir cinco ou seis amigos do teatro e alguns familiares de papai e mamãe. Fritz negou. Ele estava preocupado com os números. Tinha escolhido o Grand Hotel de Viena, no Kärntner Ring, para o almoço do casamento, e o local só podia acomodar duzentas pessoas no maior salão. Só os convidados de Fritz já se aproximavam desse número.

Enquanto caminhávamos, perguntei se podia convidar meu mentor do teatro, Max Reinhardt, que era por si só um importante diretor e produtor; então, Fritz me interrompeu com uma pergunta sem nexo:

— O que você acha da Karlskirche? Conhece?

Por que ele estava me perguntando sobre um dos prédios mais famosos em Viena, a igreja barroca com uma vasta cúpula de cobre flanqueada por duas colunas? O que isso tinha a ver com acrescentar Max à lista de convidados? Será que era maior que algumas das outras que ele estava considerando e capaz de acomodar mais convidados? Não, não podia ser. Era uma igreja cristã.

— É claro, Fritz. — Eu me esforcei para manter a voz livre de irritação, na esperança de que ele aumentasse a lista de convidados. — Ninguém que mora em Viena desconhece a Karlskirche. Ela domina a linha do horizonte. — Balancei a cabeça um pouco e, então, após uma breve pausa, continuei discutindo a lista de convidados. — Tem certeza de que não temos espaço para Max? E meus tios? Papai ficaria decepcionado de não ter a família do irmão lá.

— Hedy, não perguntei sobre a Karlskirche para jogar conversa fora ou discutir a lista de convidados. Quero saber se você gostaria de se casar lá — retrucou, ríspido.

Eu, casar-me na Karlskirche? Seria possível que Fritz não soubesse que minha família era judia? Não tínhamos discutido religião, nem a dele nem a minha, uma única vez sequer. Presumi que, conforme papai tinha apontado, ele saberia por eu morar em Döbling.

— Eu não sou cristã, Fritz — respondi, com cuidado. — E, embora não seja religiosa, minha família tem origem judaica.

A expressão dele não mudou.

— Deduzi, Hedy. Mas isso não deve impedir nosso casamento na Karlskirche. Meu pai converteu-se do judaísmo para o catolicismo simplesmente para casar-se com minha mãe. Eu posso organizar uma conversão rápida para você e, então, nos casaremos lá.

Ele fez a sugestão casualmente, como se mudar do judaísmo para o cristianismo fosse uma questão tão simples e incontroversa quanto trocar o pedido de jantar de peixe para carne. E eu, que nunca o tinha ouvido falar sobre o histórico religioso da própria família, fiquei surpresa ao ouvir que ele tinha uma ancestralidade judaica também.

Conversão? Minha família não era religiosa, mas aquele era um passo drástico. O que papai diria? Eu sabia como ele temia por mim e por nossa família no clima político antissemita, e como queria esse casamento como um modo de me proteger. Mas será que aprovaria essa medida extrema?

Talvez pudéssemos chegar a um acordo sem a necessidade de conversão. Escolhi minhas palavras com cuidado.

— Não há outro lugar onde gostaria que nos casássemos? Uma de suas outras casas? *Schlöss* Schwarzenau? Ou seu apartamento em Viena, que fica perto do Grand Hotel, onde teremos o almoço?

Seus olhos estreitaram-se e seu maxilar tencionou-se de um jeito que eu só vira quando ele falava com aqueles anônimos conhecidos de negócios que lhe prestavam homenagem nos restaurantes, ou quando eu perguntara sobre sua criação.

— A Karlskirche é onde as pessoas da alta sociedade se casam, e pretendo que nosso casamento seja celebrado adequadamente. Além disso, não é conveniente para mim ter uma esposa judia. Não com o tipo de negócio que vou conduzir nos próximos meses. — Ele assentiu, como se chegasse a uma conclusão. — Sim, quanto mais penso sobre a questão, mais certo estou de que devemos ter uma cerimônia cristã na Karlskirche.

Eu reduzi o passo. Papai queria a segurança que esse casamento podia prover e agora o casamento exigia conversão. Que outro caminho eu poderia tomar sem colocar minha família ou a mim mesma em risco? Além disso, considerei, a conexão com minha herança religiosa era tênue, para dizer o mínimo. Meu lado judaico sempre fora uma sombra muito vaga, e a conversão não impediria um reconhecimento disso. Eu tinha avançado demais naquele caminho para desviar agora.

Dando um aperto no braço de Fritz, acelerei para acompanhar seus passos. Tentando manter minha voz leve e contente, disse:

— É claro. Faremos a cerimônia na Karlskirche.

Naquela noite, depois de um jantar no Lapérouse, restaurante com estrela Michelin, entrei no quarto de hotel e encontrei sobre a cama uma caixa grande embrulhada em um caro papel vermelho, amarrada com uma fita de seda. Um envelope branco estava encaixado sob a fita. Abri-o e li a carta que estava dentro dele.

Para minha noiva usar no dia de nosso casamento.

Tirando uma caixa de veludo do papel de embrulho pesado, vi a palavra Cartier gravada. Lentamente, ergui a tampa da caixa. Dei de cara com o conjunto de joias que eu havia admirado na vitrine. Os brincos, o colar e a pulseira cintilavam na luz baça do lustre de nossa suíte, e eu não conseguia acreditar que aquela quantia aviltante em forma de diamantes, rubis, safiras e esmeraldas pertencia a mim. Quanto mais eu encarava as peças, mais me perguntava se Fritz não tinha feito uma barganha.

Aquelas joias não eram um preço exíguo a pagar por meus sacrifícios? Primeiro minha carreira de atriz e agora a tradição de minha família? Não importava que minha própria conexão à religião fosse tênue; era uma submissão momentosa.

A música começou. Fritz tinha contratado as primeiras cadeiras da orquestra sinfônica de Viena para tocar, antes de minha entrada, versões orquestrais de algumas de minhas músicas favoritas. Sorri ao som de "Night and Day", de Cole Porter, e então o pânico me dominou e minhas mãos começaram a suar.

Tomando um fôlego profundo e trêmulo, dei o braço a meu pai e me preparei para atravessar a igreja. No entanto, antes de sairmos do santuário da capela e entrarmos no tapete vermelho da Karlskirche, ele sussurrou:

— Você não pode tratar esse homem como tratou todos os rapazes antes dele, Hedy. Quando se cansar dele, quando ele a enfurecer, não pode tratá-lo como um de seus divertimentos. Os riscos são altos demais. Entende?

Papai nunca tinha falado comigo dessa forma. Será que eu estava cometendo um erro terrível?

— Entendo — eu disse; afinal, o que mais podia dizer? Não podia abandonar Friedrich Mandl, o homem mais rico da Áustria, o Mercador da Morte, no altar.

— Que bom, porque isso é pela vida, Hedy. Pela vida de todos nós.

CAPÍTULO 11

14 de agosto de 1933
VENEZA, ITÁLIA

A luz se infiltrava pelas venezianas. Através delas, raios espessos de sol iluminavam Fritz enquanto ele dormia, durante nossa lua de mel, na suíte do Hotel Excelsior. Meu novo marido.

Seus olhos se abriram, e ele me deu um sorriso lento e torto. Era uma expressão vulnerável que meu imponente marido jamais mostraria ao mundo. Só a mim.

— *Hase* — sussurrou.

Envolvi as pernas ao redor das dele, mas, fora isso, não me aproximei. Ele adorava a caçada, mesmo que fosse apenas sobre o colchão. Seus dedos se fecharam nas alcinhas de seda que pendiam de meus ombros e mantinham minha camisola erguida. Quando começou a deslizar as alças, afastei-me bem de leve.

— Já perdemos o café da manhã. Se me mantiver nesta cama por mais tempo, vamos perder o almoço também — objetei, mas minhas palavras contradiziam a expressão coquete em meu rosto. E, embora eu deliberadamente pintasse aquele olhar sedutor, não precisava fingir o desejo. Fritz, um homem que tivera dezenas de mulheres, era um amante habilidoso e com um bom entendimento do corpo feminino, ao contrário dos rapazes que eu conhecera antes.

— Acho que, a esta altura, você sabe que só preciso de você para me manter de pé, *Hase* — disse suavemente em meu ouvido, enquanto me puxava sobre seu corpo.

— Então vou alimentá-lo — eu disse, sentando sobre ele.

Depois, quando de fato perdemos o desjejum no Pajama Café e em vez disso pedimos serviço de quarto, ele bebericou um espresso e mordeu uma fatia grossa de pão com geleia enquanto observava eu me vestir.

— Use o maiô verde, não esse. Aquele de Jean Patou — ordenou. — Gosto de como mostra suas pernas.

Tirei o maiô listrado que tinha planejado usar na praia do Lido, que ficava diante do Hotel Excelsior. O verde era menor, com um pedaço triangular cortado na barriga. Estranhamente, eu me sentia mais nua nele do que filmando as cenas escandalosas em *Êxtase*. Talvez a expressão lasciva nos olhos dos outros veranistas – em oposição ao escrutínio profissional que recebi no *set* do filme – fizesse a diferença.

Enquanto eu puxava o maiô designado sobre os quadris, ele deu outra ordem.

— Use o batom escuro. — Desde o casamento, ele estava se tornando cada vez mais exigente e insistente quanto a minha aparência.

Eu raramente objetava a seus desejos – físicos ou outros –, porque na verdade era muito mais fácil agradar alguém que expressava suas vontades abertamente. Era quase um alívio não precisar constantemente ler seu humor e ajustar minha atuação de acordo com ele, como fizera com os outros. No entanto, esse pedido parecia bobo; e eu tinha crescido experimentando o mundo lá fora sem camadas de artifício.

— Para a praia? Maquiagem pesada é realmente necessária? Sua testa se franziu com minha leve objeção, e sua voz ficou raivosa.

— Sim, Hedy. O batom enfatiza o contorno de sua boca.

A insistência dele me surpreendeu. Eu não tinha visto esse comportamento desde que exigira que eu usasse o vestido Mainbocher no casamento. O que tinha acontecido com o homem que gostava de minhas opiniões e de minha força?

De toda forma, fiz o que ele pediu. Depois, descemos as escadas e atravessamos o saguão em estilo veneziano, pontuado por influências bizantinas e mouras. O Hotel Excelsior era vasto, com mais de setecentos quartos, três restaurantes, múltiplas varandas, dois clubes noturnos, dez quadras de tênis, uma doca privada e, é claro, uma praia particular. A caminhada da suíte até a praia levou quase trinta minutos.

Emergimos no sol italiano ofuscante. Puxando a aba larga do chapéu sobre meus olhos e ajustando os óculos escuros, enrolei meu robe de seda com mais força e dei o braço a Fritz. Quando o caminho que levava à praia se estreitou e não podíamos mais andar de braços dados, ele espreitou atrás de mim, eternamente vigilante, até chegarmos ao mar.

Diante de nós se estendia a ampla praia do Lido, a ilha de barreira que separava Veneza do mar Adriático. Embora a areia estivesse cheia de barracas e cadeiras, ocupadas por elegantes veranistas usando roupas saídas das páginas das revistas de moda europeias, foi o som das ondas e das gaivotas que me fez sentir um estranho júbilo. Inspirei o ar marinho salgado e, por um breve momento, habitei meu eu antigo em vez do papel da sra. Fritz Mandl.

O humor se quebrou quando Fritz ergueu a mão casualmente, gesticulando para que o rapaz da barraca nos atendesse. Um garoto usando uma camisa listrada correu até nós carregando toalhas.

— Como posso ajudá-lo, senhor? — perguntou, em um alemão com forte sotaque italiano. Como ele sabia que falávamos alemão? Imaginei que o pessoal do hotel, acostumado com os visitantes internacionais que se hospedavam ali, tinha um jeito próprio de discernir a nacionalidade dos visitantes.

— Gostaríamos de duas espreguiçadeiras e dois guarda-sóis.

— Sim, senhor — disse o garoto, levando-nos às únicas duas cadeiras disponíveis na praia. As cadeiras de praia, cobertas por almofadas de um tecido vermelho listrado que combinava com a camisa do garoto, estavam na fileira de trás, e densas fileiras de outros hóspedes bloqueavam a visão do mar.

Nos poucos dias que passáramos no Excelsior, a hierarquia das cadeiras de praia tinha se tornado clara. Só os hóspedes mais ricos e nobres recebiam cadeiras nas fileiras mais próximas ao mar. Aqueles sem qualquer notoriedade particular recebiam cadeiras mais longe da água, quando disponíveis.

Eu sabia o que Fritz ia dizer ao garoto antes mesmo que ele pronunciasse as palavras.

— Como você chegou a considerar que essas cadeiras seriam aceitáveis?

— Sinto muito, senhor, mas todas as outras estão ocupadas.

— Diga ao gerente que um dos hóspedes gostaria de lhe falar. Sou o sr. Mandl e esperarei aqui por ele.

O pobre garoto congelou. Quando finalmente reuniu coragem para falar, sua voz tremia.

— O senhor disse sr. Mandl?

— Sim. Você é surdo? — rosnou Fritz.

— Minhas mais sinceras desculpas, senhor. O dono do hotel nos disse para cuidarmos especialmente do senhor, que é um amigo especial de... — O menino interrompeu antes que pudesse terminar, mas eu sabia de quem ele falava. — Eu tinha nossas melhores cadeiras reservadas para o senhor e sua esposa, mas, quando as horas passaram e os senhores não apareceram, permiti que outros hóspedes as ocupassem.

— Por uma bela gorjeta, sem dúvida.

O rosto do garoto ficou vermelho como a camisa.

— Vou informar ao gerente que o senhor gostaria de falar com ele; enquanto isso, por favor, permita-me atender ao pedido.

Fritz lançou um olhar cético, mas aquiesceu com um leve aceno. Observamos o rapaz correr de um lado para o outro, carregando as duas espreguiçadeiras e os guarda-sóis a uma primeira fileira que ele criou na hora. Nosso lugar agora bloqueava a visão de vários hóspedes irritados na primeira fileira original, que sem dúvida haviam pagado uma soma considerável por seus lugares privilegiados.

Fritz ficou satisfeito. Antes de nos acomodarmos nos assentos, entretanto, um homem num terno azul-marinho de corte impecável, quente demais para um banho de sol, marchou até nós seguido por um garçom. Ele estendeu a mão e, em um alemão praticamente sem sotaque, disse:

— Permita que eu me apresente, sr. e sra. Mandl. Meu nome é Nicolo Montello. Sou um dos proprietários do Hotel Excelsior.

— Ah, prazer, sr. Montello — respondeu Fritz, estendendo a mão para cumprimentá-lo.

— Quando descobri a ofensa que sofreu nas mãos de um de nossos funcionários, fiquei horrorizado. Um representante do próprio *Duce* requisitou que estendêssemos ao senhor e sua nova esposa o melhor da hospitalidade italiana em sua lua de mel, e nós falhamos. Por favor, permita-me garantir que, a partir deste momento, sua estadia no Excelsior seja mágica.

— Isso seria apreciado, sr. Montello.

O homem fez uma reverência profunda, então gesticulou para que o garçom desse um passo à frente. Ele ergueu o domo de prata da bandeja carregada pelo homem para revelar uma garrafa de Château Haut-Brion, que até eu sabia ser muito caro. Sem qualquer palavra do sr. Montello, outro garçom apareceu carregando uma mesa com toalha de linho, que ele montou entre nossas cadeiras. Um terceiro, então, chegou com uma bandeja de figos e melões maduros, do tipo que eu vira perto de outros veranistas, assim como uma porção de frutos do mar frescos. Os quatro homens fizeram uma reverência e se retiraram.

Nós nos acomodamos. Enquanto bebericava o vinho, Fritz quebrou uma cauda de lagosta. Ele sorriu para mim e disse:

— Viu, *Hase*? Eu não disse? Dinheiro e poder sempre prevalecem.

CAPÍTULO 12

14 de agosto de 1933
VENEZA, ITÁLIA

O dedilhado do baixo ficou mais alto, assim como o lamento da trompa e as batidas da bateria. A letra da canção de jazz popular se acelerou, e eu fechei os olhos e deixei as notas selvagens de "It Don't Mean a Thing", de Duke Ellington, passarem por mim.

Uma banda de jazz dos Estados Unidos com catorze membros dominava o palco do Chez Vous, clube de jazz do Excelsior. O estabelecimento luxuoso, decorado com suntuosos arranjos de mesa florais e uma fonte de nove metros, organizava-se ao redor de um palco coberto. Este, por sua vez, abria-se para um palco e um jardim exteriores iluminados por centenas de luzinhas que piscavam, mudando de cor.

Hóspedes do hotel e alguns intrusos se amontavam na pista de dança externa, onde cantores lendários como Cole Porter se apresentavam todo verão durante a temporada, e a mesa central que o sr. Montello nos arranjou oferecia uma excelente vista da diversão. Usando vestidos de festa quase transparentes de tão finos e adornados com joias brilhantes, as mulheres davam passos frenéticos de *lindy hop* e *shag* com seus parceiros, em um esforço para acompanhar o ritmo veloz da canção. Olhando para os dançarinos despreocupados, parecia impossível que as inquietações de papai pudessem se tornar verdade. O tipo de fascismo antissemita de Hitler se estabeleceria e se espalharia em meio a uma farra daquelas?

Fritz e eu tínhamos nos juntado à diversão no clube por volta das dez da noite, depois de relaxar na praia até as cinco, beber coquetéis na varanda até as sete, ainda em roupas de praia e robes de seda como todos os outros hóspedes, e, então, aproveitar uma longa e elegante refeição na primorosa sala de jantar rosada depois de colocarmos os trajes formais. Eu estava ansiosa para me juntar aos dançarinos, mas meus dois dias no Excelsior tinham me ensinado que Fritz gostava que ficássemos afastados de multidões. Bem, pelo menos que eu ficasse.

Mais cedo na praia, depois que terminamos o vinho e a comida fornecida pelo sr. Montello, Fritz pediu licença. O dia tinha se tornado ventoso, e uma brisa forte tirou de minhas mãos a revista de moda que eu estivera folheando, fazendo-a voar sobre a areia. Enfiei meu chinelo e levantei-me para pegá-la, mas, antes que fosse muito longe, um homem pulou de sua espreguiçadeira e a agarrou para mim.

Com a edição amassada de *Modenschau* na mão, ele veio em minha direção.

— *Parlez-vous français?*
— Sim — respondi, em francês.
— Perdão, não consegui pegar sua revista sem amassar — disse, estendendo-a para mim. O homem era mais jovem que Fritz, devia ter pouco menos de trinta anos, e era significativamente mais alto e louro.

Estreitando os olhos contra o sol para olhar para ele, agradeci. Estávamos trocando algumas cortesias insignificantes sobre o tempo instável quando Fritz retornou. Pela tensão em seu maxilar, eu sabia que estava incomodado de me ver falando com outro homem, não importava quão inocente fosse a conversa.

— Ah, aqui está meu marido — anunciei ao homem, em francês, pensando que minhas palavras agradariam a Fritz, antes de lembrar que ele não falava a língua.

Fritz envolveu os braços possessivamente em torno de minha cintura e, em alemão, perguntou:

— O que está acontecendo aqui? — Seu tom era inegavelmente acusador.

Eu estava prestes a explicar o resgate da revista quando o homem perguntou, em um alemão hesitante, se gostaríamos de nos juntar a seus amigos para um jogo de cartas ou gamão.

Fritz me apertou com tanta força que eu mal conseguia respirar.

— Obrigado, mas *minha esposa* e eu preferimos ficar *a sós*.

A canção acelerada de Duke Ellington chegou a um fim abrupto, e a trompa ocupou o centro do palco. Eles tocaram as notas de abertura lentas e sinuosas de "Night and Day", de Cole Porter, e a pista de dança se esvaziou. Eu sabia que Fritz ficaria contente não só com a dispersão dos dançarinos mas também com o ritmo sensual da canção, já que ele achava que dançar o frenético jazz era "indigno".

Levantei-me da cadeira e me pus diante dele, balançando o quadril de leve em um convite sugestivo para dançar. Ele se juntou a mim, e nós deslizamos pelo chão em passos suaves. Embora a banda tocasse uma versão instrumental de "Night and Day", sussurrei a letra no ouvido de Fritz.

Ele sorriu com minhas palavras, e eu me parabenizei pela pequena vitória de convencê-lo a dançar. Alguns casais se juntaram a nós na pista – embora nem de perto tantos quanto para as duas músicas anteriores, mais rápidas –, e Fritz e eu giramos felizes. Dois cavalheiros mais velhos me observavam com apreciação, e notei o orgulho no rosto dele. Pelo visto, Fritz queria que eu fosse desejável, mas inalcançável. Quando os observadores chegavam perto demais, ou ganhavam um possível acesso a mim, o orgulho se transformava em raiva.

Um casal jovem, ambos bem-vestidos, com cabelos escuros e feições patrícias, dançava perto de nós – perto demais. Seus movimentos eram espasmódicos, até desleixados, e vi que a mulher tentava conduzir seu parceiro inebriado em direção a uma parte mais livre da pista de dança. Ele resistiu aos esforços dela, até que a mulher ficou frustrada e se afastou, irritada.

Sem parceira, o homem cambaleou em nossa direção.

— Posso interromper? — perguntou, em alemão, com uma voz arrastada.

— Não — respondeu Fritz, girando-me para longe do homem. Continuamos a dançar como se nada tivesse acontecido, mas os dedos de Fritz se afundaram em meu quadril.

O homem tropeçou de novo até nós, atravessando a pista e serpenteando entre os outros dançarinos.

— Veja bem... Uma garota bonita assim não deveria dançar a noite toda com um *Kerl* velho como você.

Mantendo o braço em torno de mim, Fritz empurrou o bêbado no chão. Agarrando minha mão, ele passou por cima do homem e nos levou ao bar, onde um garçom nos deu duas taças de champanhe. Fritz virou uma taça inteira antes que eu desse um gole e me arrastou para fora do clube.

Ele me puxou pelo saguão e pela grande escadaria até nossa suíte sem dizer uma única palavra. Quando finalmente olhei bem para o seu rosto, enquanto ele procurava a chave do quarto, notei que a raiva tinha se inflamado e virado fúria. Assim que fechou a porta atrás de nós, ele me pressionou contra a parede ao lado de nossa cama. Deslizando as mãos sob meu vestido, ele afastou minhas roupas íntimas e me tomou ali mesmo, não exatamente contra minha vontade, mas sem a cortesia de um único beijo. Naquele momento, fechei para ele uma parte de mim mesma, reconhecendo que a vida com Fritz seria uma caminhada na corda bamba mais perigosa do que eu imaginara.

CAPÍTULO 13

28 de setembro de 1933
SCHWARZAU, ÁUSTRIA

Ele passou a venda sobre meus olhos. Ouvi o som de chave na fechadura, depois um clique. Segurando minha mão, Fritz me conduziu por uma escada. Uma porta se fechou com um baque surdo atrás de mim, e ele soltou minha mão. Senti seus dedos sobre o cabelo em minha nuca quando o lenço de seda que cobria meus olhos foi removido. Por que eu estava com medo?

Meu novo marido disse:

— Pode abrir os olhos, *Hase*.

Eu estava no salão cavernoso da Villa Fegenberg. A construção, descrita por Fritz de modo enganador como "chalé de caça", mais parecia a propriedade de campo de um barão. Enquanto a decoração acenava para o tema de caça com cabeças de urso empalhadas e armamentos reluzentes, as antigas tapeçarias e pinturas de velhos mestres holandeses penduradas ao lado deles desmentiam o caráter rústico do lugar.

Fritz quisera que sua amada Villa Fegenberg fosse nossa primeira parada após retornarmos da lua de mel. "Um modo de prolongar a celebração", dissera ele. E, de fato, o resto de nossa lua de mel tinha sido um passeio luxuoso. Enquanto viajávamos por Veneza, lago de Como, Capri, Biarritz, Cannes, Nice e, finalmente, Paris, ele havia realizado cada capricho meu, o tempo todo nos mantendo à parte de outros viajantes e, consequentemente, à parte da raiva dele. Comecei a pensar que a fúria que ele tinha despejado em mim depois do Chez Vous fora um incidente singular, algo que nunca aconteceria de novo.

Quando entramos na sala de visitas, um panorama de montanhas imaculadas me encarou através das grandes janelas que recobriam o cômodo do chão ao teto. Colinas florestadas subiam até picos afiados, alguns cobertos por neve. A extensão de terra verdejante era pontilhada por manchas vívidas do azul de riachos sinuosos e pequenos lagos. A visão me lembrava a paisagem do Wienerwalk, extenso bosque que fazia fronteira com Döbling, onde eu caminhava aos domingos com papai.

Fritz marchou até a janela do meio e a abriu com força. O ar gelado e fresco da montanha inundou a sala, e eu inspirei profundamente. Ele voltou e, apertando-me em seus braços, disse:

— Seremos felizes aqui, Hedy.

— Sim — eu respondi, soltando-me o bastante apenas para olhá-lo nos olhos.

— Venha — ele disse, libertando-me do abraço e tomando minha mão. — Você precisa conhecer os empregados. Eles devem estar no salão de entrada.

Entrando no salão, os criados nos esperavam em uma fileira longa e formal. Para terem se disposto dessa forma, sem qualquer indicação, era porque Fritz devia ter orquestrado nosso retorno com antecedência a partir do último destino, Paris. Eu cumprimentei o mordomo, a governanta, o cozinheiro, dois atendentes e quatro criadas, e todos foram perfeitamente respeitosos, mesmo que um pouco frios ou distantes, exceto uma. Uma criada bonita chamada Ada, talvez um ou dois anos mais jovem que eu, me encarou de frente, quase como se me desafiasse. Talvez ela não gostasse de ter uma senhora com idade próxima à dela. Eu quase chamei a atenção de Fritz para os modos dela, mas algo me impediu. Não queria que ele pensasse que eu era incapaz de lidar com o pessoal.

Enquanto todos os criados mantinham posição, Fritz pegou minha mão e me conduziu pela grande escadaria. No topo, em plena visão de todos, beijou-me. Então me puxou para o que só podia ser nosso quarto. Tentei não pensar nos criados em posição de sentido lá embaixo, ouvindo os barulhos que fazíamos enquanto caíamos na cama.

Algumas horas depois, conforme o sol deslizava para trás das montanhas, Fritz e eu nos sentamos para jantar. Tínhamos nos vestido como se a refeição fosse no Hotel Excelsior: Fritz em seu *smoking* e eu no vestido favorito dele, lamê dourado com acabamento em veludo negro. A formalidade tinha parecido excessiva, mas Fritz insistira.

— É uma noite momentosa, *Hase*. Nosso primeiro dia em casa na Áustria.

Brindamos com champanhe em taças de cristal na luz dourada do pôr do sol, então adentramos a sala de jantar. Uma enorme mesa retangular dominava o ambiente e, sem pensar, dei um gritinho de prazer.

Fritz sorriu com a minha reação.

— Podemos acomodar quarenta pessoas aqui com a mesa estendida ao máximo. E faremos isso. Este será seu domínio.

Receber quarenta pessoas para jantar? Eu não tinha pensado sobre meus deveres de anfitriã como esposa de um homem de negócios importante. Estivera distraída com a empolgação do casamento e o glamour das longas viagens. A realidade da vida como esposa de Fritz – o que isso implicaria no dia a dia – não tinha sido registrada em minha mente. Imaginei que não podia mais protelar essa realidade.

— Como quiser — eu disse, vagamente, sem saber o que acrescentar.

Fritz foi até a cabeceira da mesa, onde um criado se apressou para puxar sua cadeira. Institivamente, segui em direção ao lugar ao lado de Fritz e esperei o auxílio do criado. Mas o homem congelou, lançando um olhar nervoso para Fritz.

— Hedy — repreendeu-me Fritz. — Você tomará seu lugar de direito no outro extremo.

Eu encarei a longa extensão da mesa, então mirei de volta para ele. Seria uma brincadeira? Devia haver dez cadeiras entre o lugar de Fritz e o que ele me indicou, e nós sempre tínhamos jantado intimamente – *à deux* – durante a lua de mel.

— Você só pode estar brincando, Fritz. É tão longe que precisarei gritar para conversar com você.

Não havia humor no rosto de Fritz. Sua voz ficou severa, e seus olhos, frios.

— Não, não estou brincando. Você deve treinar para os jantares que começaremos a dar na semana que vem.

— Semana que vem?!

— Sim, Hedy, temos uma agenda cheia, e ela começa na semana que vem. — Havia uma nota firme em sua voz. — A maioria de meus negócios é fechada durante jantares. E grande parte de meus relacionamentos profissionais é consolidada durante refeições também. Com você como anfitriã perfeita e eu como anfitrião e dono da Hirtenberger Patronenfabrik, seremos um time formidável.

Eu, anfitriã perfeita? Eu era uma garota de dezenove anos, com dois de experiência como atriz, nada mais. Não tivera exposição àquele estilo de vida na infância; meus pais preferiam socializar em restaurantes e teatros, não em jantares elaborados em nossa casa em Döbling, que empalidecia em comparação a qualquer uma das muitas moradias de Fritz. Que credenciais ou treinamento eu tinha para agir como "anfitriã perfeita" junto ao homem mais rico da Áustria?

Nenhuma, essa era a resposta. No entanto, eu sabia que Fritz jamais toleraria minha ignorância. Eu lhe vendera uma versão de mim mesma que incluía proficiência em todos os aspectos. Supus que teria que interpretar o papel. Talvez não fosse necessário desistir da carreira de atriz inteiramente.

O que uma mulher experiente diria ao marido neste momento?, perguntei a mim mesma. Vasculhei meus papéis anteriores até encontrar um diálogo que podia funcionar; com modificações, é claro. Mantendo a voz forte e confiante, disse:

— Então eu deveria me encontrar com a governanta e os empregados amanhã cedo para revisar o calendário. Vou trabalhar com eles na lista de convidados, na disposição de assentos, cardápios e afins.

Fritz me deu um sorriso de diversão condescendente, como alguém daria a uma criança. Não era a reação que eu esperava. Eu tinha dito algo errado? De que modo minhas palavras eram humorosas?

— *Hase* — disse ele, afeto e irritação igualmente evidentes em sua voz. — Não se preocupe com tais coisas. Eu tenho lidado com essas questões há muitos anos, e elas não serão um fardo para você suportar. O único ônus que deve carregar em seus ombros delicados é sua beleza.

CAPÍTULO 14

24 de novembro de 1933
SCHWARZENAU, ÁUSTRIA

Dei uma longa tragada no cigarro e olhei a paisagem da varanda, observando a fumaça se misturar com minha exalação, visível no ar frio da noite. Como um gato, alonguei o pescoço e as costas em uma tentativa fracassada de aliviar a tensão. Estávamos recepcionando naquele fim de semana o grupo usual de figuras políticas e baixa realeza no *Schlöss* Schwarzenau, nosso castelo renascentista completo com torres entalhadas, uma capela de mármore e estuque com afrescos dos apóstolos, doze quartos, um salão de baile e um fosso. Havíamos passado o dia, mais quente que de costume para a estação, cavalgando e fazendo piqueniques perto do lago com nossos convidados, e o castelo fora uma trégua bem-vinda. Mesmo assim, apesar da queda de temperatura, o jantar me pareceu infinito e a conversa, sufocante, possivelmente devido aos convidados enjoativos de Fritz. Então, precisei pedir licença.

A lua de mel acabou no dia após nossa chegada à Villa Fegenberg. Naquela manhã, minha vida como sra. Mandl começou. Mesmo se eu tivesse passado um tempo significativo imaginando minha existência diária como esposa do homem mais rico da Áustria, teria sido em vão. Eu nunca adivinharia que Fritz tinha realmente sido sincero naquele jantar na noite de nossa chegada. Ele esperava que cada hora de meus longos dias fosse passada como preparação para a noite, arrumando-me e acentuando minha beleza. Eu era como um pássaro exótico, que só tinha permissão de sair da gaiola dourada para apresentações e, logo em seguida, era trancafiado de novo.

A administração da casa e do calendário social, que tipicamente caberiam à esposa, estava fora de minhas responsabilidades. Fritz supervisionava cada aspecto de nossas casas e nossos eventos, desde gerenciar o pessoal até selecionar os cardápios e agendar os compromissos. Ele acreditava que comprar um guarda-roupa para muitas ocasiões sociais e adornar a mim mesma deveria ser uma ocupação de tempo integral e, por consequência, eu passava meus dias inteiramente sozinha, exceto pelos encontros com o costureiro e por meus horários no salão de beleza acompanhada de meu motorista, Schmidt, que me levava no Rolls-Royce Phantom dado por Fritz como presente de casamento atrasado. Socializar com os poucos amigos que eu tinha do teatro ou de meus dias de escola era desencorajado, senão especificamente proibido, embora visitas a meus pais fossem permitidas. Até que chegasse a noite, e exceto por minha família, eu só tinha como companhia os livros e o piano, e as teclas negras e de marfim que eu evitara no passado por representarem minha mãe se tornaram minhas amigas. A força e a independência que Fritz parecia ter admirado durante nosso breve namoro evaporaram, substituídas por uma necessidade feroz de aquiescência da minha parte e por um desejo fervoroso de dispensar repreensões verbais se eu não atingisse os padrões dele.

De tempos em tempos, Fritz e eu passávamos um fim de semana a sós na Villa Fegenberg, onde eu captava vislumbres do homem com quem pensara ter me casado. Passávamos tardes cavalgando em trilhas montanhosas e fazendo piqueniques em campos florescentes, quando ele relaxava e eu podia ser outra vez a mulher vigorosa e cheia de opiniões que ele cortejara. Essas horas me sustinham e me davam esperança de um futuro diferente.

A seus muitos conhecidos de negócios e da sociedade, Fritz descrevia minha vida como "luxuosa e indulgente", e qualquer pessoa de fora provavelmente concordaria. Afinal, eu e ele rotacionávamos entre três casas enormes, todas decoradas de modo opulento, com uma equipe completa de empregados, e eu passava os dias em um turbilhão de gastos. Em uma virada irônica, porém, minha vida espelhava o último papel que eu interpretara, o último papel que provavelmente jamais interpretaria: a imperatriz Elizabeth. Não a parte inicial e romântica de sua história, que eu tinha representado no palco, mas seus anos tardios, quando seu marido mais velho, o imperador Franz Josef I, assumiu o controle de sua vida e da vida de seus filhos, trancando-a em uma jaula real desprovida da luz e do ar da liberdade. Assim como a Elizabeth, a mim não faltava nada, exceto liberdade e propósito. Mas como eu podia reclamar?

Passos interromperam meus pensamentos. Olhando para trás, vi o contorno de dois homens entrando na varanda. Eu os reconheci como os convidados trazidos por um dos financistas com quem Fritz ocasionalmente fazia negócios, mas fora isso não tinham nada de especial. Antes de cada evento, Fritz repassava a lista de convidados comigo, destacando os personagens importantes; além disso, esses homens não tinham sido apontados nem apresentados a mim, outro sinal de Fritz da pouca relevância dos convidados. Os homens tinham passado a noite como vultos em meu horizonte.

Nenhum tinha me cumprimentado, cortesia exigida para a anfitriã, o que significava que não deviam ter me visto por trás da coluna. No entanto, eu não tinha nenhum desejo de interromper meu breve hiato dos deveres da noite para jogar conversa fora com homens que Fritz julgava insignificantes.

— Os planos estão progredindo? — um perguntou ao outro, em uma voz baixa e rouca.

— Sim. Meu contato diz que passaram despercebidos — respondeu o outro, depois de tragar profundamente seu cigarro.

— Bem, Linz é um bom lugar para isso.

— Foi a escolha certa quando o Schutzbund decidiu se esconder.

A palavra Schutzbund me colocou em alerta. Das muitas discussões sobre política que eu ouvira durante jantares nos últimos meses, eu sabia que Schutzbund era o braço militar do Partido Social-Democrata, liderado pelo judeu Otto Bauer. O chanceler Dollfuss, líder da facção oposta e um associado próximo de Fritz, tinha banido o Schutzbund em fevereiro, deixando seu próprio grupo militar, o Heimwehr – liderado pelo príncipe Von Starhemberg e abastecido por meu marido –, no controle absoluto. O Schutzbund era, de certo modo, inimigo de Fritz.

Estariam esses homens realmente falando sobre as maquinações daquele grupo? Se sim, Fritz iria querer saber que o grupo militar proibido em direta oposição à própria facção não tinha se dispersado como ordenado, mas estava se escondendo. E em ascensão.

Os homens continuaram falando sobre o Schutzbund.

— Eles já estão prontos?

— Tento ficar fora dos detalhes. Sou só o homem do dinheiro.

— De fato, ignorância é uma virtude nesses tempos. Acho que...

Eu estivera ouvindo tão atentamente que meu cigarro se consumiu até a ponta. Antes que meus dedos queimassem, joguei a bituca no chão e apaguei a brasa final com a ponta do sapato de cetim azul-marinho. Embora tivesse tentado fazer silêncio, meus movimentos deviam ter chamado atenção. Como se subitamente percebessem que mais alguém habitava seu espaço, os homens interromperam a fala.

O som pesado de sapatos masculinos ecoou enquanto eles marchavam para meu canto da varanda. Rapidamente agarrei um cigarro e meu isqueiro de prata com monograma da bolsa e fingi estar concentrada em operá-lo.

Quando seus passos se tornaram mais altos, virei-me para ficar mais visível a eles e os chamei.

— Ah, cavalheiros, os senhores são meus salvadores. Algum dos dois tem um fósforo? Meu isqueiro parece não funcionar. — Coloquei o cigarro entre os lábios e me inclinei em sua direção em um gesto aberto a múltiplas interpretações.

Eles congelaram por um momento, até que o homem mais alto se recuperou e disse:

— Sra. Mandl, peço desculpas. Jamais a teríamos ignorado se tivéssemos percebido sua companhia na varanda. A senhora está aqui há muito tempo?

Ele estava jogando verde, tentando entender o que eu tinha ouvido, se é que tinha ouvido algo. Eu pintei um sorriso largo e estúpido e respondi:

— Por favor, não precisam se desculpar. Só estava aproveitando o ar noturno por alguns minutos e, verdade seja dita, estive perdida em meus próprios pensamentos, tentando avaliar o sucesso da noite até agora. É uma responsabilidade e tanto para uma jovem como eu ser anfitriã de homens como os senhores, não acham? — E pisquei.

Os homens se entreolharam em alívio. Aquele que estivera quieto finalmente falou:

— Acho que é seguro dizer que a noite foi um grande sucesso, sra. Mandl. Sua casa é de tirar o fôlego, e a hospitalidade tem sido extraordinária.

— Que alívio, senhores — suspirei. — Agora, posso extrair uma promessa de ambos?

Os olhos deles se encontraram em uma expressão cautelosa. O homem mais alto disse:

— É claro, sra. Mandl. Qualquer coisa.

— Prometem que não vão mencionar nossa conversinha a meu marido? Ele ficaria aflito se pensasse que sua nova esposa estava se escondendo na varanda, preocupando-se com a festa.

— Você tem nossa palavra.

O quarteto que Fritz tinha contratado começou a tocar um jazz lento e triste.

— Senhores, creio que é minha deixa. Se me dão licença...

Eles assentiram enquanto eu me afastava. Passando pelas portas francesas de volta para dentro, percorri o corredor até o salão onde os convidados estavam dançando ao som da banda e bebendo os digestivos que Fritz selecionara para complementar o cardápio.

Eu não precisei avançar muito pela multidão para encontrar Fritz, porque ele me esperava perto das portas. Seus olhos continham tanta fúria que me senti nauseada. O que eu tinha feito dessa vez? Que palavras condenatórias ouviria? Ele julgava meu comportamento nessas noites segundo um padrão insuportavelmente alto e ficava encolerizado se eu não o atingia.

— Onde estava? Os convidados perguntaram por você.

— Ele estendeu a mão para mim e sorriu devido à presença dos convidados; ao mesmo tempo, seu tom estava furioso.

Imaginei que uma reprimenda verbal se seguiria mais tarde, a não ser que eu desarmasse sua fúria.

— Ouvindo uma conversa muito interessante.

Suas bochechas coraram enquanto ele sem dúvida imaginava os sussurros ternos de um encontro amoroso ilícito. Mesmo aqui, em um ambiente que ele controlava, com convidados escolhidos especificamente por ele, o ciúme não tinha limites.

Falando rapidamente para apaziguá-lo, compartilhei as declarações que tinha ouvido sobre Schutzbund e Linz. Ele pediu que eu apontasse os homens, já que eu não conseguia me lembrar dos nomes, e que eu citasse cada palavra. Meu treinamento em teatro - com memorização exigente de falas - me foi útil, e fui capaz de recontar a conversa completa.

A raiva evaporou de seu rosto, substituída aos poucos por júbilo.

— É exatamente disso que precisamos. — Ele me ergueu do chão e me girou. Os convidados deram risinhos com o que imaginaram ser afeto de recém-casados.

Fritz sussurrou:

— Casei-me com mais que um rosto bonito. Casei-me com uma arma secreta.

CAPÍTULO 15

17 de fevereiro de 1934
VIENA, ÁUSTRIA

— Você está segura? — perguntei a minha mãe, arfando depois de correr até a porta da frente assim que meu motorista me deixou em Döbling, na casa de meus pais.

— Sim, Hedy — respondeu mamãe, como se jamais pudesse estar de qualquer modo que não perfeitamente bem. Como se mesmo o deflagrar da guerra civil austríaca em Viena não a pudesse perturbar. O que ela ganhava com aquele jeito impenetrável?

— Onde está papai? — perguntei enquanto pendurava meu casaco de pele no cabide raramente usado na entrada da casa. Onde estava Inge? Talvez tivesse trocado a cidade pela segurança do interior, como muitos fizeram. Todos, menos meus pais, é claro, apesar de eu ter implorado que se juntassem a nós na Villa Fegenberg, onde Fritz, com todo seu conhecimento exclusivo sobre as maquinações políticas e militares do conflito, sabia que estaríamos a salvo. Mamãe tinha se recusado a sair de Viena, julgando nossas preocupações uma "histeria sem fundamento", e papai não ia deixá-la.

— Ele está deitado no quarto.

— Ele foi ferido?

— Não, Hedy, claro que não. Eu teria avisado. É uma daquelas enxaquecas.

Passei por minha mãe e subi as escadas. Só quando abri a porta do quarto e avistei o corpo adormecido de meu pai relaxei de alívio. Eu não tinha percebido como meus músculos e meus nervos estiveram tensos até ver por mim mesma que meus pais tinham saído ilesos das batalhas irrompidas entre o Heimwehr e o Schutzbund nas ruas de Viena.

Afundando na cama ao lado de papai, comecei a chorar. O que eu tinha feito? Estivera tão contente com a reação de Fritz a minha espionagem. Ávida para agradá-lo, de modo que ele destrancasse minha jaula dourada durante o dia, eu lhe tinha implorado que me permitisse acesso a seu mundo maior. Lisonjeado, ainda que um pouco cauteloso, ele começou me apresentando as fábricas de munição e armas da Hirtenberger Patronenfabrik na Áustria e na Polônia e, enquanto eu soltava as exclamações apropriadas de deleite, estava secretamente chocada com a destruição que seus armamentos podiam infligir no mundo. Então ele me permitiu acesso a sua biblioteca privada, com obras científicas, políticas e militares, e começou a me incluir em alguns de seus almoços de negócios. Aprendi as politicagens e mecânicas da guerra.

Eu tinha ficado satisfeita com meu sucesso e animada para retomar o contato com o mundo exterior. Sentada ao lado de Fritz durante um almoço com o chanceler Emil Fey e o príncipe Von Starhemberg, senti-me muito importante. Eu fora a única mulher na sala, o único ponto de cor em um mar de ternos escuros. Pensando sobre o bem que poderia fazer ao manter a Áustria livre de seus vizinhos fascistas – uma das metas declaradas por meu marido e seus compatriotas –, eu me sentia viva.

— Temos as provas de que precisamos? — perguntara Fey a Starhemberg, depois que tínhamos terminado um almoço de *schnitzel* e acepipes.

Escutei, bebericando o café. Os homens tinham pedido conhaque depois do almoço, mas eu queria manter a cabeça no lugar. Tinha contribuído com pouco, exceto conversa fiada, mas Fritz começara a me consultar depois dessas reuniões a fim de pedir meu conselho. Às vezes ele até deixava a mesa de propósito para falar com outro comensal e ver se os homens diriam algo intrigante em minha presença, algo que não queriam que meu marido ouvisse, mas que presumiam que eu não entenderia. Eu precisava absorver cada palavra e nuance para oferecer orientação e reflexões certeiras. Tinha descoberto que, na corda bamba em que eu andava, meu caminho era um pouco mais firme quando Fritz desejava minhas opiniões sobre parcerias e negócios, e eu não queria decepcioná-lo.

— Provas são mesmo necessárias? Não é como se fôssemos deixar essa ação ser adjudicada — respondeu Starhemberg.

— Você está certo, Ernst. — Fey tinha se virado para meu marido. — E você, Fritz?

— Minhas fábricas têm feito hora extra para assegurar os suprimentos necessários. Tudo estará pronto em um dia.

Do que eles estavam falando? Provas e ação? Hora extra nas fábricas? Fritz não tinha dito nada sobre uma "ação" ou "suprimentos necessários". Eu me sentia estúpida, mas mantive a expressão alerta e entendedora.

— Excelente. Vamos finalmente enviar aqueles judeus de volta ao local a que pertencem. — Fey tinha erguido o conhaque e os homens bateram os copos. Até Fritz tinha bebido àquele brinde medonho. — Ao Hotel Schiff.

∴

Os olhos de papai tremularam e se abriram, e ele disse:
— Ó *Liebling*, por que está chorando? A briga acabou, e sua mãe e eu estamos bem.

Apoiei a cabeça no peito dele, respirando o aroma familiar de tabaco e água-de-colônia.

— Estou tão aliviada.
— Mas certamente você sabia que Döbling não estava na linha de fogo. Quase toda a luta se concentrou no *Gemeindebauten*, os prédios residenciais do conselho municipal.
— Sim, Fritz me manteve bem informada.

Não mencionei que Fritz só tinha confessado seu envolvimento nessa "ação" depois que eu o confrontara no carro após o almoço. Nas semanas que se seguiram, ele continuou insistindo que o conflito seria pouco mais que uma busca pelo contrabando que o Schutzbund talvez estocasse no Hotel Schiff, em Linz. Mesmo quando o conflito piorou e batalhas violentas irromperam entre os dois grupos paramilitares, que tinham se estendido a outras cidades pela Áustria, ele culpou o Schutzbund por não obedecer ao banimento de Dollfuss. Eles mesmos tinham causado isso, ele dissera, e precisavam aprender uma lição.

— Então por que as lágrimas, princesinha?
— Ah, papai, milhares de pessoas foram feridas e centenas morreram. E sinto que é tudo culpa minha.
— Não seja boba, *Liebling*. Como *você* teria a ver com isso? Os Sociais-Democratas e o Partido Social-Cristão estão se engalfinhando há anos. Era só questão de tempo antes que o Heimwehr e o Schutzbund transformassem aquela guerra verbal em derramamento de sangue.

— Acho que acendi a fagulha, papai — eu disse em voz baixa, encarando o chão. Eu não queria encontrar os olhos dele.

Seu cenho se franziu e ele perguntou:

— Do que está falando, Hedy?

Expliquei a ele sobre a conversa que entreouvi sobre o Schutzbund e a reação de Fritz.

— Acho que depois que o chanceler Dollfuss baniu o Schutzbund, o Partido Social-Cristão estava esperando algum sinal de resistência da parte dos Sociais-Democratas para aniquilá-los. Essa conversa que ouvi, sobre o Schutzbund juntar armas e tropas em Linz, em desafio ao édito de Dollfuss que baniu o grupo, deu ao Partido Social-Cristão a munição de que precisava. Então, com a benção do chanceler Dollfuss, o Heimwehr, seguido por Fritz e Ernst, partiu para Linz e começou essa guerra civil no Hotel Schiff. E, agora que eles venceram, ouço rumores de que a Constituição democrática da Áustria será substituída por uma Constituição corporativista. Papai, a Áustria vai se tornar um regime autoritário não só na prática, mas oficialmente também.

Estremecendo de dor, ele se sentou.

— Hedy, você não pode se culpar por isso. Se não tivesse fornecido a lenha, outra pessoa teria feito. Parece que Dollfuss e seu pessoal estavam à caça deles. E, de toda forma, não acho que haverá grande mudanças na vida austríaca diária. O país tem operado como ditadura há algum tempo.

— É mais que isso, papai. Você queria que eu me casasse com Fritz porque pensou que, com todo o poder e todas as conexões, ele podia me proteger do antissemitismo dos nazistas caso o chanceler Hitler tomasse o poder na Áustria. O ódio aos judeus, porém, não vem só de fora.

— O que você quer dizer? — O cenho de papai se franziu não só em dor agora mas também em confusão.

Ele parecia tão desesperado que hesitei em contar. Quanto mais ele suportaria? Poderia resistir à notícia de que o homem com que contava para proteger sua filha estava mancomunado com racistas? Eu desconversei.

— Não é nada, papai. Só estou abalada com toda essa luta e esse derramamento de sangue. Só isso.

Uma faísca determinada brilhou nos olhos de meu pai, reação que eu geralmente associava com conversas sobre seu trabalho no banco. Ele disse:

— Não minta para mim, Hedy. Sempre fomos honestos um com o outro, e não espero que isso mude agora. Certamente não sobre algo tão importante.

Suspirei. O peso de compartilhar a notícia com ele era grande.

— Ouvi os colegas de Fritz dizerem coisas terríveis que me levam a crer em uma verdade terrível. O Partido Social--Cristão, o pessoal de Fritz, é antissemita também.

CAPÍTULO 16

25-26 de julho de 1934
VIENA, ÁUSTRIA

O sucesso de Fritz e seus compatriotas na guerra civil austríaca produziu os resultados que eu temia. O chanceler Dollfuss usou a resistência do Schutzbund como desculpa para banir de vez o Partido Social-Democrata, e, em maio, o Partido Social-Cristão conservador suspendeu a Constituição democrática. Desafiando a oposição estridente do Partido Nazista Austríaco, o Partido Social-Cristão e o Heimwehr se mesclaram no único partido político legal, a devotada Frente Patriótica Católica, e assumiram o controle do governo. A Áustria se tornou um Estado fascista não só na prática mas também no nome. Eu me agarrei às palavras de papai de que era apenas uma mudança técnica e que o que importava era a dedicação contínua do governo em manter a Alemanha nazista distante. Ao mesmo tempo, nunca deixei de procurar por sinais de que Fritz e seu novo governo vacilariam não só em manter os nazistas afastados mas também em conter a tentação de se tornar como eles.

Na primavera e no início do verão, nossas casas se tornaram focos de celebração para a Frente Patriótica. Fritz e eu promovemos jantares em nosso apartamento vienense, fins de semana de caça na Villa Fegenberg e bailes no *Schlöss*

Schwarzenau. A Hirtenberger Patronenfabrik pegou mais contratos do que tinha capacidade de cumprir, e Fritz passou a fazer planos de expandir suas fábricas e contratar mais gente. Ele estava eufórico e aprovava tudo que eu fazia.

Eu nutri a alegria de Fritz interpretando o papel da anfitriã perfeita de acordo com suas exatas especificações. Vestia-me de modo mais conservador – usando cores escuras e vestidos com corte mais modesto – e deixava minhas joias falarem mais alto que meu corpo. A não ser que Fritz estivesse a meu lado ou minhas obrigações de anfitriã exigissem, eu só conversava com mulheres, respondendo aos assuntos banais que as outras esposas ofereciam, e isso aplacava não só o ciúme dele como também as suspeitas das mulheres. Minha prioridade era ouvir. Eu era como uma antena procurando sons que ninguém mais detectava. Anúncios silenciosos da ruína.

O salão de baile de Ernst von Starhemberg estava lotado de dignitários comemorando o solstício de verão, e Fritz e eu nos movíamos pela pista de dança com facilidade. Ninguém precisava se empurrar para garantir espaço enquanto a banda tocava uma peça clássica lenta, tornando os movimentos dos dançarinos tão lânguidos quanto o ar noturno de julho. Fritz e eu estávamos dançando valsa sobre a superfície de mármore preto e branco quando um criado deu um tapinha no ombro de meu marido. Ele abriu a boca para repreender o jovem louro, mas rapidamente a fechou quando o garoto lhe estendeu um recado na caligrafia de Starhemberg.

Correndo os olhos pelas palavras, Fritz encarou o balcão. Starhemberg o esperava lá.

— Com licença, *Hase*. Preciso ir.

O que poderia desviar a atenção de Starhemberg em seu próprio baile? Particularmente, durante a primeira dança da noite. Eu precisava saber. Entrelaçando os dedos com os de Fritz, perguntei:

— É tão urgente assim? Eu estava gostando da dança.

— Sim, *Hase* — respondeu com firmeza, mas seu prazer com minha relutância em deixá-lo ir o predispôs a revelar um pouco mais. — Urgente o bastante para Starhemberg reunir o conselho durante seu evento anual.

Esse conselho não oficial, que consistia em Fritz, Starhemberg, que era atualmente vice-chanceler e líder da Frente Patriótica, Kurt von Schuschnigg, o ministro da Justiça e Educação, e um general de alto escalão do Heimwehr, secretamente aconselhava o chanceler Dollfuss a respeito de qualquer desenvolvimento preocupante ou de larga escala. Eles só teriam se apartado do baile por uma emergência.

Apontei um sofá de seda azul-marinho que oferecia uma visão clara do balcão e disse:

— Vou esperá-lo bem aqui. Com sorte, o príncipe não precisará de você por muito tempo.

Ele apertou minha mão, então marchou até a escada curva de mármore que levava ao balcão. Enquanto os homens se reuniam, estudei suas expressões preocupadas. Com o cenho franzido, ouviram sem interrupção enquanto Starhemberg explicava a situação misteriosa. Só então notei o choque nos rostos, seguido por fúria. Eles começaram a gesticular amplamente, furiosos, ainda que não uns com os outros.

Uma perturbação reverberou pelo salão de baile. No começo, não consegui identificar a fonte, uma vez que os convidados ainda dançavam e a banda tocava tão animadamente quanto antes. Então notei que, em alguns cantos escuros do salão, nas alcovas sob o balcão, soldados se agrupavam. Em minutos, um destacamento inteiro do Heimwehr cercava o ambiente.

O que diabos estava acontecendo que exigia proteção militar aqui, no palácio vienense de Starhemberg? Meu coração martelava, e senti falta de ar. Mesmo assim, mantive um meio sorriso e a postura ereta até que Fritz desceu as escadas outra vez. Eu não podia perder a compostura.

Levantei-me depressa quando ele se aproximou.

— Tudo bem, meu amor?

Puxando-me para perto como se fosse beijar meu pescoço, sussurrou em meu ouvido:

— Os nazistas tentaram dar um golpe. Um pequeno grupo de oficiais alemães da SS, disfarçados como soldados nas Forças Armadas Austríacas, tomaram o prédio da rádio pública nacional para transmitir um monte de mentiras, dizendo que aquele nazista Anton Rintelen tirou Dollfuss do poder. Simultaneamente, cerca de cem SS alemães invadiram a Chancelaria Federal. A maior parte do governo escapou ilesa, mas não antes de atirarem duas vezes em Dollfuss.

Meus olhos se arregalaram de horror. *Não, não, não.* Hitler estava um passo mais próximo, o que era um dos meus pesadelos. Eu sabia que a guerra civil de fevereiro e suas repercussões tinham agitado o Partido Nazista Austríaco, levando-os a clamar pela unificação da Áustria e da Alemanha, mas não imaginava que a agitação serviria como convite direto para os próprios soldados de Hitler agirem.

— Hitler invadiu a Áustria?

Peguei uma taça de champanhe de uma bandeja que passava e a bebi enquanto Fritz explicava em voz baixa.

— Além dos cerca de cem soldados da SS na Chancelaria Federal e no prédio da rádio, que foram mortos ou presos, não há militares alemães em Viena nem na Áustria. Contudo, tropas alemãs estão se reunindo na fronteira austríaca. Avisamos Mussolini, que fez um anúncio público apoiando a independência austríaca e concordou em mandar tropas rapidamente para o passo de Brennero, na fronteira entre a Áustria e a Itália, como prometeu que faria. A presença do Exército italiano deve impedir Hitler de avançar além da fronteira.

Suas palavras e o champanhe me proporcionaram certo alívio, mas a ideia de Hitler e seus exércitos perigosamente próximos à Áustria me aterrorizava.

— Dollfuss sobreviveu? — perguntei, num sussurro.

Ao redor, o baile continuava, e parecia que o conselho tinha motivos para não informar os convidados sobre o *Putsch*.

— Não — admitiu, com uma nota de tristeza. Embora Fritz estivesse disposto a mudar um pouco suas alianças políticas quando isso se adequava a seus interesses de negócios, ele tinha forjado um laço real com Dollfuss.

— Então quem está no comando da Áustria?

— Starhemberg. Por enquanto.

A escolha não me surpreendeu. Starhemberg era vice-chanceler, escolha natural para essa sucessão inesperada. Além disso, suas posições políticas eram praticamente iguais às de Dollfuss.

Ergui os olhos para o balcão onde o novo chanceler da Áustria entabulava uma conversa intensa com Schuschnigg.

— Então o Heimwehr está aqui para protegê-lo dos nazistas?

— Sim, junto com o resto do conselho e os outros convidados. — Ele estufou o peito. — Somos *todos* críticos à segurança da Áustria.

— É claro — concordei, rapidamente. — Devo avisar meus pais? É melhor movê-los de Viena para a Villa Fegenberg ou o *Schlöss* Schwarzenau?

— Não há necessidade, *Hase*. Eles não estão em perigo. Os oficiais nazistas da SS foram afastados do serviço e foi decretada lei marcial em Viena. As ruas estão completamente protegidas pela polícia, as tropas federais e o Heimwehr, e será questão de horas até que eles esmaguem o golpe completamente. Só precisamos esperar a declaração oficial de que o *Putsch* acabou e a vida pode retornar ao normal.

— O que fazemos enquanto esperamos?

Ele deu um olhar de esguelha para o salão de baile e, com um sorriso irônico, disse:

— Dançamos.

Apoiei as mãos nos ombros de Fritz e me movi pela pista como se não tivesse nenhuma preocupação no mundo exceto aquela canção e aquele momento. A orquestra tocava uma peça calma de Gustav Mahler e, enquanto deslizávamos, captei vislumbres dos rostos alegres que dançavam ao redor, todos alheios aos eventos cataclísmicos que se desenrolavam ruas abaixo. De minha parte, não lhes dei nenhum motivo para preocupação. Fixei um sorriso em meus lábios pintados de vermelho, um presente ao rosto sorridente de meu marido.

Eu sabia que meu destino estava eternamente ligado a ele e a sua causa, pois eram as armas dele e a política de seus colegas que tinham mantido a Alemanha nazista afastada. Por enquanto.

CAPÍTULO 17

4-5 de outubro de 1934
VIENA, ÁUSTRIA

O golpe revelou uma rachadura no verniz da Áustria. Embora o governo procedesse como se nada tivesse acontecido, os sistemas financeiros reagiram à incerteza que o país enfrentava. Os bancos sofreram com a instabilidade, especialmente o Creditanstalt-Bankverein de papai. A situação financeira de meus pais decaiu e, embora eles se recusassem a admitir ou aceitar qualquer ajuda minha, não podiam esconder o fato. Nenhum criado apareceu durante uma visita que fiz à casa de Döbling, e o relógio favorito deles sobre a lareira, uma constante de minha infância, estava notadamente ausente. No meio do chá da tarde, papai ainda pediu licença para repousar devido a uma enxaqueca, sem dúvida causada por estresse.

Até Fritz, cujas fábricas pareciam cunhar dinheiro ao produzir munição, sentia o estresse do turbilhão político e tinha dificuldades para manter sua base de poder. Logo depois do *Putsch* fracassado, Schuschnigg foi nomeado chanceler da Áustria e Starhemberg voltou ao papel de vice-chanceler. Embora Schuschnigg compartilhasse da maioria das políticas de Dollfuss, em particular sua prioridade de manter a Áustria independente, o novo chanceler tinha uma abordagem muito diferente, adotando uma política de conciliação com a Alemanha e Hitler que Fritz achava branda demais. Então meu marido concentrou-se em fortalecer os laços com a Itália, acreditando que as ações de Schuschnigg precisavam de suporte.

Em público, a aparência de Fritz e sua aliança com Schuschnigg pareciam inalteradas, mas, em casa, ele era uma pilha de nervos e frustrações por causa do novo líder. Nada do que eu fazia o agradava. Na verdade, eu parecia constantemente exasperá-lo, não importava quão perfeita tentasse ser. Ele sempre achava falhas em meu vestido, defeitos em minha conversa com as damas e motivos para reprovar meu decoro com os homens. Quando começou a listar falhas em minhas feições, entendi que o problema não era comigo, mas com ele. Comecei a abstrair, desligando-o como a um botão de rádio, pois não aguentava mais a arenga constante.

— Tenho uma surpresa para depois da refeição — anunciou Fritz ao grupo relativamente pequeno.

Nossa mesa de jantar vienense comportava vinte e quatro pessoas, e frequentemente a preenchíamos com uma gama ampla de convidados, não só figuras políticas e militares ou membros da realeza. Eu já tinha me sentado ao lado de escritores renomados como Ödön von Horváth e Franz Werfel, estilistas como madame Schiaparelli e até o renomado psicólogo Sigmund Freud. Sempre terminávamos com uma surpresa.

Aquela noite, porém, era focada em negócios, então recebemos só doze pessoas, quatro auxiliares seniores da empresa de Fritz e oito funcionários do governo e financistas italianos com os quais ele forjava relações mais próximas.

Antes do jantar, os homens tinham feito uma reunião crítica no clube de Fritz na cidade, onde discutiram os detalhes necessários para armar a campanha etíope de Mussolini. O país africano era um dos poucos Estados ainda independentes no continente dominado pela Europa, e Mussolini esperava uma desculpa para invadir e expandir o que ele via como o domínio justo da Itália sobre mais terras. O país precisava de equipamentos e armas, e os homens estavam ebulientes depois de quaisquer que fossem os acordos que tinham feito.

Qual surpresa Fritz teria planejado?, eu me perguntei. Nos primeiros meses depois de nosso casamento, ele me surpreendera com apresentações inesperadas de cantores de ópera e jazz que eu mencionara gostar. Ultimamente, no entanto, era mais provável que a surpresa após o jantar fosse um vinho de safra rara ou uma sobremesa suntuosa feita para impressionar os convidados de negócios. Não a mim.

— Alguns de vocês talvez saibam que minha esposa é uma atriz aposentada. Ela era uma estrela no palco do Theater an der Wien antes de me conhecer e decidir que preferia o papel da sra. Mandl.

Ele pausou enquanto os convidados respeitosamente riam e eu perdi o fôlego. Aonde Fritz queria chegar com isso? Geralmente, se a conversa no jantar se voltava para o teatro, ele mudava de assunto, querendo me manter distante de qualquer lembrete de minha vida antiga. Sem dúvida, o medo de que eu quisesse retornar aos palcos e arriscar o equilíbrio precário de nossa vida juntos o atormentava, por mais que eu tentasse convencê-lo do contrário, e por mais que diversos atores, diretores e escritores de ascendência judia fossem expulsos da profissão na Alemanha e em outros lugares, forçando-os a abandonar a arte ou fugir para luga-

res como Hollywood, onde Hitler não tinha influência. Por que ele estava mencionando minha carreira de atriz agora?
— Antes de nos conhecermos, no entanto, Hedy fez um filme chamado *Êxtase*. Infelizmente, o filme teve uma distribuição bastante limitada e só ficou em cartaz nos cinemas vienenses por uma semana. No entanto, *Êxtase* está ganhando uma segunda chance. Recentemente, foi exibido no segundo Festival de Cinema de Veneza e não só foi ovacionado de pé como agraciado com o prêmio de melhor diretor para Gustav Machatý. — Fritz esperou até que os convidados terminassem de fazer os sons apropriados de apreciação. — Acho que minha esposa merece ter seu premiado filme visto, particularmente por seu marido. Então organizei uma exibição aqui hoje.

Eu entendia o propósito por trás da surpresa de Fritz. Apesar das palavras elogiosas sobre mim, a exibição não era realmente em minha honra. Era outro modo de influenciar os italianos e consolidar seu relacionamento com eles. Ficariam impressionados com Fritz por sua esposa ter estrelado em um filme que suas próprias instituições haviam aclamado.

No entanto, Fritz nunca tinha visto *Êxtase*. É claro, ele tinha lido a publicidade sobre o conteúdo escandaloso e sabia da controvérsia a respeito do lançamento. Porém, ler sobre cenas nas quais sua esposa nua vai para a cama com outro homem e testemunhá-la fazendo isso eram coisas distintas. Meu estômago se revirou e o suor despontou em minha testa enquanto eu me preparava para a reação dele.

Nós nos levantamos da mesa de jantar e fomos em direção à sala de visitas, minha ansiedade aumentando a cada passo. Durante o jantar, os criados tinham transformado o cômodo em uma sala de projeção particular. Enquanto nos acomodávamos, Fritz e eu sentados na primeira fileira, ondas de náusea me atravessavam ao pensar sobre o que ele veria na tela.

Havia algum jeito de impedir aquele fiasco antes que o filme começasse? O que envergonharia menos Fritz – a interrupção de sua "surpresa" planejada ou me ver fornicando com outro homem na tela enquanto seus convidados presenciavam sua reação? Eu sabia o que precisava fazer.

— Fritz — eu disse, inclinando-me para ele. — Esse pode não ser o filme mais apropriado para seus parceiros de negócios assistirem. Vamos pensar em uma surpresa diferente.

— Besteira — rosnou enquanto alongava o pescoço para garantir que seus convidados estivessem acomodados atrás de nós. — Ganhou um prêmio *italiano*. O que poderia ser mais perfeito?

— Mas você sabe que o filme tem algumas cenas controversas, e eu odiaria...

— *Shhh* — sibilou para mim, então ergueu a mão para que a projeção começasse.

As luzes se apagaram e a câmera girou. A palavra *Êxtase* brilhou na tela, e eu fiquei imóvel, lembrando-me da filmagem. Quando gravei a cena em que cavalgava nos bosques tchecos pitorescos com as câmeras ao redor, não tinha pensado muito sobre o que seria gravado em seguida. Simplesmente me lancei no estado de espírito de uma jovem esposa casada às pressas com um homem mais velho e impotente, desesperada por uma vida mais gratificante e deliciada com a sensação de liberdade que devia sentir naquela fuga. Quando o diretor, Machatý, me disse para descer do cavalo, tirar a roupa e pular no lago, suas instruções pareceram o passo mais natural do mundo para a personagem. Nas cenas seguintes, quando ela tinha um caso com um jovem engenheiro, as orientações sobre nossa cena de amor fingida, até o orgasmo simulado, pareciam inteiramente apropriadas ao filme e à personagem. Só mais tarde, quando houve a exibição em Viena, percebi o erro que tinha cometido – que um filme que eu considerara "artístico" fora tolo e infeliz. Os prêmios do Segundo Festival de Cinema de Veneza não diminuíam meu arrependimento.

Fritz assistiu às cenas de abertura com prazer, até dando umas cotoveladas no general italiano à direita quando o filme revelou que o marido da personagem era impotente. O pavor não tomou conta de mim até que me vi montada no cavalo. Eu sabia as cenas que viriam em seguida e desejava correr da sala. Ao mesmo tempo, eu sabia que tinha que permanecer ao lado de Fritz e suportar aquilo.

À medida que o filme progredia, os dedos dele se enterravam mais fundo em meu braço. Eu sabia que suas unhas estavam tirando sangue, mas não ousei me mover nem afastar o braço. A sala caiu num silêncio embaraçoso, e eu senti o desconforto dos convidados. Quando alguém soltou um arquejo involuntário durante a cena de orgasmo, Fritz não suportou.

— Desligue — rosnou para o projecionista.

Fritz se levantou. Sem me olhar, passou por mim e pelos italianos. Foi até seus assistentes e ordenou:

— Comprem cada cópia deste filme de cada cineasta, estúdio de cinema e proprietário em qualquer parte do mundo. Não importa quanto custe. E queimem todas. — Então, saiu enfurecido da sala.

Passei a noite em claro aguardando a fúria de Fritz. Imaginei que ele me tomaria de modo bruto, como fizera naquela noite no Hotel Excelsior. Ou que me repreenderia, talvez até me batesse, embora sua raiva não tivesse chegado a esse ponto ainda. Eu me preparei para qualquer uma dessas possibilidades. Imaginar sua punição me causou ainda mais dor que exercer minhas funções de anfitriã – com o rosto queimando de vergonha – ao acompanhar os oficiais do governo e os auxiliares de Fritz até a porta depois que ele saíra batendo os pés e se trancara no quarto. Eu sabia que os homens me imaginavam nua como no filme.

No entanto, ele ainda não tinha dado sua sentença quando a aurora começou a emitir uma luz cinza pálida em meu quarto na manhã seguinte. Comecei a me preparar para enfrentar o dia quando as portas se abriram de repente. Apanhei meu roupão na mesa de cabeceira e me sentei na cama. Era Fritz.

Sem uma palavra, ele marchou até meu lado da cama e me puxou de pé. Ele me arrastou, passando pelas criadas e pelo mordomo que poliam a prataria no salão de entrada. Ali, diante de mim, havia uma porta de carvalho pesada, que agora tinha sete fechaduras.

— Você tem necessidade de proteção — continuou Fritz, com a voz estranhamente calma e livre de raiva. — Posso ver pelas cenas repreensíveis que presenciei ontem à noite em *Êxtase* que não é capaz de tomar decisões apropriadas para si mesma. Precisa da sabedoria e da orientação de seus pais ou de mim a todo momento.

Minha boca se abriu e se fechou enquanto eu formava palavras de protesto, então pensei melhor. Talvez essa punição não fosse tão terrível quanto eu imaginava, e tudo o que eu falasse poderia enfurecê-lo. Decidi esperar mais um momento e ouvi-lo.

— A partir de hoje, você vai ficar trancada em segurança em casa, a sete chaves. Vai permanecer até eu chegar para acompanhá-la às atividades noturnas. Se precisar sair durante o dia para um horário no salão de beleza, uma prova de vestido ou uma visita a seus pais, vai pedir minha permissão primeiro. Se eu concedê-la, você terá permissão de sair, mas só com o motorista e um guarda.

Ele estava falando sério? Examinando seu rosto, soube que estava. Como era possível? Por mais incansável e vasta que fosse minha imaginação, eu jamais teria previsto algo assim. Fritz estava me transformando em prisioneira.

Um grito se ergueu dentro de mim, mas, pensando em mamãe e papai, eu sabia que não podia liberá-lo. Minha felicidade era o que menos importava nesse casamento. A fim de vencer aquela luta de poder com Fritz, eu teria que fingir aquiescência, até penitência. Uma vez que ele tivesse recuperado a confiança em mim, eu mudaria as regras e, com alguma sorte, garantiria mais liberdade. Ao mesmo tempo, pela primeira vez, comecei a pensar em fugir.

CAPÍTULO 18

12 de fevereiro de 1935
VIENA, ÁUSTRIA

Durante meses, dei a Fritz o que ele queria. Não fui exatamente uma típica esposa da sociedade austríaca, porque aquelas esposas eram sempre corretas, até invisíveis. E invisibilidade significava não ser vista nem ouvida. Então, embora Fritz não quisesse que eu fosse ouvida, ele certamente queria que eu fosse vista, contanto que seguisse suas regras.

    Eu o deixei pensar que tinha me quebrado e me refundido em um molde de sua criação – um autômato gracioso de uma anfitriã que sorria insipidamente e participava de conversas agradáveis e fúteis no salão de baile, assim como uma esposa submissa e incansável no quarto. Uma esposa que jamais nutria ideias sobre voltar a atuar ou conversar com qualquer homem exceto seu marido. Em algumas semanas, Fritz começou a fazer confidências a mim outra vez e pedir meus conselhos, e acreditei que logo retornaríamos ao normal – se a vida irregular que tínhamos antes da projeção de *Êxtase* pudesse ser considerada normal –, mas ele não tinha deixado de lado as restrições impostas.

    Por baixo de minha aparência controlada, eu fervilhava de ódio e passava o tempo buscando pequenas vitórias. Durante saídas aprovadas e acompanhadas para fazer compras, eu propositadamente gastava milhares de xelins, inclusive chegando a comprar um guarda-roupa inteiro de casacos de pele, até que Fritz – irritado com minha extravagância, mas sem querer parecer mesquinho – decidiu que seria melhor eu ter uma mesada em vez do crédito ilimitado nas melhores lojas de Viena. Com isso, guardei cada um dos xelins que ele me concedia – bem menos do que eu gastara nas lojas, mas ainda uma quantia significativa – em uma caixa de sapato no fundo do armário: minhas economias para a época de necessidade após a fuga que eu começara a vislumbrar.

Uma vez que tinha acumulado uma reserva de xelins, eu queria mais. Não dinheiro, mas influência. No passado, eu tinha prestado atenção às conversas de Fritz para provar o comprometimento austríaco em manter os nazistas alemães afastados de nossas fronteiras; afinal, eu tinha me casado com ele em grande parte para proteger a mim e minha família. Agora, eu ouvia as conversas por outra razão. Procurava assuntos que revelavam falhas nos sistemas de armamentos vendidos por Fritz, o tipo de falhas que entreouvira seus colegas sugerirem em jantares. Se descobrisse alguma informação vital sobre problemas com munições ou componentes de armas, talvez pudesse chantageá-lo para me deixar ir embora. Ele não iria querer que eu revelasse a clientes ou competidores políticos e industriais que as armas vendidas eram defeituosas, iria? Talvez esse fosse o jeito de escapar dessa prisão marital.

Quatro meses depois da fatídica exibição de *Êxtase*, demos um jantar relativamente íntimo para o príncipe Von Starhemberg e seu irmão mais novo, o conde Ferdinand von

Starhemberg, que se juntavam a nós ocasionalmente. Enquanto tomávamos nossas bebidas após o jantar, uma oportunidade para reunir informação se apresentou.

— Você realmente acredita que essa suposta solução de Hellmuth Walter vai funcionar? — perguntou o príncipe a Fritz, a quem os convidados sempre mostravam deferência quando o assunto eram munições. Embora tivesse lançado a pergunta repentinamente, no meio de uma conversa sobre uma peça a que assistíramos no começo da semana, imediatamente entendi o contexto.

Diversos almoços e jantares tinham sido devotados a dois problemas endêmicos a submarinos e navios, relacionados ao lançamento de torpedos, para os quais Fritz fabricava componentes importantes: o fornecimento de oxigênio suficiente embaixo d'água para sustentar a combustão, ao mesmo tempo que se mantinha a velocidade, e o difícil desenvolvimento de um sistema de controle remoto para torpedos em vez de lançá-los com um fio isolado que permitia orientação humana. Eu tinha preenchido as lacunas de entendimento com alguns livros da biblioteca de Fritz.

— Acho que ele encontrou uma solução para o problema do oxigênio usando um combustível rico no gás que pode ser quimicamente decomposto para fornecer seu próprio oxigênio e usar essa reação para acionar uma turbina. Ainda precisa ser testado, mas meus espiões alemães dizem que tem um potencial tremendo e que os nazistas planejam utilizá-lo quando atacarem. Espero pôr as mãos em alguns planos para desenvolver algo similar em minhas fábricas.

O que Fritz queria dizer com "espiões alemães"? Desde quando meu marido tinha uma rede de inteligência secreta no Terceiro Reich? Os nazistas não eram seus inimigos?

— Não, Fritz. — O Starhemberg mais velho parecia irritado. — Não é com isso que estou preocupado. Meu problema é a questão do controle remoto.

— Ouvi dizer que Walter na verdade criou algo que pode fazer seus teimosos chefes alemães finalmente abandonarem torpedos guiados a fio. Se meus espiões estiverem certos, o boato é que ele inventou um sistema que permite lançar os torpedos simultaneamente com uma série de frequências predeterminadas, com pares comunicando-se via rádio. Apresenta problemas, é claro.

— Deixe-me adivinhar. Os sinais de rádio podem ser obstruídos.

Até *eu* sabia que a maioria dos países - incluindo a Alemanha - estava relutante em substituir seus sistemas de torpedo guiados a fio por sistemas de controle remoto, visto que este último dependia de uma tecnologia de rádio de frequência única que podia ser interceptada e obstruída por inimigos. Militares discutiam o problema com Fritz havia anos, e eu me surpreendera não só entendendo essas discussões mas também desenvolvendo profundo interesse no assunto.

Fritz assentiu e, então, começou uma descrição altamente técnica sobre frequências de rádio. Acompanhei quando Ferdinand me relanceou, os lábios curvados num sorrisinho - sem dúvida para indicar tédio com a conversa altamente científica, presumindo que eu estava entediada também. O mais novo dos Starhemberg, notório por se aproveitar da fama do irmão mais velho, não compartilhava nem de sua ambição nem de seu intelecto. Assentindo em solidariedade fingida, virei-me para Fritz outra vez, não querendo enfurecê-lo ao manter contato visual com outro homem, nem mesmo com um que era tão familiar a nós dois quanto Ferdinand.

⁂

Na manhã seguinte, na biblioteca, o mordomo interrompeu minha leitura de um volume sobre frequências de rádio.

— Uma ligação para a senhora, madame.

Para mim? Ninguém ligava para mim exceto papai, e nunca durante o dia, porque estava ocupado no banco. Meu coração saltou e eu corri ao telefone.

— Alô?

— Hedy, você precisa vir. — Era mamãe. — Há alguma coisa terrivelmente errada com seu pai. Já chamei o médico.

— Estou indo.

Eu me virei para Müller, que estava espreitando na biblioteca, fingindo espanar os livros, mas na verdade entreouvindo minha conversa, como Fritz sem dúvida havia instruído. Mesmo antes da projeção de *Êxtase*, eu sabia que ele tinha orientado os criados a me espionar. Na verdade, ele tinha recentemente tirado aquela criada irascível, Ada, da Villa Fegenberg e levado-a para nosso apartamento de Viena, e imaginei que o objetivo fosse acrescentar outro conjunto de olhos e ouvidos – pertencentes a um indivíduo predeterminado a desgostar de mim – a essa tarefa cuidadosa.

— Peça a Schmidt que traga o carro.

— Madame, o mestre não avisou que a senhora tinha um compromisso hoje.

Em minha preocupação com papai, eu não tinha pensado sobre as regras opressivas de Fritz. Müller realmente ousaria me impedir de sair de casa? Eu tinha obedecido aos éditos de Fritz porque tinha certeza de que eles seriam relaxados depois que eu interpretasse o papel desejado pelo período que ele julgasse necessário. Desse jeito, mantinha a promessa que fiz a papai sobre a segurança de nossa família. Mas eu não ia deixar os comandos de Fritz me impedirem de chegar a meu pai se ele estava doente.

Em geral, eu contornaria toda essa baboseira com uma ligação a Fritz no escritório, já que sabia que ele nunca me impediria de ver papai. Mas ele estava em sua fábrica na Polônia.

— Não é um pedido, Müller. É um comando da dona da casa. — Eu me dirigi ao salão de entrada, dizendo a ele: — Peça a Schmidt que traga o carro.

Os sons dos passos eficientes de Müller ecoaram pelo salão, e ele chegou à porta da frente antes de mim. Bloqueando-a, virou-se para me encarar. Em uma voz trêmula, disse:

— Sinto muito, madame, mas não posso permitir que saia. Não recebi aviso do sr. Mandl de que a senhora teria compromisso hoje.

Dando mais quatro passos, levei meu rosto tão perto do dele que podia cheirar o tabaco em seu hálito. Em meus sapatos de salto, eu era pelo menos cinco centímetros mais alta que ele, e baixei a cabeça para encarar seus olhos.

— Você me dará a chave — eu disse, furiosa. — Sei que tem uma.

— O mestre ficaria muito decepcionado comigo se fizesse isso, madame.

— O mestre ficaria *mais* decepcionado se me impedisse de visitar meu pai doente. Se não me entregar essa chave, vou arrancá-la de seu bolso.

Tremendo, ele enfiou a mão no bolso interior de sua libré preta e puxou uma cópia da chave de Fritz. Uma a uma, abriu as fechaduras que me mantinham apartada do resto do mundo. Antes de sair na luz do dia, ordenei:

— Mande o carro até mim.

A manhã deslumbrante de fevereiro estava em desacordo com a escuridão crescendo dentro de mim enquanto nos aproximávamos de Döbling. Qual seria o problema com papai? Suas enxaquecas tinham aumentado em número e intensidade nos meses recentes, mas tínhamos atribuído isso ao estresse que ele suportara após as dificuldades financeiras enfrentadas pelos bancos. Ele sempre fora inabalavelmente forte e confiável, e rezei a um deus nebuloso – pela primeira vez em muito tempo – que ele continuasse firme e vivo.

Schmidt parou o carro diante da casa de meus pais e, antes mesmo que desligasse o motor, eu saltei. Percorri a entrada correndo e escancarei a porta da frente, chamando por meus pais.

Mamãe veio da sala de estar.

— *Shhh*, Hedy. O doutor está lá em cima com seu pai e não quero que perturbe o exame.

— O que aconteceu?

— Ele estava pálido de manhã. Enquanto comia ovos, levantou-se da mesa e pediu licença. Achei que talvez tivesse esquecido uma reunião de trabalho e estava correndo ao escritório, mas ele subiu as escadas. Perguntei qual era o problema, e ele virou com uns olhos estranhos e vítreos e disse que o peito doía. Eu o ajudei a se deitar e imediatamente liguei para o doutor e, então, para você.

Passos pesados desceram a escada, e mamãe e eu corremos para ouvir o diagnóstico do médico. O dr. Levitt, que vivia em Döbling não muito longe da Peter-Jordan-Strasse, apoiou a maleta médica preta no degrau de baixo e segurou nossas mãos.

— Acredito que a dor no peito que ele sofreu hoje, e em outros dias também, embora possa não ter contado às senhoras, decorre de um ataque severo de angina.

Mamãe e eu nos entreolhamos, desconhecendo o termo. Com o cenho franzido, ela perguntou:

— Emil teve um ataque cardíaco?

— Angina não é um ataque cardíaco, sra. Kiesler, mas a dor que resulta de um fornecimento inadequado de sangue ao coração. Significa que o coração está sob estresse e que o enfermo tem um risco maior de sofrer um ataque cardíaco.

— Ah, não. — Mamãe soltou a mão do dr. Levitt e sentou-se no banco acolchoado do saguão.

— Ele vai ficar bem, dr. Levitt? — Minha voz transparecia pânico.

— Sim, por enquanto. Mas precisa descansar. — Ele hesitou, como se odiasse ter que fazer a próxima recomendação.

— E reduzir a ansiedade, embora eu saiba que é uma prescrição difícil de se cumprir ultimamente.

— Posso vê-lo?

— Sim, se fizer silêncio e não o perturbar. Eu ficarei aqui com sua mãe. Tenho algumas instruções sobre os cuidados para com ele.

Na ponta dos pés, entrei no quarto de meus pais. Do umbral da porta, meu pai, com mais de um metro e noventa, parecia enorme esparramado sobre sua cama de solteiro. À medida que me aproximava dele, no entanto, vi que seu corpo robusto pendia dos ossos e ele parecia encolhido.

O colchão rangeu quando me sentei ao lado dele. Seus olhos se abriram com o barulho, e ele sorriu ao me ver. Estendendo o indicador, limpou a lágrima que escorria em meu rosto e disse:

— Não importa o que aconteça comigo, Hedy, prometa que vai proteger a si mesma e a sua mãe. Use Fritz como escudo. Deixe-o apenas se não tiver outra opção.

Quando não respondi, ele pediu outra vez.

— Prometa, Hedy.

Que escolha eu tinha?

— Eu prometo, papai.

CAPÍTULO 19

28 de abril de 1935
SCHWARZAU, ÁUSTRIA

Parei diante do lago como se estivesse diante de um altar. As montanhas de vegetação perene perto da Villa Fegenberg, impérvias em sua constância, me encararam de volta. Com as colinas ondulantes e verdejantes como pano de fundo, o lago estava perfeitamente imóvel. Tão imóvel, na verdade, que sua superfície servia de espelho, refletindo as montanhas e o céu quase como numa fotografia.

Olhei ao redor das margens vazias. Ousava fazer isso? Eu ansiava pela pureza das águas do lago. Era um risco e tanto, mas eu talvez nunca tivesse outra chance. Fritz não tinha relaxado suas regras, mesmo apesar de minha aderência estrita a elas e de minha perda terrível. Eu ainda era sua prisioneira.

Com uma última olhada pela paisagem, ousei. Tirei as roupas pretas de cavalgada e mergulhei na água fria e revigorante, estilhaçando o reflexo perfeito. Assim como minha vida tinha se estilhaçado.

Nadei de bruços até me cansar, então parei e simplesmente boiei. Na imobilidade, a imagem refletida das montanhas e do céu se uniram, e eu me demorei na imagem do vale entre duas montanhas como se estivesse aninhada nos próprios braços da natureza. O sol refletia na ponta de pequenas ondas, fazendo-as cintilar. Era lindo. *Não*, pensei. *Não lindo. Puro.*

Por um momento, senti-me livre e completa. Nenhuma máscara, nenhum subterfúgio, nenhum luto, só eu e a água. Ainda boiando, eu me perguntei: *será que ficaria inteira outra vez?*

Mais de dois meses antes, poucos dias depois do primeiro ataque de angina de papai, nosso motorista tinha me levado a Döbling para que eu conferisse como ele estava, com a permissão de Fritz e seu perdão pela visita anterior não autorizada. Quando o carro parou diante da entrada, a casa estava escura e as janelas do quarto deles estavam fechadas. Por que, no meio de uma manhã de inverno surpreendentemente clara, as cortinas ainda estavam fechadas? Minha mãe era fanática em relação a abrir as cortinas assim que o dia começava e, agora que só tinham uma criada em meio período, ela percorria a casa libertando as janelas de sua cobertura noturna toda manhã. Talvez papai não tivesse passado bem à noite e ela ainda estivesse dormindo, cansada de cuidar dele. Entrei furtivamente, com cuidado para não deixar a porta da frente bater atrás de mim. Depois de atravessar o térreo na ponta dos pés e não encontrar ninguém, subi até o quarto de meus pais, abrindo uma fresta da porta.

Embora o quarto estivesse no escuro, vi que minha mãe, ainda usando sua camisola, estava deitada no peito de meu pai. Os olhos dele estavam fechados, assim como os dela. Sim, eu estava certa; ela tinha dormido cuidando dele à noite. Abri a porta um pouco mais e as dobradiças rangeram. Minha mãe acordou. Nossos olhos se encontraram e, antes que eu sussurrasse uma desculpa por acordá-la, percebi que seu rosto estava molhado de lágrimas. Ela não estivera dormindo – e meu pai também não. Caí ao chão, percebendo que o ataque cardíaco que o doutor prometera ser só uma possibilidade "remota" tinha acontecido.

Como meu pai, forte e infalível, podia ter partido? Quem iria me ancorar em sua ausência e me amar incondicionalmente? Só com ele eu removia todas as máscaras. O luto tinha sido como um martelo quebrando meu eu verdadeiro e minhas muitas máscaras em incontáveis pedaços; dois meses depois, eu ainda estava em pedaços. Talvez ficasse estilhaçada para sempre.

O ronco de rodas sobre o cascalho perturbou o silêncio, e eu congelei. *Por favor*, pensei. *Que não seja Fritz*. Sem fazer nenhum som, fiquei escutando. A porta de um carro bateu. *Por favor*, rezei. *Que seja um caminhão de entrega*. No entanto, vozes viajaram sobre a água, e logo uma voz familiar, mesmo que abafada, chamou meu nome; em seguida, quando o cascalho foi pisoteado no ritmo de seu passo distinto, eu sabia que minhas preces não tinham sido atendidas.

Mantendo os braços e as pernas submergidos para reduzir qualquer som, nadei o mais rápido e silenciosamente possível até a margem. Subindo na praia pedregosa às pressas, estremeci enquanto andava na ponta dos pés sobre as pedras cortantes até a pilha de roupas. Quando estava prestes a vestir minha combinação, o arranhar de cascalho ficou bem alto e percebi que eu tinha calculado errado o tempo até ele me encontrar.

Um braço se projetou dos galhos grossos da vegetação e me agarrou. Fritz apareceu e me estapeou no rosto. Caindo ao chão com a força do golpe, cobri a bochecha com uma das mãos; com a outra, cobri o topo da combinação, só metade vestida.

— O que é isso? Uma recriação de *Êxtase*? — gritou, com sua voz furiosa ecoando pelo lago imóvel.

Eu me encolhi.

— Não, não, Fritz. Nada do tipo. Só um mergulho no lago num dia quente.

Ele se agachou ao lado, aproximando seu rosto raivoso a centímetros do meu.

— Mergulhando nua? Para o benefício dos criados?

— Não — insisti, enquanto tentava desvencilhar meu braço de seu aperto. — Nada disso, juro. Eu nunca faria nada do tipo. Só não queria molhar as roupas de cavalgada porque ia voltar para casa vestida com elas.

— Ah, então era para o benefício de algum convidado que eu teria trazido? — continuou, cuspindo em meu rosto. — Eu nunca vou deixar outra pessoa colocar os olhos em seu corpo nu. Você pertence a mim.

— Não, Fritz, eu juro. Pensei que ninguém podia me ver. — Ainda segurando a bochecha, mudei de posição para ficar de joelhos, as pedras duras da praia arranhando minha pele. Soluçando, implorei: — Por favor, não me machuque.

A mão dele congelou no ar. Sua expressão se alterou, como se acordasse de um sono profundo, e a ameaça se dissipou.

— Ó *Hase*, sinto muito. Aquele maldito *Êxtase* ainda me tortura e ver você nua no lago me fez pensar naquelas cenas. Perdi o controle.

Ele estendeu a mão para mim, mas instintivamente me encolhi. Afastando-me depressa pela superfície rochosa, apanhei minhas roupas pretas. Tremendo, levantei-me e enfiei as calças e a jaqueta rapidamente no corpo. Senti-o se aproximar e me perguntei se ele iria me abraçar ou me bater. Seus braços musculosos envolveram meu corpo por trás. Eu fiquei rígida com o toque, e um arrepio me atravessou – embora não fosse pelo ar frio da montanha. O monstro que espreitava nas sombras, por trás de flores, e presentes, e joias, e das muitas casas, tinha emergido por completo. E não havia como eu me esconder dele de novo.

CAPÍTULO 20

20 de junho de 1935
VIENA E SCHWARZENAU, ÁUSTRIA

— Ele precisa de você — insistiu Starhemberg. — Como Schuschnigg vai manter laços fortes com os italianos sem você? Mussolini sempre foi *seu* contato.

— Então por que o maldito está sendo tão teimoso? — perguntou meu marido, o volume da voz aumentando junto com sua irritação.

— Ele é um neófito, Fritz, e não faz ideia do que é realmente necessário para manter a Áustria a salvo. Quer dizer, ele pensa que os políticos determinam o futuro do país — respondeu Starhemberg à explosão de raiva basicamente retórica de Fritz.

Fritz praticamente bufou.

— Imagine se os relacionamentos entre países fossem, de fato, determinados apenas por políticos. Schuschnigg pensa que pode proteger a Áustria de uma invasão alemã ao não irritar Hitler. No entanto, não se pode apaziguar um louco.

Starhemberg bufou de volta.

— Toda essa cooperação que ele planeja com Hitler vai sair pela culatra. Ele só está dando mais tempo para o chanceler alemão preparar uma invasão austríaca enquanto nós ficamos sentados ociosos, educadamente obedecendo ao

Tratado de Saint-Germain e mantendo nossas tropas a um efetivo emasculado de trinta mil.

— Como Schuschnigg não vê que a única coisa que impediu Hitler no *Putsch* foram as tropas italianas? E se os boatos forem verdade e Hitler e Mussolini estiverem se movendo para uma aliança na Etiópia, no mínimo demonstrando apoio público? Vai ser questão de tempo até que *Il Duce* e Hitler cheguem a um acordo que inclua a Áustria.

Eu vinha escutando uma versão dessa conversa desde que a sólida liderança austríaca de Starhemberg e Schuschnigg começara a se dissolver. Starhemberg pensava que Schuschnigg era brando demais com a Alemanha, consequentemente deixando a Áustria vulnerável, e Fritz concordava. Meu marido e seu sócio, que vinham controlando o destino da Áustria dos bastidores havia anos, preocupavam-se com a possibilidade de que, se a Áustria independente vacilasse, seu poder seguiria. Os dois homens não tinham nenhuma ideologia real; sua única crença era na infalibilidade de seu próprio poder. Eles alterariam suas posições conforme necessário.

— A não ser que você intervenha — declarou Starhemberg.

Fritz deu uma longa tragada no cigarro antes de ecoar.

— A não ser que eu intervenha.

Quatro semanas depois, essa conversa entreouvida passou por minha cabeça enquanto eu estava sentada à mesa de jantar diante de Mussolini em pessoa. Eu conhecera o *Duce* em viagens à Itália, mas sempre de passagem. Reverências e mesuras breves constituíam a totalidade de nossas interações. Até então. Agora, eu era sua anfitriã.

Com Fritz em um fraque e eu em um vestido de ouro lamê criado por madame Schiaparelli, uma convidada de outros jantares, Fritz e eu tínhamos cumprimentado o *Duce* no saguão de entrada do *Schlöss* Schwarzenau. Consideramos convidá-lo a nosso apartamento vienense ou à Villa Fegenberg, mas, no fim, as necessidades de segurança dele e as demandas de privacidade do encontro exigiam o castelo.

Nas semanas que antecederam o jantar, Fritz até solicitou minha ajuda para preparar o local para a ocasião, algo que nunca tinha permitido antes. Comprei novas toalhas e guardanapos de linho para a mesa de jantar, encontrei-me com floristas para discutir a decoração, experimentei bolos para avaliar quais agradariam mais a Mussolini e ouvi músicos diversos para determinar sua adequação à apresentação e à dança após o dançar. Rejeitei três grupos porque as versões de várias peças clássicas tendiam demais ao jazz e não agradariam o tradicional Mussolini. Por fim, escolhi um grupo orquestral impecavelmente treinado e altamente recomendado de Viena. A busca pela perfeição, em geral especialidade de Fritz, nunca foi tão importante para mim; nosso convidado era crítico à independência contínua da Áustria em relação à Alemanha.

Três dias antes da chegada do *Duce*, Fritz e eu fizemos um ensaio da noite toda, completo, com todos os cinco pratos, vestindo nossas roupas de festa, e nos sentimos tão preparados quanto possível. A pressão crescente da ocasião nos uniu de um jeito que não acontecia desde os primeiros dias de nosso casamento, embora, naturalmente, eu continuasse cautelosa. Ele, é claro, ainda era volátil.

Com os nervos à flor da pele, esperamos nos degraus do *Schlöss* Schwarzenau para encontrar Mussolini. Ele chegou vestido em seu traje de gala militar completo, como se fosse liderar um desfile, com soldados e oficiais a reboque em número suficiente para formar um pelotão. Fritz cumprimentou o ditador da Itália com uma reverência e um aperto de mão que se tornou um abraço, e eu me inclinei até o chão em uma mesura, como Fritz tinha instruído, mas isso também acabou de modo diferente do que começou – com um beijo no dorso da mão.

Entramos no castelo e, depois de uma conversa de boas--vindas, nos dirigimos à sala de jantar, onde a refeição suntuosa de cinco pratos aguardava Vossa Excelência e os membros mais proeminentes de sua comitiva. Tínhamos planejado a refeição cuidadosamente para conter muitas das verduras que ele apreciava, mas com um espetacular prato de vitela no meio. Todo o cuidado que Fritz e eu tivemos com a sala de jantar era evidente. As tapeçarias Gobelin recém--limpas nas paredes emolduravam o primoroso arranjo de mesa; a longa mesa, estendida ao máximo para a ocasião, estava coberta com uma toalha de seda violeta azulada, e orquídeas azul-escuras destacavam o jogo de pratos dourado que Fritz tinha trazido do apartamento vienense.

Enquanto nos acomodávamos, os criados circulavam pela sala com o vinho; entre o pessoal vienense que tínhamos importado para a ocasião, só Ada, a criada que fora inexplicavelmente transferida da Villa Fegenberg para Viena, fora deixada no apartamento, pois eu não podia arriscar quaisquer falhas que ela pudesse orquestrar para que eu me saísse mal. Nosso criado mais experiente, Schneider, que tínhamos designado para atender apenas a Mussolini, ergueu uma garrafa sobre a taça de cristal do *Duce*. Mussolini, porém, balançou a cabeça para o vinho oferecido. Fritz e eu nos entreolhamos; tínhamos nos esquecido de instruir os criados para o fato de que Mussolini não bebia álcool. Como pudemos cometer uma gafe dessas? Com o coração martelando, olhei para o ditador, que estava ocupado mastigando uma salada cheia de alho que ouvíramos ser sua favorita. Ele não parecia ofendido.

Embora eu mantivesse os olhos modestamente baixos, como Fritz preferia, olhei de relance para o *Duce* através dos cílios. Sua mandíbula quadrada me lembrava a de Fritz, ainda que meu marido não projetasse a sua com tanta ênfase quanto Mussolini. Ambos exalavam poder e confiança, mas a voltagem do ditador era de algum modo maior.

Como condizia ao anfitrião, Fritz levantava tópicos de conversa, embora, é claro, permitisse a Mussolini escolher o caminho da discussão. Falar sobre política era estritamente *verboten* à mesa da sala de jantar, a não ser que o ditador levantasse a questão, então Fritz e eu tínhamos criado uma lista de assuntos aceitáveis, focando os muitos projetos culturais apoiados pelo *Duce*.

Fritz fez uma pergunta sobre uma vasta empreitada em Roma, na qual as ruas seriam redesenhadas de suas rotas medievais tortuosas e transformadas em estradas amplas, diretas e "modernas". Esse projeto englobava a criação de novos prédios com linhas duras e paredes de cimento branco. Ouvimos que a pressa para criar o máximo de prédios e obras públicas possível tornava os projetos inconsistentes em termos arquitetônicos, e um tanto desleixados, mas jamais expressaríamos nada exceto elogios ao *Duce*.

— Ah, sim — respondeu Mussolini, em uma voz estentórea. — A construção das estradas e a expansão dos prédios prosseguem conforme os planos. Simultaneamente, estamos escavando e preservando muitos sítios romanos. Devemos glorificar todas as coisas romanas, antigas e modernas.

— É claro — concordou Starhemberg, introduzindo-se na conversa. — É necessário para a unidade de seu povo.

O *Duce* assentiu vigorosamente.

— Precisamente. Quando um líder não tem uma herança e um futuro nobre sobre o qual basear um governo forte, depende de outros meios, menos efetivos e muitas vezes desagradáveis, para fortificar seu Estado. Vejam o chanceler Hitler. O povo germânico não tem a história ilustre do povo italiano, então Hitler foi obrigado a criar um Estado ao redor de sua ficção da raça ariana e seu ódio aos judeus. Essa é uma base infeliz para um novo regime, mesmo que sua aversão seja compreensível.

Estremeci com o modo como ele falou "judeus" e descreveu a "aversão" de Hitler como "compreensível". A Itália não tinha restrições aos judeus, ao contrário da Alemanha, e, consequentemente, eu tinha pensado que o *Duce* não era antissemita. Não pensava mais assim. Eu não conseguia acreditar que esse era o homem sobre o qual depositava todas as minhas esperanças para uma Áustria independente e livre de um antissemitismo sancionado pelo governo.

O ditador não tinha terminado.

— A cultura é, certamente, o melhor veículo para inculcar no povo a ideologia fascista, que é o sistema adequado a todos os países.

Fritz e eu congelamos, assim como os outros convidados e todos os membros do séquito de Mussolini, exceto Starhemberg e sua esposa, que raramente aparecia em eventos com o marido, só nos mais importantes. Tínhamos planejado a noite para evitar uma conversa política, e ali estava o *Duce* jogando-a na mesa durante o primeiro prato. O ditador continuou mastigando a salada, mas o resto da sala estava imóvel. Ninguém falava, comia ou bebia.

Eu precisava resgatar o momento.

— Vossa Excelência, falando em cultura, ouvi que *Pini di Roma* de Ottorino Respighi é sua peça favorita. É verdade?

Mussolini parou de mastigar e tomou um longo gole de água. Meu coração batia loucamente enquanto esperava a resposta. Ele se ofenderia com minha interjeição? Fritz me dissera que ele preferia que as mulheres fossem roliças, maternais e, mais importante, domésticas. Exceto por suas amantes, é claro.

Finalmente, seu rosto se iluminou e ele disse:

— A senhora fez sua lição de casa, sra. Mandl. De fato, acho *Pini di Roma* particularmente tocante.

— O sr. Mandl e eu chamamos os melhores músicos de Viena para tocarem depois do jantar. Vossa Excelência se importaria se eles tocassem *Pini di Roma*? — perguntei, casualmente, embora Fritz e eu tivéssemos passado diversas horas com os músicos que contratamos para a noite certificando-nos de que a tocassem com perfeição.

— Seria muito agradável — respondeu ele, com um sorriso largo e, então, entabulou uma discussão sobre compositores italianos.

Em silêncio, suspirei de alívio com a resposta e com a mudança bem-sucedida de assunto. O resto da sala também. Fritz me lançou um olhar conspiratório, depois sorriu. Ele estava satisfeito com meus esforços, o que era raridade nos últimos tempos.

— Vamos nos retirar para o salão de baile? — questionou Fritz, após os convidados darem as últimas mordidas na enorme *Sachertorte* e nos coloridos *Punschkrapfen*, elaborados confeitos de *fondant*.

O salão estava organizado em duas seções: uma com cadeiras douradas dispostas em um semicírculo ao redor da orquestra e outra com a pista de dança, de mármore preto e branco, vazia. Fritz e eu nos sentamos ao lado de Mussolini para ouvir a orquestra tocar sua amada peça de Respighi. Os olhos do ditador se fecharam e ele balançou no ritmo da sinfonia. Quando o violinista soou a última nota em seu arco, Mussolini se ergueu num pulo e aplaudiu. O resto dos convidados seguiu o exemplo.

Os músicos passaram a uma peça clássica adequada à dança, e os convidados se reuniram na periferia da pista. Esperava-se que eu dançasse a primeira peça com nosso honrado convidado. Como Mussolini não tinha levado a esposa, Fritz convidou a esposa de Starhemberg para a pista de dança, e o *Duce* estendeu a mão para mim.

Ele deslizou as mãos pela lateral de meu corpo, apoiando-as em meu quadril. Eu, por minha vez, hesitantemente, apoiei os dedos enluvados sobre seus ombros. Estávamos olho a olho; felizmente, eu não estava mais alta que ele. Fritz tinha me instruído a usar sapatos sem salto sob o vestido, uma vez que o *Duce* só tinha um metro e setenta, exatamente minha altura, e odiava mulheres que assomavam sobre ele.

Seus olhos eram duros como aço, e sua pele, áspera em proximidade. Eu não podia deixar de pensar que minhas mãos se apoiavam em um homem que ganhara poder por meio de gangues de ex-soldados que espancavam, matavam ou aprisionavam qualquer um que cruzasse seu caminho. E ele não se limitava a dar as ordens para a violência. Suas mãos estavam sujas com o sangue daqueles que tinha espancado pessoalmente.

Antes que eu pudesse soltar as cortesias inócuas que usava em todas as conversas com os colegas de Fritz, Mussolini me fez uma pergunta:

— A senhora já foi atriz, não foi, sra. Mandl? Como ele tinha descoberto? Boatos, imaginei. Eu esperava que não dos visitantes italianos na noite da projeção de *Êxtase*.

— Sim, *Duce*, embora isso tenha sido há anos. Meu único papel agora é o de esposa.

— É claro, sra. Mandl. É o maior papel de toda mulher, não é?

— De fato, *Duce*.

— Acredito que a senhora tenha sido uma atriz formidável antes de seu casamento — ele persistiu.

Eu estava confusa. O ditador já havia me visto nos palcos? Certamente, alguém teria mencionado se o *Duce* estivesse na plateia de uma de minhas peças. Eu nunca sequer ouvira fofocas sobre sua presença. De repente, entendi.

— Eu a vi em *Êxtase* — sussurrou, puxando-me mais para perto.

Fiquei horrorizada, e uma onda de náusea me tomou. Eu não suportava a ideia desse homem, que me vira nua, com as mãos em mim. Ainda assim, continuei dançando, muda, pois não sabia o que dizer, rezando para que a canção terminasse e os parceiros mudassem. Que outra escolha eu tinha? Havia coisa demais em risco.

— Gostei tanto de vê-la no filme que adquiri uma cópia. Assisti a ela incontáveis vezes.

Eu não estava mais apenas enojada. Estava aterrorizada. Será que eu era a razão pela qual ele finalmente aceitara o convite que Fritz estendia havia anos? Mantive o sorriso, mas a náusea se ergueu dentro de mim.

— A senhora é uma mulher adorável, sra. Mandl. Eu gostaria de conhecê-la melhor.

Isso não era um convite para um chá. Era um convite para a cama. Será que Fritz sabia? Será que tinha tramado para oferecer a esposa como parte das sórdidas negociações com Mussolini? Não, ele era tão insanamente ciumento que achei a ideia inconcebível. Eu não acreditava que Fritz pudesse relaxar sua possessividade, nem por Mussolini.

Felizmente, a música terminou, e um dos auxiliares de Mussolini correu para seu lado. Ele inclinou a cabeça a fim de ouvir melhor as súplicas do homem sobre o barulho da multidão, então disse:

— Desculpe-me, sra. Mandl, mas devo atender a uma questão urgente.

Assenti e, assim que ele desapareceu de meu campo de visão, corri pelo salão de baile lotado e subi as escadas para o quarto. Trancando a porta atrás de mim, fiquei diante do espelho de corpo inteiro. Encarei a linda mulher ali – sobrancelhas arqueadas, cabelo preto flutuante, olhos verdes profundos e lábios vermelhos carnudos e laqueados – e não a reconheci como eu mesma. De quem era aquele rosto? Todas as feições, pintadas com camadas de artifício, pareciam desconhecidas. Corri os dedos por minhas bochechas, uma, duas, três vezes, até que ficaram vermelhas, quase ensanguentadas. Meu pai não teria reconhecido aquela pessoa.

No que eu tinha me transformado?

CAPÍTULO 21

21 de maio de 1936
SCHWARZAU, ÁUSTRIA

O ano que se seguiu à visita de Mussolini ao *Schlöss* Schwarzenau trouxe ameaças internas e externas à Áustria. Como eu poderia sequer pensar em mencionar a proposta do ditador a Fritz? A Áustria precisava se agarrar aos últimos vestígios da proteção de Mussolini, e eu não podia fazer nada que pudesse levar Fritz a contrapor – ou rejeitar – o *Duce*, caso aquele convite não tivesse sido aprovado por meu marido. E se, por mais inacreditável que fosse, o avanço tivesse sido sancionado por Fritz... Bem, nesse caso, não queria discutir o assunto com ele, porque não suportaria saber a verdade. Teria sido impossível manter meu papel como a sra. Mandl.

A barricada que Fritz e seus compatriotas tinham construído ao redor da Áustria sobre a base da força militar italiana começou a apresentar fissuras. Armado por Fritz, Mussolini marchou para a Etiópia em uma exibição de poder fascista que Fritz de início comemorou, em especial por causa do benefício financeiro que nos rendeu. Porém, quando Hitler ofereceu seu apoio incondicional à invasão de Mussolini diante da condenação e das sanções econômicas da Liga das Nações, a cautela com que Mussolini tipicamente considerava Hitler começou a suavizar, e nossa preocupação coletiva com o destino da Áustria aumentou. Mussolini começaria a favorecer os nazistas, com sua sede insaciável de "reunificar" a Áustria e a Alemanha em uma terra ariana? E, embora eu jamais ousasse expressar minhas preocupações a Fritz sobre o impacto de uma unificação austríaca e alemã sobre mim pessoalmente – minhas origens judaicas eram um segredo bem guardado, e Fritz gostava de esquecer que eu já fora judia –, minha ansiedade cresceu naquele outono pelo decreto das Leis de Nuremberg, que privava os judeus alemães de sua cidadania e seus direitos civis. Foi um ato que tornou reais todos os medos de meu pai.

Ao mesmo tempo, Fritz e eu continuávamos dançando como se o mundo não estivesse desmoronando ao nosso redor. Na privacidade de casa, quando todos os convidados tinham partido e os criados se retirado para seus aposentos, não havia dança. Só havia regras, fechaduras e fúria. Era como se, ao me manter trancafiada, ele esperasse conter o vírus desenfreado que era Hitler. Eu me tornei o emblema implícito do mal interno e externo sempre que ele precisava de um alvo para dar vazão à raiva.

Mamãe ocasionalmente via os resultados das explosões de raiva durante nossos chás regulares, umas das poucas saídas que Fritz ainda permitia. Um braço machucado onde ele me agarrara para sussurrar uma crítica mordaz durante o jantar. Um pescoço arranhado pelo ardor grosseiro, se é que suas visitas noturnas a meu quarto podiam sequer ser chamadas por um nome tão agradável. Ela nunca comentava e, quando eu tentava falar dos artefatos da raiva dele, mudava de assunto ou fazia referências oblíquas ao "dever" e à "responsabilidade". Eu sabia que não podia contar com ela para ter apoio, e minhas visitas se tornaram cada vez mais raras. Tornou-se insuportável sentar-me na casa de Döbling, que eu já havia considerado um refúgio, e não sentir nada além de desespero.

Em março, até as danças escassearam. Encorajado pela inação da Liga das Nações após a invasão da Etiópia por Mussolini, Hitler enviou tropas para a Renânia, antigo território alemão a oeste do rio Reno que o Tratado de Versalhes tinha proibido à Alemanha. Schuschnigg informou Starhemberg que a Áustria precisava chegar a algum tipo de acordo com Hitler; que Mussolini o tinha instruído a fazer isso, senão perderia o apoio italiano. Starhemberg opôs-se a isso bastante abertamente, o que levou a sua destituição como vice-chanceler em maio. Com Mussolini ocupado em sua campanha na Etiópia e em desenvolver seu relacionamento com Hitler, ele tinha cada vez menos tempo para a Áustria – e para Fritz. O poder de meu marido e de Starhemberg foi reduzido, e me perguntei se eu tinha passado do ponto até onde prometera a meu pai que ficaria. Se meu marido se tornava um oponente da liderança austríaca, e seu poder para manter o país independente estava em declínio, tinha ele se tornado um risco, não uma fonte de segurança? Se eu não tivesse jurado a meu pai que manteria minha mãe a salvo também, teria partido no momento em que a questão me ocorreu.

Já passava da meia-noite. Os pratos do jantar tinham sido levados, e os criados tinham se retirado, mas não antes de renovar o estoque de álcool no aparador e colocar uma bandeja de violetas cristalizadas e *Trüffeltorte* no centro da mesa. Fritz e Starhemberg queriam uma folga de Viena e das maquinações políticas, então escapamos para Villa Fegenberg apenas com o irmão de Starhemberg, Ferdinand, a reboque. Os dois homens queriam fazer planos sem o risco de serem entreouvidos, e eu e Ferdinand não contávamos.

Eu gostaria que Fritz quisesse minha presença para essa discussão crucial porque confiava em minha opinião, mas essa não era a razão para eu não ter sido mantida em meu quarto. Fritz me permitia permanecer na mesa porque eu me tornara o mesmo que um dos Rembrandt na parede ou a antiga porcelana Meissen no aparador. Simplesmente uma decoração inestimável e inanimada que ele podia exibir, um símbolo de sua fortuna e suas proezas.

— Ditador da Áustria, que piada — disse Starhemberg, interrompendo minhas reflexões melancólicas com um gole de conhaque e uma declaração arrastada.

Ele estava bêbado. Achei que nunca veria o aristocrata sério em um estado tão inebriado, mas ninguém esperava que Schuschnigg se proclamasse ditador da Áustria, e ele fizera exatamente isso dois dias antes.

— A audácia. — Fritz fervilhava de raiva.

Eu não sabia ao certo se ele estava se referindo à ditadura autoproclamada de Schuschnigg ou a suas insinuações recentes de que o governo austríaco poderia assumir o controle das fábricas de munições do país, incluindo a empresa de Fritz. Os dois acontecimentos o fizeram entrar em uma espiral de fúria nos últimos dias.

— Nós o colocamos nessa posição. Como ele ousa tentar nos afastar do poder?! — Starhemberg balançou enquanto falava. O irmão estendeu a mão para firmá-lo, mas Starhemberg afastou-o como a uma mosca.

— É claro, ele está tentando nos marginalizar. Somos os únicos ainda dispostos a desafiar esse maldito acordo germano-austríaco que ele está considerando.

Por canais ainda leais a Fritz e Starhemberg, eles ouviram que Schuschnigg tinha começado a negociar um acordo com a Alemanha, no qual, em troca da promessa de Hitler de manter a Áustria independente, a Áustria alinharia sua política externa com a da Alemanha e permitiria aos nazistas manter postos governamentais. Fritz e Starhemberg lamentavam o fato de que o acordo isolaria o país diplomaticamente e incentivaria outros países europeus a ver relações austro-alemãs como uma questão puramente interna do povo alemão. Acreditavam sobretudo que era uma trama para enfraquecer a Áustria para uma invasão de Hitler. Hitler teria homens dentro do governo austríaco, afinal de contas.

— Que capital político ou econômico ainda temos para pressionar Schuschnigg, agora que Hitler e Mussolini chegaram a um tipo de entendimento? Ouvi que estão prestes a formalizar sua amizade em algo que chamam de eixo Roma-Berlim. Eixo de quê? Mais uma das frases inventadas de Hitler para indicar seu poder.

Fritz bufou de escárnio com a nomenclatura.

— Nossa maior força sempre foi a habilidade de garantir a presença da Itália ao lado da Áustria. Não podemos mais fazer isso se Hitler e Mussolini estão em conluio. — Eu nunca tinha ouvido Fritz soar tão desesperançoso. Ele sempre fora impositivo e autoconfiante ao extremo.

Trançando as pernas até o aparador, Starhemberg pegou uma garrafa cheia de *schnaps* e a colocou entre si e Fritz. Ele serviu a ambos uma taça do líquido âmbar até quase transbordar. Ninguém se ofereceu para encher minha taça ou a de Ferdinand. Era como se não estivéssemos na sala.

— Acho que não temos outra escolha — disse Fritz, com um ar de resignação. Do que ele estava falando? Sobre o que ele e Starhemberg não tinham escolha?

— Vai contra tudo pelo que trabalhamos.

— Eu sei, mas quais são as opções? Se continuarmos os esforços para promover a independência, vamos perder o pouco de influência que ainda temos. Para não mencionar os ativos. Ao mesmo tempo, se os mandarmos para fora da Áustria antes da *Anschluss*, enquanto entabulamos uma nova abordagem nas relações austro-alemãs bem antes da invasão, evitamos parecer exclusivamente motivados por nossos próprios interesses e, bem... — Fritz interrompeu a frase no ar, deixando Starhemberg preencher as lacunas.

Se ele percebia que eu também as preenchia, não sei. Talvez não se importasse. Certamente, Ferdinand não parecia ter registrado a magnitude do que Fritz e o irmão dele estavam dizendo – que estavam considerando mudar de lado e se tornar defensores de uma Áustria e uma Alemanha unificadas para reter sua base de poder.

— Pode funcionar, mas só se você tiver permissão de vender armas... — disse Starhemberg, parando em seguida. Tanto Fritz quanto eu sabíamos que ele estava se referindo indiretamente à herança judaica de Fritz.

Starhemberg conhecera o segredo de Fritz – que ele era metade judeu – talvez até antes de mim. Exceto por uma referência à conversão de seu pai durante nossa viagem de noivado a Paris, Fritz tinha mantido esse fato escondido de mim durante o primeiro ano de casamento. Só então ele revelou que seu pai judeu tivera um relacionamento pré-

-marital com a mãe católica enquanto ela era uma criada em uma das casas dos Mandl. Depois que Fritz nasceu, o pai cedeu e converteu-se à cristandade para casar-se com a mãe dele e legitimar Fritz.

— Sob as Leis de Nuremberg, eu poderia receber o *status* de "ariano honorário" — Fritz anunciou em resposta à preocupação de Starhemberg, sem jamais dizer a palavra *judeu* em voz alta.

— E o que diabos é isso?

— É uma designação especial criada pelo general Goebbels para judeus que servem à causa nazista diretamente.

— Então, mesmo que o considerassem um judeu — Fritz encolheu-se com a palavra, mas Starhemberg continuou —, você teria permissão de vender armas.

— Sim.

Starhemberg se recostou na cadeira, assentindo.

— Bem, isso é outra história, não é?

Os homens brindaram antes de sorver cada gota do licor cintilante. Eu me afundei na cadeira, pasma com o que estava ouvindo. Em algum nível, imaginei que não devia ficar chocada, mas estava.

Papai e eu tínhamos contado com a força de vontade de Fritz para nossa segurança, e parecia inconcebível que, com todo o seu poder, sua fortuna e sua determinação, Fritz não pudesse manter Hitler afastado. No entanto, Fritz tinha finalmente chegado à conclusão de que não podia vencer essa briga e, quando Fritz não podia vencer uma batalha de frente, ele não tinha vergonha de passar para o lado do vencedor.

Agora eu usava uma aliança com o nome de um homem que tinha uma aliança com Hitler.

CAPÍTULO 22

28 de novembro de 1936
VIENA, ÁUSTRIA

O plano parecia simples no começo. Colocar uma máscara – uma que eu não usava havia muito tempo, mas que ainda parecia familiar – e recitar as falas da personagem. As falas que não eram de algum dramaturgo desconhecido, mas de minha própria autoria. Exceto por isso, o plano parecia a noite de estreia de uma peça. Pelo menos era o que eu dizia a mim mesma.

Esperei para subir as cortinas de minha apresentação quando Fritz partisse em uma viagem de negócios. Suas viagens a lugares remotos do Leste Europeu – o que ele chamava de "terreno de camponeses", na Polônia e na Ucrânia, onde se localizavam algumas de suas fábricas – tinham se tornado muito mais comuns que os passeios aos destinos glamorosos que costumávamos fazer, fosse por prazer, fosse por negócios. Por conversas entreouvidas, descobri que o propósito dessas viagens era consolidar suas propriedades menos produtivas e liquidá-las assim que possível, escondendo os lucros na América do Sul, um lugar distante da guerra iminente. Ele continuou explorando em capacidade máxima aquelas fábricas que produziam munições e componentes de armas, a fim de cumprir contratos com Áustria, Espanha, Itália e países sul-americanos, e também aquelas que acreditava que o Terceiro Reich poderia utilizar se ele conseguisse persuadi-los a sentar-se à mesa de negociações depois de ter defendido a independência austríaca por anos.

Selecionei como coprotagonista um homem conhecido por sua insipidez e sua falta de visão, características necessárias para o papel que lhe designei. Felizmente, o destino tinha me fornecido um peão perfeito e sempre presente, um que Fritz nunca suspeitaria capaz de transgressões nem de qualquer ação ousada – e, mais importante, alguém a quem eu tinha acesso fácil: Ferdinand von Starhemberg, irmão de Ernst.

A primeira cena abriu-se na sala de estar de nosso apartamento silencioso e inteiramente trancado em uma manhã clara de novembro. Sentei-me à escrivaninha *art nouveau* e, através da janela, observei as folhas douradas das árvores ao longo da Ringstrasse se iluminarem e girarem na brisa. A luz brilhante de outono e a natureza libertadora do plano me faziam sentir livre, quase atordoada de alegria.

Pegando a caneta-tinteiro, escrevi uma carta no papel feito sob encomenda, gravado com minhas iniciais.

> Querido Ferdinand,
> Encontro-me com algumas horas livres nesta tarde e gostaria de sua companhia. Está disponível? Se sim, peço que venha tomar o chá em casa.
> Com afeto, sra. Mandl.

Assinar como "sra. Mandl" parecia artificial, dadas as intenções, mas eu não achava que Ferdinand já tivesse me chamado por meu primeiro nome, embora eu certamente o chamasse pelo dele. Fritz era possessivo demais para tal familiaridade com meu nome, até em relação a Ferdinand, que ele considerava um tolo inofensivo que só tinha o título e a reputação do irmão a seu favor. Mesmo assim, eu não podia arriscar uma punição caso minha carta fosse interceptada ou meu plano se visse frustrado.

Designei a Auguste, o criado mais jovem e dócil, a tarefa de entregar a carta à residência de Ferdinand, mansão que Fritz descrevia como conjunto de opulência e mau gosto. Eu não podia confiar em Ada, criada usual para tais entregas. Nunca tinha descoberto provas de um caso antigo ou atual entre Fritz e a bela criada, mas, por algum motivo, Ada me detestava e se deleitava com minha sentença, como seus olhares odiosos e furtivos comprovavam. Eu não podia confiar a carta a ela, pois imaginava que espiaria o conteúdo, ansiosa para encontrar qualquer informação condenatória sobre mim. Suspeitei que ela adoraria relatar alguma indiscrição de minha parte a Fritz. Ou teria eu começado a imaginar conspirações em todo canto?

A resposta de Ferdinand chegou bem mais rápido do que eu esperava, pois ele abriu a carta e imediatamente a leu. Imaginei que ele estaria à toa àquela hora, e Fritz com frequência resmungava que a ocupação primária de Ferdinand parecia ser o comparecimento a reuniões sociais. Ele pediu a Auguste que esperasse enquanto rabiscava a resposta, e o criado voltou para casa com a aceitação ao convite. Tudo que eu precisava fazer era pedir o chá, ocupar os criados com tarefas que os mantivessem fora até o início da noite e me preparar.

Com a longa cauda de seda do vestido de noite mais justo se arrastando atrás de mim, deixei a segurança da suíte para a sala de visitas, o local da segunda cena. O relógio acima da lareira bateu quinze para as quatro, e meus nervos ressoaram junto. Meu roteiro funcionaria? Para me preparar para a apresentação iminente, apoiei os dedos nas teclas do piano e me acalmei com a serenata número 13 de Mozart, "Eine kleine Nachtmusik". Por um momento, fui transportada de minha prisão dourada para a liberdade.

O pigarreio de um homem interrompeu meus devaneios. Meus dedos congelaram e ergui os olhos. Era Ferdinand, que parecia simultaneamente hipnotizado e desconfortável.

Levantando-me num pulo, corri até ele e apertei sua mão por um momento um tanto demorado.

— Ferdinand, você salvou uma donzela em apuros. Fritz está fora por dois dias e eu me encontro com longos períodos sem nada a fazer.

— Parece que os preencheu com bela música. Eu não fazia ideia de que tocava tão bem.

Eu sorri, com timidez.

— Há muitas coisas que não sabe sobre mim, Ferdinand.

Enquanto um rubor escarlate subia do pescoço às faces dele - precisamente a reação que eu buscava -, indiquei que se juntasse a mim no sofá, diante do qual os criados tinham disposto chá, *petit fours* e uma garrafa de cristal com *schnaps* doce. Permiti que minha mão permanecesse sobre a alça da chaleira antes de passá-la para a garrafa.

— Incomoda-se se começarmos com a bebida em vez do chá, Ferdinand?

— É claro que não, sra. Mandl. Fico feliz de acompanhá-la, como sempre.

Eu sabia que ele me acompanharia em mais do que a seleção de bebidas, é claro. Além de ser completamente vazio,

Ferdinand era de todo transparente, e nunca fora capaz de esconder o desejo que sentia. Não de mim, pelo menos. Fritz, por sua vez, não conseguia vê-lo para além da insipidez.

Entornamos bebida e jogamos conversa fora sobre o belo dia de outono. Servi outra taça e mais uma enquanto bebericava lentamente e esperava um brilho de leve embriaguez aparecer em seu rosto.

— Imagino que esteja se perguntando por que o convidei aqui quando Fritz não está.

Sua confusão com o encontro estivera aparente desde o início, provavelmente desde o momento em que recebeu minha carta naquela manhã, mas eu sabia que sua incerteza não seria maior que seu desejo e sua curiosidade.

— Sim.

Como se estivesse dominada por emoções e timidez, mantive os olhos baixos enquanto dizia:

— Tenho sentimentos por você, Ferdinand. Há algum tempo.

— E-e-eu... — gaguejou. — Eu não fazia ideia de que se sentia assim, sra. Mandl.

— Por favor, me chame de Hedy — ronronei. — Gostaria de ouvir o som de meu nome em seus lábios.

— Hedy — disse ele, nunca tirando os olhos de meu rosto.

Eu me inclinei para beijá-lo. Pasmo, ele não reagiu no começo. Seus lábios ficaram tão impassíveis quanto a força de vontade de Fritz. No entanto, rapidamente se suavizaram e começaram a retribuir o beijo.

— Eu queria fazer isso há tanto tempo — sussurrei, minha respiração perto de seu pescoço.

— Eu também — sussurrou de volta. — Não imagina quanto — disse, saltando sobre mim.

Embora o achasse um tanto repugnante, eu o beijei por mais um momento antes de me afastar e fingir estar sem fôlego.

— Aqui não, Ferdinand. Os criados espiam para Fritz.

A menção de Fritz fez a postura dele se enrijecer, mas não diminuiu seu ardor.

— Então onde? — perguntou, puxando-me para perto de si outra vez.

— Tenho uma amiga em Budapeste com uma casa vazia. Se conseguir me tirar deste apartamento, podemos pegar o trem em uma hora. Chegaremos lá antes da meia-noite.

Ele não respondeu. Eu via em seu rosto que estava horrorizado com a perspectiva de fugir com a esposa de Fritz Mandl. Ele provavelmente estivera torcendo por um encontro rápido em um hotel local.

Eu me pressionei contra ele, correndo as mãos por seus ombros e seu peito e finalmente passando os nós dos dedos pela frente de sua calça.

— Podemos ter dois dias e duas noites juntos de prazer ininterrupto.

A balança pendeu para um lado.

— Vamos.

— Mesmo?

— Sim. Como vamos tirá-la daqui sem alertar os criados ou... — Ele mal conseguia pronunciar o nome. — Ou Fritz?

Recitei o plano criado, afastando a leve culpa que sentia por usá-lo dessa forma.

— Saia agora, mas ligue para cá do telefone mais próximo que conseguir. Para qualquer criado que atenda, diga que está ligando do Hospital Geral de Viena em nome de Gertrude Kiesler, que foi internada e gostaria de ter a companhia da filha. Então dirija ao hospital e eu o encontrarei na recepção. Dali, vamos a Budapeste.

— Inteligente — ele disse com um sorriso apreciativo.

Eu o fiz repetir as palavras que diria ao telefone para o criado. Então ergui-me do sofá, fingindo relutância em deixar seus braços.

— Vá. Eu o verei em breve.

A terceira cena se desenrolou precisamente como eu a tinha roteirizado. A chamada, minha histeria, a corrida do motorista ao hospital, meu encontro secreto com Ferdinand. Eu dava risinhos de prazer ao ver como tinha sido fácil. Tudo de que precisava para escapar era reunir a coragem e mergulhar. Se soubesse disso, poderia ter deixado Fritz antes, no momento em que percebi que ele não podia mais me proteger.

Antes de questionar meu próprio plano, Ferdinand e eu estávamos sentados em um vagão de trem da primeira classe para Budapeste, com minha bolsa de xelins acumulados e alguns colares menos valiosos no compartimento acima de mim. Eu me presenteei com várias taças de champanhe, que quase amainaram minha irritação com meu coprotagonista, até que ele se tornou excessivamente físico. Eu já temia ter que consumar meu estratagema bem ali no trem, quando o condutor abriu a porta do vagão para deixar entrar uma idosa com um poodle. Eu estava temporariamente a salvo.

Eu planejara a cena final de modo que culminasse de modo bem diferente das expectativas of Ferdinand. Chamaríamos um táxi para nos levar à casa de minha amiga de infância - essa parte era verdade -, mas a casa não estaria vazia. Ela estaria lá com o marido e a filha pequena - não esperando por mim, mas ainda assim contente de me ver. O convite estava sempre em aberto, ela me dissera quando eu a vira na primavera anterior, durante uma viagem com Fritz. Eu diria a Ferdinand que a presença de minha amiga e sua família tornaria um caso amoroso impossível, e ele teria que retornar a Viena frustrado. Então eu estaria livre para voar aonde quisesse. Para além disso, não tinha planejado muito.

Ferdinand saiu do trem na estação de Budapeste, estendendo a mão para me ajudar a descer os altos degraus até a plataforma. Enquanto descia, entreguei-lhe meu sorriso mais brilhante, que ele retribuiu com um forte aperto de mão enquanto caminhávamos pela plataforma em direção à saída da estação. Só demos alguns passos antes de vê-lo.

Fritz.

O fogo não é vermelho nem laranja quando suas chamas estão mais quentes, mas branco. Aquele branco aterrorizante, o tom de um fogo de mil graus, era a cor de Fritz, um matiz que eu nunca vira em seu rosto – nem no de ninguém. Não o vermelho da raiva, mas o branco da fúria inexprimível.

Ferdinand e eu largamos as mãos um do outro, mas ninguém falou. O que eu ou ele poderíamos dizer? Que a cena não era o que parecia? Que eu não tinha planejado realmente dormir com o irmão de Ernst, apenas abandonar meu marido?

— Você virá para casa comigo, Hedy — disse Fritz, em um tom de calma sombria.

— É claro, Fritz — disse Ferdinand, em uma voz trêmula, embora Fritz não tivesse reconhecido sua presença de qualquer forma.

Meu marido só tinha falado comigo.

Fritz virou-se para a saída da estação, onde um Rolls-Royce preto o esperava. Sem sequer um olhar para Ferdinand, eu o segui num passo rápido. Quando o motorista fechou a porta do carro atrás de mim e seguiu em direção a Viena, ficamos em silêncio, até que Fritz virou seu rosto branco de fúria para mim.

— Realmente pensou que fugiria de mim, Hedy? Peguei um voo para garantir que chegaria antes do trem — disse, fervilhando de raiva, seu cuspe atingindo meu rosto.

Eu me perguntei como ele descobrira. Teria sido Ada, que finalmente descobrira uma informação condenatória sobre mim? Ou um dos criados tinha contado a ele sobre a suposta ligação do hospital sobre minha mãe? Eu não tinha dúvida de que minha mãe me entregaria se Fritz fizesse uma visita a ela e perguntasse sobre aquela chamada.

Ele me deu um tapa, então me empurrou contra o assento do carro. Arrancando o vestido de meu corpo, ele me tomou. Eu sabia que ele era um monstro. Sempre soubera. E, enquanto ele me tomava uma vez depois da outra, eu *vi*. E ver era tão pior.

CAPÍTULO 23

12 de julho de 1937
VIENA, ÁUSTRIA

Eu não seria tão tola da próxima vez. Não teria pressa nem dependeria de outras pessoas. Sozinha, esperaria o quanto fosse preciso.

Enquanto planejava, recuei para a *persona* da sra. Mandl. A máscara, no entanto, não servia mais. As bordas tinham se tornado ásperas, grosseiras, até escorregadias às vezes. Eu podia estar no meio de uma conversa, em uma festa ou um jantar, quando ela deslizava e eu me via à deriva, incerta de quem eu era e de como devia agir. Devido à agitação no ar – o borbulhar de preocupação e a energia frenética decorrente da situação política instável –, ninguém reparava. Contanto que meu rosto estivesse pintado e meu corpo envolto em um vestido, não importava que *personae* vibrassem sob a superfície, eu era a sra. Mandl.

Como as pessoas só me viam como a esposa vápida de Fritz – se é que sequer me notavam –, ganhei um tipo de invisibilidade. Isso me permitiu escutar, despercebida ou talvez ignorada, legiões de construtores, desenvolvedores de armas, políticos estrangeiros e compradores militares que agora povoavam minhas casas no lugar de membros da realeza e dignitários. Fritz fabricava cartuchos, granadas e aeronaves militares, além de munições, então com frequência eu entreouvia discussões sobre planos militares e armas adequadas, incluindo conversas sobre forças e fraquezas dos sistemas alemães. Essas manobras secretas me permitiam ver – ou talvez aceitar – a inevitável *Anschluss* que a maioria ainda negava, e o fato de que meu marido ajudaria nessa anexação da Áustria à Alemanha de Hitler.

Só para Fritz eu era visível. Minha tentativa de fuga, tudo indicava, não fizera nada para diminuir seu desejo por mim. Ele parecia acreditar que, contanto que me conquistasse fisicamente, ainda era meu dono. Então, à noite, meu corpo se tornava um país sobre o qual Fritz constantemente exercia seu domínio.

Em uma manhã de verão estranhamente fria, iniciei o dia do modo habitual, uma vez que a rotina era idêntica independentemente da casa em que me encontrasse. Depois de acordar sozinha no quarto, eu me examinava no espelho de corpo inteiro para distinguir os sinais da guerra a que Fritz me submetia. Em seguida, vinha um banho demorado na banheira funda de mármore, onde eu esfregava a pele com pedra-pomes para remover as evidências de meu marido. Sentada diante da penteadeira, eu pintava o rosto da sra. Mandl e vestia-me como uma senhora rica e desocupada. Então, depois de beliscar o desjejum e o almoço, folhear volumes científicos e tocar piano, aguardava as instruções de Fritz.

Naquele dia na Villa Fegenberg, no entanto, não veio nenhuma instrução, nem pessoalmente nem por missiva. Ao mesmo tempo, julgando pelas batidas constantes na pesada porta da frente, pessoas estavam chegando – e em número considerável. Os rangidos da antiga escadaria da entrada e o baque de baús sendo levados escada acima pelos criados diziam-me que esses convidados passariam a noite. Quem eram? Fritz não me dissera nada a respeito de festa ou baile e, embora ele tratasse com o pessoal dos detalhes de tais eventos, sempre me informava para que eu preparasse meu vestido e determinasse quais joias seriam tiradas do cofre.

Senti um *frisson* de medo e ansiedade entre os criados, que resistiram a todos os meus esforços de arrancar informação deles. Fritz devia ter dado ordens severas para manterem sigilo a respeito dos convidados e, naquela ocasião, imaginei que ele me nomeara especificamente como alguém de quem os detalhes deviam ser ocultados. O que estava acontecendo?

Eu não podia perguntar a Fritz. Tais perguntas provocariam suspeitas, e ele já estava mais alerta que o normal por causa de minha fuga fracassada com Ferdinand. Boatos sem fundamento de que eu pretendia voltar ao teatro tinham emergido recentemente em um jornal local – ainda mais ridículos em vista dos muitos atores judeus, incluindo meu amigo Max Reinhardt, que chegavam a Viena vindos de Berlim, onde as Leis de Nuremberg os baniam da profissão – e tinham aumentado os medos de meu marido sobre outra possível fuga. Quando finalmente encontrei Fritz no corredor naquela tarde, pesquei informações.

— Fritz, sinto certa agitação entre os criados, como se estivessem preparando-se para um jantar ou uma festa. Quero garantir que esteja vestida apropriadamente para esses convidados que ouvi, mas não vi. Que vestido devo usar à noite?

Ele me examinou, procurando sinais de rebelião. Não os encontrou, pois eu tinha me aferrado a uma lembrança agradável de uma caminhada dominical nos bosques com papai, de modo a garantir que um tom de inocência tingisse minhas feições, e seu rosto relaxou.

— Não precisa separar nenhum vestido, Hedy. Os convidados estão aqui apenas a negócios. Você não será esperada no jantar.

— Obrigada por avisar. Pedirei ao cozinheiro que prepare um prato para ser levado a minha suíte e ficarei fora de seu caminho.

Ele assentiu em aprovação e seguiu pelo corredor. Antes de sair de vista, virou-se para mim e disse:

— Esteja pronta para mim por volta da meia-noite.

Algo desagradável estava acontecendo. Fritz nunca dava um "jantar de negócios" sem exibir sua esposa-troféu. Mesmo depois do incidente desagradável com Ferdinand, ele me levava no braço para incontáveis jantares, festas e bailes. E nunca tinha se preocupado em me expor a conversas de negócios e política, incluindo as maquinações de secretamente armar ambos os lados da Guerra Civil Espanhola no começo do ano. Na verdade, ele com frequência pedia minha opinião sobre essas conversas. Então, não era para me proteger de informações delicadas. O que diabos estava acontecendo na Villa Fegenberg que Fritz não queria que eu visse nem ouvisse? Maquinações envolvendo os nazistas – consideradas traição mesmo em uma época na qual o chanceler da Áustria colaborava com Hitler – eram a única coisa que eu podia imaginar que ele tentasse esconder de mim.

Mais tarde naquela noite, decidi correr um grande risco. Como tinha informado Fritz, de fato pedi ao cozinheiro que preparasse um prato para ser servido em minha suíte. Quando uma criada bateu à porta com a bandeja, respondi de roupão, parecendo cansada e pronta para dormir, embora não fossem nem nove horas. Bocejando, pedi que não fosse perturbada pelo resto da noite.

Esperei o relógio indicar dez e meia antes de colocar um casaco leve para cobrir o roupão. Abrindo a porta só uma fresta, espiei o corredor em busca de sinais de quaisquer empregados. Não vendo nenhum, esgueirei-me até a ampla varanda que envolvia o canto norte da residência. Com o cigarro pendendo dos lábios, como se eu tivesse saído para fumar, caminhei casualmente até chegar a outro par de portas que levava ao salão de baile, à sala de jantar menor e a um escritório no qual imaginara que Fritz estivesse tendo sua reunião.

Eu ousaria seguir em frente? Nenhuma justificativa poderia ser dada para minha presença nessa área da Villa Fegenberg, exceto a intenção de espiar Fritz e seus convidados. Se eu fosse descoberta, o castigo de Fritz seria pior que qualquer um já sofrido até então. Mesmo assim, eu precisava confirmar meu maior medo e suspeita: de que a "reunião de negócios" de Fritz fosse com os escalões mais altos do Partido Nazista alemão. Então, abri a porta.

O corredor estava vazio, exceto por vozes que flutuavam da sala de jantar menor. Eu sabia que uma despensa pequena e pouco usada do mordomo se conectava àquela sala em particular. Com um pouco de sorte, ela estaria vazia, pois os criados estariam servindo Fritz e os convidados pela copa no lado oposto da sala de jantar. Os criados prefeririam usar a copa porque também continha um elevador de comida, eliminando a necessidade de subir e descer escadas.

Arrisquei e percorri o corredor na ponta dos pés. Depois de exalar de alívio ao ver que meu palpite se provara correto – os criados tinham escolhido usar a copa –, ergui meu roupão e me agachei na despensa completamente escura. Acomodei-me para ouvir.

— Como podemos ter certeza de que o senhor nos fornecerá os itens necessários antes da invasão? Suas ações passadas não refletem as metas de unificação do país — disse uma voz rouca, com sotaque alemão duro, bem diferente do alemão austríaco, mais suave. O falante devia ser da própria Alemanha.

— Os senhores não só têm os documentos contratuais especificando a entrega prometida de armas, munições e componentes de armamentos como também têm meu comprometimento ideológico. Vejo agora que lutar contra a união inevitável dos países germânicos era um esforço tolo e falso. Por favor, creia em mim, ministro — disse Fritz, em um tom de súplica que eu nunca ouvira em sua voz antes. Meu marido *comandava* os outros, não era o *comandado*. Até agora.

— Não posso tomar essa decisão, sr. Mandl. Só o *Führer* pode absolvê-lo de suas ações passadas contra o Reich e sua suposta herança judaica. Ele vai avaliar se o senhor merece nossa confiança. Devo deixar essa decisão ao *Führer* — respondeu o ministro às súplicas de meu marido.

A sala caiu em silêncio, como se estivessem à espera de alguém. Só podia ser Hitler. Segurei o fôlego, temendo que uma inspiração profunda fosse alta o bastante para me revelar. Um minuto inteiro se passou no relógio de pulso antes que alguém falasse ou fizesse qualquer som.

Finalmente, uma voz imponente, mas branda e comedida, começou a falar. Eu sabia que devia ser Hitler – afinal, o ministro abriu espaço apenas a seu *Führer*, seu líder –, mas as palavras eram proferidas tão baixas que eu mal as entendia. Onde estava aquela gritaria vigorosa e quase histérica que Hitler usava em seus famosos discursos para incitar o povo?

Quando me acostumei ao volume e ao sotaque, decifrei algumas das palavras de Hitler.

— Acredito que o senhor entende que nós somos um povo separado por uma linha arbitrária, e que nosso destino não será cumprido até que estejamos reunidos. Também acredito que sua linhagem judaica impediu-lhe esse entendimento até agora...

Ouvi Fritz tentar protestar contra o rótulo de judeu. Alguém devia tê-lo impedido, pois ele parou de repente, e Fritz não era conhecido por silenciar suas opiniões. Aparentemente, ninguém interrompia Hitler.

Hitler continuou como se a intromissão nunca tivesse acontecido.

— Só eu decido se alguém é judeu. E decidi conceder ao senhor o título de "ariano honorário", o que significa que quaisquer manchas semíticas em seu sangue foram lavadas. Não será mais judeu. Estou certo de que, sem essa sujeira em seu sangue, o senhor pode adotar, e de fato adotou, nossa fé em um país germânico.

— Obrigado, *Führer* — disse Fritz, em voz baixa. Seu uso do título *Führer* me deixou zonza: significava "líder". Meu marido tinha acabado de chamar Hitler de seu líder? Tinha feito aliança com o inimigo?

— Como ariano honorário, é claro, o senhor ficará isento não só das Leis de Nuremberg, quando entrarem em vigor após a unificação da Alemanha e da Áustria, mas também de quaisquer planos futuros que eu fizer para permanentemente remover os judeus da sociedade alemã. Assim como sua esposa, que entendo ser judia.

Meu corpo inteiro começou a tremer quando ouvi Hitler me rotular como judia. Subitamente, senti-me nua e amea-

çada em minha própria casa. Como o Terceiro Reich sabia de minha herança judaica?
— Permanentemente remover os judeus da sociedade alemã? — Fritz fez a pergunta que eu estava me fazendo também. O que Hitler queria dizer exatamente?
— Ah, sim. — A voz de Hitler relaxou-se enquanto explicava. — O problema dos judeus deve ser resolvido. Não podemos permitir que eles existam entre o povo alemão. As Leis de Nuremberg são só o primeiro passo de um plano que, espero, um dia será totalizante, particularmente quando o Reich dominar o continente.

Arfei, então congelei. Alguém tinha escutado? Tentei ouvir qualquer pausa na conversa ou passos se aproximando que indicariam minha exposição iminente. Quando a discussão continuou, esgueirei-me para fora da sala, percorri o corredor e saí na varanda.

Eu não conseguia acreditar. Meu marido, o Mercador da Morte, estava vivendo à altura do apelido dado a ele tantos anos antes.

E ele entregaria essa morte, pessoalmente, à Áustria e a seu povo.

CAPÍTULO 24

24 de agosto de 1937
VIENA, ÁUSTRIA

Eu não podia mais esperar e, na verdade, não havia por quê. Meu plano – elaborado nos últimos dois meses – estava praticamente intacto. Eu tinha mapeado meu método de fuga, uma rota inesperada, mas não excessivamente complicada. Tinha depositado os itens críticos à nova vida em esconderijos facilmente acessíveis, após passar muitas horas considerando meus outros pertences – maravilhosos vestidos de alta-costura adornados com joias, sapatos e bolsas de couro e seda finos feitos à mão e especialmente joias cobertas de esmeraldas, diamantes, pérolas e incontáveis outras pedras preciosas –, selecionando apenas aqueles essenciais a meus próximos passos. E, mais importante, eu tinha assegurado a peça-chave, uma empregada inocente e essencial a todo o esquema: minha nova criada pessoal, Laura. Só precisava identificar o momento certo para pôr o plano em movimento.

Antes que pudesse proceder, no entanto, eu precisava cumprir a última parte de minha promessa para papai.

— Mamãe, se eu deixasse Viena, a senhora viria comigo? — perguntei a ela enquanto tomávamos chá em sua casa durante uma visita a Döbling. A casa, que já fora grandiosa, agora parecia pequena, e minha mãe parecia ainda menor.

Embora estivesse abarrotado com os pertences de meus pais e de lembranças, incluindo o cheiro evocativo do tabaco do cachimbo de meu pai, o lugar parecia vazio sem ele.

Ela me encarou, os olhos transbordando julgamento. Eu podia quase vê-la ponderar os motivos pelos quais eu fazia a pergunta, e me veio a dúvida: será que Fritz lhe contara sobre minha fuga a Budapeste? Será que tinha compartilhado como eu usara uma internação dela no hospital como álibi? Mamãe nunca mencionara minha fuga fracassada e, é claro, eu jamais sonharia em informá-la a respeito disso. No entanto, ela provavelmente tinha uma miríade de motivos para esconder seu conhecimento caso soubesse da história.

Seu chá fumegava nas mãos, e ouvi a chuva de verão respingar na janela da sala de visitas durante o longo minuto que ela esperou antes de erguer a xícara aos lábios para bebericar. Só então me respondeu:

— Por que você deixaria Viena, Hedy? Seu marido está aqui. — Seu tom era inesperadamente inescrutável.

Eu devia prosseguir com cuidado. Por mais que tentasse explicar as restrições de minha vida com Fritz, ela escolhia não me ouvir ou sempre ficar ao lado dele. Mesmo quando um hematoma florescia em meu rosto, ela recomendava "comprometimento". *O dever de uma esposa é com seu marido*, costumava anunciar, sempre que aplicável. Eu me perguntei, não pela primeira vez, se essa proclamação nascia de ciúmes e um pouco de raiva. Como ela mesma sacrificara uma carreira promissora como pianista de concerto para se tornar *Hausfrau* e mãe, será que acreditava que eu estava destinada a fazer renúncias e comprometimentos similares? Não importava o preço a pagar.

— Quero dizer, se meu marido e eu deixarmos Viena, por causa da situação política. — Eu quase disse "por causa da ameaça de Hitler", mas me segurei a tempo. Sabendo que meu marido tinha entrado num acordo com Hitler, não consegui pronunciar a mentira deslavada, mesmo por um bom motivo. — Viria *conosco*?

Eu precisava saber se devia incluí-la no plano final. Se o planejamento e os riscos que eu pretendia tomar para uma pessoa precisavam ser expandidos para duas. Não tinha ousado abordar meus planos com ela, mas, se tivesse que adivinhar, diria que ela não seria receptiva a fugir de Viena, particularmente se fôssemos sozinhas, contra os desejos ou sem o conhecimento de Fritz.

— É claro que não, querida. Este é meu lar. E, de toda forma, seu pai sempre se inquietou excessivamente sobre o dano que Hitler poderia causar. Viena é, e vai permanecer, perfeitamente segura, quer as ameaças de Hitler se tornem reais ou não. — Ela fez um som de desaprovação e acrescentou: — Ele sempre a incluiu em suas reflexões e suas preocupações políticas. Nunca devia ter preocupado você com toda essa bobagem. Não é como se você fosse um garoto.

A raiva se ergueu em mim. Como ela ousava falar mal de papai? E como podia sugerir que eu significava menos porque nasci mulher?

Suas palavras me incitaram a falar coisas que eu enterrara havia muito tempo.

— A senhora nunca gostou de meu relacionamento com papai. E nunca gostou de mim, não é? Eu não fui a filha que esperava.

Ela arqueou a sobrancelha, o único sinal de surpresa que jamais se permitia, mas sua voz permaneceu tranquila.

— Como pode dizer isso, Hedy?

— Mamãe, durante minha infância toda, a senhora jamais me elogiou. Só fazia críticas e dava instruções sobre como eu podia me tornar mais parecida com as outras garotas de Döbling.

A expressão dela não mudou.

— Não é que eu não gostasse, ou não goste, de você. Eu tinha outros motivos para ser frugal com os elogios.

Minha voz se ergueu com fúria. Eu não suportava a certeza calma em seu tom, a contínua negação de qualquer sentimento senão recriminação.

— Que motivos, mamãe? Por que uma mãe escolheria ser "frugal" com elogios e afeto?

— Posso ver que não acreditaria em mim, Hedy, mesmo se eu lhe explicasse. Você se entrincheirou em seu modo de pensar sobre mim. Não importa o que eu diga, quais explicações ofereça, vai sempre pensar o pior.

— Não é verdade. Se *há* motivos, eu gostaria de sabê-los.

Ela se ergueu, alisando a saia e o cabelo enquanto dizia:

— Acho que nosso tempo juntas acabou. O tempo para o chá, quero dizer. — E saiu da sala.

Eu tinha sido dispensada, bem quando nós tínhamos embarcado na discussão mais íntima que já tivéramos. Ainda assim, eu recebera a resposta pela qual a visitara. Mamãe não tinha nenhuma intenção de sair de Viena comigo.

Enquanto abotoava o casaco de chuva leve e me preparava para sair, senti-me dividida. Parte de mim se via obrigada pela honra a correr até o escritório ao qual mamãe tinha recuado e contar a ela sobre a conversa que entreouvi a respeito dos planos de Hitler para o povo judeu. Com isso, ela consideraria se juntar a mim? Duvidava que a informação a fizesse mudar de ideia e me perguntei até se ela acreditaria na minha palavra. Na verdade, temi que coisas piores resultassem dessa revelação. Suspeitei que ela relataria meu plano a Fritz, acabando com minha melhor chance de fuga. Decidi que o caminho mais seguro, por ora, era o silêncio.

Mamãe tinha tomado sua decisão, e eu nunca fora capaz de fazê-la mudar de ideia. Eu tinha cumprido minha promessa final a papai.

CAPÍTULO 25

25 de agosto de 1937
VIENA, ÁUSTRIA

O sol do fim de tarde tingia com um brilho caloroso as sedosas paredes caramelo de minha suíte vienense. De onde estava, no banco diante da penteadeira, olhei para meu marido. Ele estava meio adormecido em minha cama, saciado pela carnalidade que eu instigara depois do almoço, tática para amainar sua vigilância ciumenta e constante. Por um momento, vi-me recém-casada de novo. Uma jovem enamorada do marido mais velho e grata pela proteção que ele oferecia a sua família.

Os olhos de Fritz tremularam, e encontrei seu olhar. Fingindo um sorriso tímido, fui até a cama, inteiramente nua, e fiquei diante dele. Ele correu um dedo entre meus seios, passou por meu umbigo e parou à direita do quadril. Tentei não estremecer de asco com a sensação de seu dedo traidor tocando meu corpo.

— Queria ter tempo para mais — disse, sonolento.

— Eu também — sussurrei, embora secretamente rezasse para que essa fosse a última vez. Para sempre.

— No entanto, o dever chama e devemos nos preparar para o jantar. Os convidados vão chegar para o coquetel em breve.

— O vestido azul-marinho serve para a ocasião? — fiz a pergunta que tinha ensaiado.

— Sim, cai bem em você.

Com indiferença praticada, respondi:

— Estava pensando que o conjunto Cartier o complementaria bem.

— Aquele da viagem de noivado a Paris?

— Esse mesmo. — Será que eu soava casual o suficiente, como se meu plano não dependesse de estar usando minhas joias mais caras?

— O vestido destacaria as safiras e os rubis, não é?

— Exatamente o que pensei — disse isso, mas não disse o que realmente pensava. Que Fritz tinha comprado todas as minhas outras joias para a sra. Mandl, a anfitriã, não para mim. As da Cartier eram as únicas que ele tinha comprado para a Hedy que eu fora antes de me tornar sua esposa. Elas pertenciam a mim.

— Vou tirá-las do cofre.

Quando Fritz me entregou o colar, os brincos e a pulseira Cartier, eu já estava no vestido azul-marinho, sentada pacientemente enquanto minha nova criada, Laura, arrumava meu cabelo e fazia minha maquiagem. No espelho, vi Laura fechar o colar ao redor de meu pescoço, a pulseira ao redor de meu pulso, e afixar os brincos cuidadosamente para preservar meu penteado.

Por quanto tempo e com quanto afinco eu tinha procurado por ela - uma criada altamente credenciada, que se parecia comigo - depois de fingir *finalmente* aquiescer à constante sugestão de Fritz de contratar uma criada dedicada apenas a mim. Em altura, peso e coloração, Laura parecia comigo se a inspeção fosse feita a certa distância. Com um escrutínio mais próximo, seus olhos eram castanhos enquanto os meus eram verdes, e suas feições não tinham a simetria nem a graça das minhas. Mesmo assim, do outro lado de um cômodo e usando roupas parecidas, poderíamos ser confundidas uma com a outra. Era o principal motivo pelo qual eu a escolhera entre um oceano de candidatas.

— Por favor, cuide das roupas para cerzir enquanto estou no jantar, Laura. Eu a encontrarei aqui depois.

— Sim, senhora.

Depois do coquetel e da conversa fiada de sempre, Fritz chamou os convidados à sala de jantar. Tomei meu lugar na cabeceira da mesa e sorri para meu marido enquanto fazia um brinde. Eu não conhecia os convidados daquela noite. Não eram os membros da realeza, artistas e homens de negócios austríacos dos primeiros tempos do casamento, nem os tipos políticos e militares que frequentavam nossas casas nos dias politicamente mais calmos que se seguiram. Suspeitei que eu me sentava à mesa com a próxima onda de industrialistas austríacos envolvidos em política que logo governariam meu país em nome de Hitler.

No meio do segundo prato, comecei a estremecer periodicamente, como se experimentasse desconforto. Nada intenso nem de longa duração, mas, quando chegamos à sobremesa, mantive a mão apertada contra a barriga.

Depois de Fritz chamar os convidados a se retirarem ao salão de baile para uma apresentação de música, aproximei--me dele e disse:

— Não me sinto muito bem.

— Eu notei. — Ele parou, então seu rosto se iluminou. — Poderia ser? — Quase um ano antes, Fritz tinha ordenado que um dos muitos quartos na Villa Fegenberg fosse convertido em quarto de bebê. Ele não fazia ideia de que eu usava diafragma sempre que podia.

— Quem sabe? — eu disse, com um sorriso fraco que eu esperava que transmitisse empolgação e desejo.

— Devo chamar Laura para ajudá-la? — Sua solicitude inesperada me deixou desconfortável. Eu não estava acostumada a gentilezas por parte de Fritz.

— Não, não, posso subir sozinha. E vou pedir a Laura que fique comigo caso precise de algo. — Gesticulei indicando as pessoas ao redor, esperando Fritz levá-las ao salão de baile.

— Não quero alarmar os convidados.

— É claro. — Como se retomasse sua presença, ele se virou para eles e os conduziu na direção do salão.

Eu voltei ao quarto, cuidando para manter a farsa do mal-estar.

Laura pulou quando abri a porta do quarto.

— A senhora voltou cedo.

— Estou me sentindo um pouco indisposta. Vamos tomar um chá, Laura?

Eu tinha começado um pequeno ritual de beber chá com Laura no fim do dia - prática incomum para uma senhora e sua criada, mas necessária para meu plano - assim que a tinha contratado, seis semanas antes. Como na maioria das noites, Laura preparou o chá para nós duas e eu esperei que se juntasse a mim no sofá de seda caramelo. Assim que ela apoiou a bandeja com as xícaras na mesinha à frente, eu disse:

— Ah, Laura, eu trouxe um pouco de mel do mercado ontem à noite. Importa-se de pegá-lo no armário? Está numa bolsa ao lado de meus sapatos.

— É claro, madame — respondeu, indo depressa até o armário. Enquanto ela caçava o mel que eu tinha colocado em um lugar escondido no armário, tirei de debaixo das almofadas do sofá a poção sonífera que havia obtido com o farmacêutico local algumas semanas antes. No chá de Laura, coloquei três vezes a dose recomendada, o suficiente para deixá-la inconsciente, mas não o bastante para feri-la.

Quando ela voltou com a bolsa, dei um tapinha no sofá a meu lado e disse:

— Deixe-me colocar o mel em seu chá. É completamente puro e supostamente muito mais doce que o mel normal. — Eu esperava que o mel mascarasse, ou pelo menos explicasse, a doçura do xarope.

— Obrigada, madame. É muita gentileza.

Enquanto provávamos o chá e conversávamos sobre as roupas que eu precisava para o dia seguinte, Laura começou a bocejar. Suas pálpebras começaram a pender e, em alguns minutos, ela adormeceu sentada no sofá.

Congelei. Embora tivesse planejado a sonolência de Laura e tudo que se seguiu, de repente fiquei chocada. Meu plano estava realmente acontecendo? Seria minha fuga bem-sucedida desta vez? O que aconteceria se eu fracassasse de novo?

Pense, Hedy, pense, disse a mim mesma. O que vinha em seguida? Fechei os olhos e lembrei-me da lista que escrevera semanas antes e que lançara nas chamas crepitantes da lareira do quarto.

Enquanto Laura dormia, tirei meu vestido e joguei-o nas costas da cadeira da penteadeira. Do canto mais escuro do armário, peguei uma caixa de sapatos que continham as botas alpinas elegantemente bordadas que eu só usava nos dias de inverno mais rigorosos. Enfiei a mão dentro delas e puxei meus xelins acumulados. Então peguei minha bolsa preta de couro de alça longa e guardei nela meus papéis de identificação, meus xelins e o conjunto de joias Cartier. Removi a tampa de uma caixa de chapéus Chanel, fucei embaixo do pequeno chapéu *cloche* de pena e encontrei um uniforme de criada idêntico ao de Laura. Depois de desfazer meu penteado e imitar o coque simples de Laura, coloquei uma touca de criada por cima e calcei um par de sapatos pretos.

Olhei-me no espelho. A semelhança com Laura era impressionante. Eu me sentia pronta para habitar outra máscara, mesmo que temporariamente.

Saí para o corredor. Mantendo os olhos fixos no chão de mármore, assumi o andar dela. Com seus passos curtos e rápidos, cheguei à cozinha em tempo recorde. Aquele cômodo, eu sabia, apresentava meu maior desafio. Eu não tinha sido capaz de mapear minha rota da entrada pela porta dos criados porque não podia prever quais deles estariam onde naquele momento. Quando empurrei a porta, porém, não havia ninguém, exceto o cozinheiro, preocupado em despejar *Bowle* quente do fogão em uma tigela para as bebidas pós-jantar dos convidados.

Percorri depressa o chão de ladrilhos da cozinha, mantendo os passos leves. Apanhei a bolsa de roupas – um par de vestidos e jaquetas de dia, um vestido de festa e dois pares de sapatos – e artigos de toalete que eu tinha escondido na despensa mais cedo, por trás de uma jarra de picles, e estendi a mão para a porta. A maçaneta girou com facilidade, e eu saí na noite negra e abafada.

O Opel batido de Laura, que tínhamos comprado para que ela fizesse serviços e movesse itens entre uma casa e outra, já que era a única dos criados que deveria viajar conosco de casa a casa, estava no canto mais distante do estacionamento dos empregados. Esmagando pedrinhas sob os pés, fiquei grata pela falta de luar. Se alguém me avistasse no estacionamento àquela hora – mesmo no disfarce de Laura –, Fritz certamente seria alertado.

Usando a chave que eu tinha roubado do bolso da criada, abri a porta do carro. Com a chave na ignição, o carro roncou e ligou, e, embora eu soubesse que era prematuro, senti-me exultante enquanto me afastava da casa vienense. Como se tivesse escapado da prisão – o que, de certa forma, era o caso.

Dirigi diretamente à estação de trem, a Hauptbahnhof na praça Mariahilfer. De lá, peguei o Expresso do Oriente para Paris, uma das poucas cidades em que Fritz não tinha espiões e poder ilimitado. A plataforma estava deserta quando comprei o bilhete com um funcionário, que me informou que haveria uma espera de doze minutos antes da chegada do trem.

Os segundos e os minutos escorreram tão pesados quanto o mel que eu pingara no chá nem uma hora antes, e fiquei olhando sobre o ombro esperando Fritz aparecer. Quando finalmente ouvi o chacoalhar dos trilhos com a aproximação do trem, respirei fundo. Talvez conseguisse chegar a Paris e, de lá, pegar um trem para Calais e um barco para a Inglaterra.

Em Londres, eu esperava ter uma segunda chance e uma nova história.

PARTE II

CAPÍTULO 26

24-30 de setembro de 1937
LONDRES, INGLATERRA, E O *SS NORMANDIE*

O chefe do Estúdio MGM me ofereceu a chance de uma segunda história.

Eu imaginava aquela transformação e antecipava aquele momento havia semanas – meses, na verdade, considerando o tempo de planejar minha fuga; mesmo assim, não parecia real. Eu realmente merecia um novo começo?

— Que tal Lamarr? — A voz animada sugeriu acima das ondas batendo contra o casco do enorme transatlântico. A sra. Margaret Mayer sempre se certificava de que seu tom distintivo fosse ouvido.

Seu marido, o sr. Louis B. Mayer, ergueu sua raquete da mesa de pingue-pongue e virou-se para ela.

— Repita o que disse. — Seu tom era mais de ordem que de pedido.

Fundador e chefe do MGM, o estúdio de cinema mais prestigioso de Hollywood, ele estava acostumado a dar ordens, mesmo à esposa. Ela raramente aceitava seus rosnados sem algum protesto.

— Lamarr — respondeu ela, com autoridade, dirigindo-se ao sr. Mayer e seus comparsas, todos homens de Hollywood como ele, que tinham parado de jogar ou assistir ao jogo de pingue-pongue e se virado em direção à sra. Mayer também. Sozinha entre as mulheres, ela comandava sua atenção e, às vezes, seu respeito.

— Tem uma sonoridade boa — disse o sr. Mayer, soltando uma baforada de seu sempre presente charuto. Seu rosto geralmente austero por trás dos óculos se iluminou.

— Com certeza, chefe — ecoou um dos homens. Será que eles tinham permissão de ter os próprios pensamentos? Ou, melhor dizendo, permissão de externá-los?

— Por que soa familiar? — perguntou o sr. Mayer, quase para si mesmo.

— Por causa de Barbara La Marr, a estrela dos filmes mudos que morreu de overdose de heroína. Lembra-se dela, não? — Ela respondeu à pergunta com outra, carregada de significado e acompanhada por um arquear da sobrancelha e um olhar astuto.

Eu vira essa mesma expressão em seu rosto quando o marido estivera conversando com uma linda mulher perto da piscina do *Normandie*. Não era difícil adivinhar que houvera um relacionamento entre o sr. Mayer e Barbara La Marr. Os boatos sobre os flertes do sr. Mayer - que alguns chamavam de assédios - tinham chegado à comunidade de atores de Viena.

— Certo, certo — respondeu, com o mais próximo de uma expressão constrangida que eu vira em seu rosto nos quatro dias que estávamos no mar.

Durante a conversa - na verdade, durante todo o jogo de pingue-pongue dos homens -, eu não tinha me movido de meu lugar ao lado da sra. Mayer, inclinada contra a amurada do convés, embora o vento agitasse meu cabelo. Eu sabia que o lugar mais seguro no navio era ao lado da esposa do homem mais poderoso e não tinha intenção de abandoná-lo. Ouvindo cuidadosamente os homens, percebi que eu estava sendo discutida como se não estivesse presente, como se fosse gado – o que, depois do acordo que eu fizera, praticamente era.

O primeiro passo do acordo fora negociado em Londres, embora o sr. Mayer talvez não tivesse percebido. Para me afastar o máximo possível do alcance de Fritz, fugi de Paris para Londres, exatamente como planejara. Era um lugar onde meu marido bem relacionado e cheio de recursos não tinha influência. Só quando cheguei à capital britânica parei de espiar por sobre o ombro para ver se Fritz me perseguia. Até aquele momento, eu continuava vendo seu maxilar angulado e seus olhos furiosos no rosto de todo homem, em todo trem e em toda rua, só esperando para executar sua vingança por minha fuga.

Em Londres, eu teria que encontrar um modo de me sustentar. Os xelins que levara e o dinheiro que obtivera vendendo minhas joias Cartier não durariam muito. Atuar era a única profissão que eu conhecia, mas eu precisava manter distância da influência de Fritz e, com Hitler em ascensão e as Leis de Nuremberg em vigor, o único lugar seguro para uma judia emigrante trabalhar como atriz era Hollywood, mesmo que ninguém soubesse de sua origem. Dos antigos contatos da época de atuação, eu vinha escutando boatos sobre o êxodo silencioso dos profissionais de teatro judeus aos Estados Unidos fazia quase um ano.

Eu fora apresentada ao sr. Mayer por meio de Robert Ritchie, um caça-talentos do MGM que eu conhecia por intermédio de meu antigo mentor Max Reinhardt, que já estava trabalhando nos Estados Unidos. De acordo com o sr. Ritchie, o sr. Mayer fazia reuniões em sua suíte no Hotel Savoy. Eu odiava a ideia de entrar em tal ambiente sozinha – podia imaginar o que uma "reunião em uma suíte de hotel" implicava –, então pedi ao sr. Ritchie que me acompanhasse. Eu disse que era por motivos de tradução, o que era parcialmente verdade. Meu inglês era rudimentar, mas o sr. Ritchie podia traduzir o que fosse necessário, e ele tinha um entendimento básico de minhas outras línguas. Eu precisava dele como segurança.

Para meu grande alívio, quando a porta da suíte se abriu, a reunião não era apenas com o sr. Mayer. Encontrei homens em ternos escuros ocupando o perímetro da sala de reunião como se fossem um papel de parede, incluindo Benny Thau, que o sr. Mayer descrevia como seu braço direito, e Howard Strickling, seu assessor de imprensa. O sr. Mayer me avaliou minuciosamente, chegando a me pedir que desse várias voltas e desfilasse. Então, perguntou-me sobre *Êxtase*.

— Nós fazemos filmes decentes nos Estados Unidos. Filmes que a família inteira pode ver. Não mostramos partes do corpo feminino que devem ser vistas apenas pelo marido. Entendido?

Eu assenti. Tinha me preparado para a pergunta. Sabia que *Êxtase* entraria em questão.

— Não quero fazer mais filmes imodestos, sr. Mayer.

— Bom. — Ele me lançou um olhar longo e severo, então acrescentou: — E nada de judeus. Os americanos não toleram judeus na tela.

Eu pensara que os Estados Unidos seriam um lugar mais leniente. Por meio de meus contatos, tomei conhecimento de que o próprio sr. Mayer era um judeu russo que estava em Londres, em parte, para apanhar artistas judeus emigrantes e levar a Hollywood. Não como salvador, mas porque os talentos judeus – banidos de se apresentar devido às Leis de Nuremberg – podiam ser comprados por uma ninharia.

Ele sabia que eu era judia ou só suspeitava? Ele não tinha me feito uma pergunta, então achei melhor não responder.

— Você não é judia, é?

— Não, não, sr. Mayer — respondi, rapidamente. O que mais podia dizer? Se minha sobrevivência na nova vida dependesse de mentiras, assim eu prosseguiria. Eu não era estranha a elas.

— Que bom, sra. Mandl. Ou devo chamá-la de srta. Kiesler? — Ele se virou para os outros homens anônimos na parede dos fundos do quarto de hotel. — Como diabos vamos chamá-la? Mandl e Kiesler são alemães demais — gritou.

— Podemos usar um bom nome americano, como Smith — sugeriu um deles.

— Ela parece Smith? — berrou com seu colega, agora com o rosto vermelho, e se virou para mim. — Se conseguirmos pensar em um nome para você, fecharemos um contrato. Padrão. Sete anos. Cento e vinte e cinco dólares por semana.

Arqueei a sobrancelha, mas, fora isso, mantive o rosto impassível.

— Cento e vinte e cinco dólares por semana? Por sete anos? Ele tragou o charuto.

— É a taxa padrão.

Olhei de relance para o sr. Ritchie com uma expressão inquisidora. Ele traduziu "taxa padrão".

Endireitei os ombros e olhei diretamente através dos óculos do sr. Mayer para seus olhos escuros e frios. Ele era tão implacável e volúvel quanto sua reputação, mas eu já lidara com coisa muito pior. Para conseguir o que queria, teria que ser igualmente dura.

Assumi, então, um enorme risco, mas era a única aposta para me lançar a um estrato além de atriz de reserva, mal paga e facilmente esquecível. Os homens nunca esquecem coisas ou pessoas caras.

— Essa pode ser a "taxa padrão" para alguma desconhecida. Mas não é a *minha* "taxa padrão". Só vou aceitar o que valho. — Com meu olhar mais penetrante, encarei cada homem na sala. Então, dei meia-volta e saí do quarto.

O sr. Ritchie me seguiu enquanto eu me afastava a passos largos pelo corredor do hotel.

— O que diabos está fazendo, Hedy? Está pisando na bola! — gritou para mim.

Eu não sabia exatamente o que a expressão significava, mas o motivo para a ira do sr. Ritchie estava claro. Ele acreditava que eu tinha destruído minha única chance de fazer carreira em Hollywood. No entanto, o sr. Ritchie estava enganado. Eu não tinha terminado com o sr. Mayer; essa era apenas a primeira fase de negociações – mesmo que o sr. Mayer não soubesse disso.

Virando-me para encarar o sr. Ritchie com minha expressão mais firme, eu disse:

— Eu esperava que o sr. Mayer e eu pudéssemos chegar a um acordo hoje, mas não. Eu vou conseguir muito mais que cento e vinte e cinco dólares por semana. Você vai ver.

— Você não sabe o que está fazendo. — Ele balançou a cabeça para mim. — Acabou de recusar o produtor de cinema mais importante do mundo e não vai ter uma segunda chance.

Eu lhe dei meu sorriso mais enigmático.

— Eu tenho um plano, sr. Ritchie.

Vendi a pulseira do conjunto Cartier e comprei um bilhete para o *Normandie*, que eu descobrira que levaria o sr.

Mayer pelo Atlântico até os Estados Unidos dali a uma semana. Imaginei que os vários dias no oceano com o magnata do cinema me apresentariam oportunidades suficientes de persuadi-lo a me dar um contrato melhor.

Não levou dias. Levou exatamente uma noite.

Na primeira noite em alto-mar, coloquei meu vestido verde-escuro sinuoso – um vestido que combinava com meus olhos, e o único que eu levara de minha vasta coleção como a sra. Mandl, porque conhecia seu efeito – e me dirigi ao salão de baile. Antes de entrar, fechei os olhos por um momento, mergulhando fundo em mim mesma. Convoquei todo meu poder de comandar atenção, do jeito que costumava fazer antes de subir ao palco como atriz, então empurrei a porta do salão.

No topo da escadaria dramática e tortuosa que levava à pista de dança, esperei que todos os olhares masculinos, incluindo o do sr. Mayer, pousassem em mim. Dei cada passo com calma, certificando-me de que o mandachuva de Hollywood presenciasse o efeito que eu causava nos outros passageiros. Então fui diretamente até os Mayer.

Cumprimentei a sra. Mayer de modo deferente, mas não dei mais que um aceno na direção do sr. Mayer. Tendo experimentado em primeira mão a maneira humilhante com que as esposas de homens poderosos eram tratadas, especialmente por mulheres atraentes, eu tinha jurado nunca me comportar dessa forma. De qualquer modo, a sra. Mayer poderia ser muito mais benéfica a minha carreira como amiga, e eu queria tornar minhas lealdades claras.

O sr. Mayer soltou um assobio baixo.

— Belo trabalho.

— Obrigada, sr. Mayer.

— Se consegue comandar um salão assim, sem dúvida fará o mesmo diante da câmera. Eu a subestimei; você *vale* mais que a taxa corrente. — Ele pitou o charuto, olhando-me de cima a baixo. — Que tal um contrato de sete anos a quinhentos e cinquenta dólares por semana, com os ajustes usuais? É o máximo que já ofereci a qualquer novata.

— Estou lisonjeada, sr. Mayer. — Mantive minha voz profissional, tentando suprimir a crescente empolgação. — Os termos são aceitáveis.

— Isso é um sim?

— Sim.

— Você negocia bem para uma jovem tão adorável.

— Como disse antes, só aceito o que valho. E, se eu não pedir, o senhor não vai oferecer.

Ele me deu um olhar apreciativo, e a sra. Mayer assentiu em aprovação. Ele disse:

— Gosto disso. Quero que minha família, e qualquer um que assina um contrato comigo e meu estúdio é da minha família, tenha uma bela autoestima.

Será que esse sr. Mayer de fato valorizava mulheres poderosas? Suspeitei que fosse uma declaração que ele soltava quando adequado, mas que não refletia seus reais sentimentos. Ele era dominante demais para abrir espaço para qualquer um, ainda mais para uma mulher. Mesmo assim, como servia a minha posição no momento, encarei o comentário como se fosse verdade.

— Que bom.

— O acordo vem com uma condição — acrescentou, sempre o homem de negócios sagaz, que fecha um contrato e então acrescenta um novo termo.

— Qual? — Não consegui disfarçar a irritação.
— Precisamos encontrar um novo nome para você. E um passado diferente.

Retornei ao presente, onde os homens ainda discutiam meu novo nome. Afastando-me da amurada do convés, aproximei-me da sra. Mayer, em solidariedade com sua sugestão. Ela era minha aliada entre aqueles homens.

— Hedy Lamarr — disse o sr. Mayer, virando-se para me encarar com as mãos no quadril. — Soa bem.

Um refrão de "com certezas" e "sins" veio dos colegas do sr. Mayer.

— Bom nome. Nada de alemão. Misterioso. Um pouco exótico, como nossa Hedy. — O sr. Mayer veio a mim e apertou meu braço.

A sra. Mayer apertou meu outro braço.

— Sim, como *nossa* Hedy Lamarr. — Claramente, ela não queria que eu pertencesse apenas a ele, e queria as mãos dele longe de mim. Seu aperto sinalizou que eu lhe pertencia apenas para o propósito de fazer filmes.

— Tudo bem, então vamos rebatizá-la Hedy Lamarr — declarou o sr. Mayer.

Rebatizar? Quase ri, pois ele presumira que eu fora batizada. A conversão ao cristianismo antes do casamento tinha sido feita às pressas, imposta ao padre da Karlskirche por Fritz e sua promessa de uma doação considerável. Ela exigiu apenas uma profissão de fé verbal, mas não houve libação de águas simbólicas.

Experimentei meu novo nome.

— Lamarr — sussurrei para mim mesma.

Soava como *la mer*, ou "o mar" em francês. Em pé no convés de um vasto navio, atravessando as águas infinitas do oceano, achei o nome auspicioso, até um bom presságio. Do mar, nasceria minha nova história.

CAPÍTULO 27

22 de fevereiro de 1938
LOS ANGELES, CALIFÓRNIA

Eu me perdi por certo tempo. O sol escaldante da Califórnia, as águas azuis do Pacífico, a novidade dos prédios, o desfile de homens à disposição e a abundância de sorrisos queimaram a antiga Hedy e todas as suas máscaras cansadas. Eu esqueci – ou talvez tenha empurrado aos recônditos da mente – minha vida como sra. Mandl, as ameaças a Viena e as pessoas de Döbling à mercê do louco alemão, incluindo mamãe. Afinal, a Califórnia oferecia uma tela em branco sobre a qual eu podia pintar uma narrativa nova sobre minha vida, e era tão simples fingir.

Então, um dia acordei com saudade dos tons sépia dos prédios austríacos, da história abundante sob cada paralelepípedo, do cheiro de maçãs assadas em *strudels* e das afiadas bordas germânicas de minha língua nativa. Senti a culpa se agitar. Por ter ido embora. Sozinha. Sem minha mãe ou mais ninguém.

Só então percebi que, ao aceitar uma segunda história, jamais poderia deixar a primeira para trás. Minha vida passada se infiltraria como água através de fissuras em uma represa que nunca fora adequadamente sustentada. Até que eu enfrentasse minha história original de frente.

— Vamos, Hedy. Apronte-se, ou vamos nos atrasar. Você sabe como o sr. Mayer preza pela pontualidade. Não quero arriscar perder um papel só porque aparecemos depois da hora marcada — censurou-me minha colega de quarto.

Quando cheguei a Hollywood, o sr. Mayer tinha me designado um apartamento e uma companheira de quarto, a atriz húngara Ilona Massey. Ela também fazia parte da coleção do sr. Mayer de artistas emigrantes. Ilona e eu nos dávamos incrivelmente bem, rindo enquanto tentávamos aperfeiçoar nosso inglês e adotar uma aparência mais americana, como o sr. Mayer nos instruíra.

— Não podemos só ver *Levada da breca* de novo hoje à noite? — implorei.

Ilona e eu frequentávamos o cinema local, onde víamos os mesmos filmes repetidamente para aprender a dicção e a inflexão apropriadas, e tínhamos gostado do filme com Katharine Hepburn e Cary Grant.

Ilona riu, mas se manteve firme.

— Hedy, chegamos longe demais para perder nossa chance por causa de uma festa.

A festa, que seria na casa de um diretor amigo do sr. Mayer, era uma performance obrigatória. Não era a primeira aparição exigida de Ilona e de mim nos quase seis meses desde que chegáramos à Califórnia, embora eu desejasse que fosse a última. Essas reuniões serviam principalmente para cada produtor, diretor, roteirista e executivo de Hollywood assistir ao desfile de jovens mulheres competindo por papéis e fazer uma seleção. Éramos como cavalos em um carrossel, cada uma obrigada a pular mais alto que a outra ou atrair o olhar com charmes mais extravagantes, e eu odiava essas ocasiões. Ao mesmo tempo, que escolha eu tinha?

Ilona e eu vestimos os trajes de festa feitos à máquina que tínhamos comprado na Broadway, a loja de departamento local, para esses tipos de ocasião. Então pegamos um táxi até a mansão em que o sr. Mayer e o pessoal de Hollywood aguardavam. Embora a casa estilo Tudor provavelmente tivesse impressionado a maior parte dos visitantes, para mim parecia uma aproximação triste e reles de *Schlösser* e *villas* bavarianas que eu não só visitara como já tivera como minhas propriedades. Por um momento fugaz, senti saudades da vida luxuosa que levava com Fritz enquanto sra. Mandl. Fritz. Onde ele estaria naquele momento? Oferecendo um baile no *Schlöss* Schwarzenau para os oficiais nazistas, agora firmemente implantados no governo austríaco? Será que tinha uma moça germânica loura em seus braços enquanto negociava os termos de um acordo de armas com um dos emissários de Hitler? Por meio de um advogado que eu conhecera em Londres, abri os procedimentos de divórcio e sabia que meu advogado tinha enviado a Fritz uma notificação. Esperara receber notícias dele pelo endereço de meu advogado – não pelo meu, é claro, pois eu o tinha instruído a não permitir que Fritz tivesse acesso às minhas informações –, mas não tivera retorno. Nem mesmo os desvarios furiosos de um marido abandonado, o monstro que se escondia por trás de cortesias banais quando os outros estavam presentes. E mamãe nunca mencionou Fritz nas breves cartas que escrevia em resposta às minhas.

Ilona e eu adentramos a reunião fazendo charme, atraindo a atenção lasciva que não procurávamos. Pegamos coquetéis de um garçom que passava e mapeamos a sala. Tentávamos ser estratégicas, garantindo conversas com os produtores mais proeminentes e que se preparavam para formar elencos, certificando-nos de que o sr. Mayer nos visse a fim de recebermos crédito pela presença. No entanto, tentávamos agir como um par para evitar situações comprometedoras com qualquer um dos homens presentes. Tínhamos ouvido histórias demais sobre jovens aspirantes – geralmente garotas sem um contrato, conexões ou recursos financeiros – sofrendo abusos em quartos e corredores escuros.

Enquanto passávamos perto de um grupo de homens que reconheci como executivos da RKO Pictures, ouvi um deles zombar para o outro:

— Pode olhar essas duas, mas nem pense em tocar. São propriedade do Mayer.

Sussurrei a frase do homem para Ilona e perguntei:

— O que isso significa? — Exceto pelo tom sugestivo, presumi que ele queria dizer que tínhamos um contrato com os estúdios MGM.

— Que Mayer é nosso dono. No *set* e fora dele — explicou Ilona, com um olhar enojado.

Senti meu estômago se revirar. Tinha jurado, quando deixara Fritz, que nunca mais permitiria que outro homem me possuísse.

Vendo minha expressão, Ilona entrelaçou o braço no meu e me puxou em direção às espreguiçadeiras perto da piscina, sobre a qual flutuavam centenas de velas tremeluzentes. Eu teria achado a visão encantadora, não fosse o comentário do executivo da RKO. Será que de propriedade de Fritz eu passara a outro tipo de domínio?

— Ouça, Hedy — disse Ilona, quando nos sentamos. — Não podemos deixar aquela conversa ridícula nos afetar. De jeito nenhum. Não vamos sucumbir ao tipo de comportamento que aqueles homens insinuavam e não devemos nos rebaixar a ouvir o que dizem.

Ergui as sobrancelhas, perguntando-me se devia explicar minha real preocupação. Decidindo que sim, perguntei:

— Será que o sr. Mayer acredita nisso?

Antes que ela pudesse responder, o diretor Reinhold Schünzel se aproximou de nós. Ilona esperava falar com ele naquela noite, pois tinha ouvido um boato de que ele estava selecionando o elenco para *Balalaika*, romance musical que se adequaria bem a seus talentos. Quando ele perguntou se ela gostaria de tomar algo no bar para "discutir um projeto", ela me deu um olhar empolgado, e eu assenti. Esse tipo de conexão era o motivo de nos sujeitarmos àquelas festas, embora ambas soubéssemos que ela devia tomar cuidado. Uma bebida podia significar muitas coisas.

Fiquei sozinha por um momento e cogitei pegar um táxi de volta para casa, quando o sr. Mayer apareceu. Ele acomodou sua figura robusta a meu lado na espreguiçadeira estreita.

— Srta. Kiesler. Ops, quero dizer, srta. Lamarr — disse, um lembrete deliberado de que era meu criador.

— Olá, sr. Mayer. Está gostando da festa? — Usei minha melhor aproximação de um sotaque americano. Eu estava devorando o inglês, feliz por deixar para trás a língua da mesa de jantar nazista de meu marido. Nem o alemão nem um sotaque alemão caíam bem em Hollywood naqueles tempos. Ou em qualquer parte dos Estados Unidos, na verdade.

— Estou, srta. Lamarr. E a senhorita? Está gostando de Hollywood? — perguntou.

— O senhor quer a verdade? — Imaginei que o sr. Mayer estivesse acostumado a jovens atrizes bajuladoras, ávidas para lisonjeá-lo e conseguir qualquer oportunidade. Eu queria que ele soubesse que eu era diferente, que não faria *qualquer coisa* por um papel, como aqueles homens imundos tinham sugerido. Algo que ele já deveria saber desde nossa primeira reunião no Hotel Savoy.

— É claro.

— Bem, a verdade é que estou um tanto decepcionada.

— O quê? — Ele pareceu genuinamente surpreso. — Como tudo isso — ele gesticulou para a piscina e a mansão — pode ser uma decepção?

— Não se esqueça de onde vim, sr. Mayer. Castelos e *villas* reais eram meu cotidiano. Ainda assim, a oportunidade de atuar vale o sacrifício. — Fiz uma pausa de efeito. — Se é que terei a oportunidade...

Seus olhos se estreitaram por trás dos óculos redondos, e reconheci o olhar duro e possessivo me encarando. Eu o vira no rosto de Fritz muitas vezes antes.

— Bem, eu espero que *você* não *me* decepcione, Hedy. Especialmente agora que a tornei parte da família MGM.

— Do que está falando, sr. Mayer? Venho praticando meu inglês e trabalhando minha aparência, como pediu. — Eu pensei, mas não disse, que ele sabia precisamente como eu gastava meu tempo. O sr. Mayer contratara seguranças para manter Ilona e eu sob vigilância constante.

— Quer dizer, espero que você entenda que, se for *amigável* comigo, essas oportunidades podem se tornar disponíveis mais cedo. Na verdade, tenho um papel para o qual a considerei — disse, estendendo a mão para acariciar meu joelho na segurança da noite escura.

Eu tinha razão sobre as expectativas do sr. Mayer.

Ainda indignada com o comentário ofensivo do executivo da RKO e fervilhando de raiva pela presunção do sr. Mayer de que eu pertencia a ele, disse:

— Nenhum homem é dono de mim, sr. Mayer. E nenhum homem jamais será. Nem mesmo o senhor.

Uma raiva inconfundível transpareceu em seu rosto. Ele começou a cuspir ofensas para mim; nesse momento, ambos ouvimos seu nome ser chamado.

A sra. Mayer apareceu na beira da piscina e veio diretamente até nós.

— Hedy — disse ela, dando-me um abraço caloroso e sentando-se na espreguiçadeira à frente. — Eu não fazia ideia de que tinha chegado.

Ela olhou para o marido com suspeita óbvia.

— Por que está mantendo Hedy escondida nesse canto? Não está sempre gritando para atores e atrizes socializarem nessas festas terríveis?

Uma risada escapou de meus lábios, um tanto contra minha vontade e humor. Então a sra. Mayer também achava que as festas eram péssimas? Eu não estava surpresa, mas fiquei chocada ao ouvi-la admitir. Embora ela fosse uma mulher inteligente, com uma força de vontade de ferro, considerei que essas festas eram toleráveis para ela. Era reconfortante saber que eu não era a única sofrendo naquelas noites longas e dolorosas.

Decidi usar a aparição da sra. Mayer a meu favor - para obrigar o sr. Mayer a agir.

— Seu marido tem um bom motivo para esse cantinho reservado, sra. Mayer.

— É mesmo? — Sua mão deslizou até o quadril, e ela parecia pronta para a batalha.

— Sim, ele estava me contando sobre um papel que conseguiu para mim. Aparentemente, ainda é tudo confidencial.

— Que emocionante — disse ela para mim, inclinando-se com outro aperto. E repreendendo o marido. — Eu falei a você que era hora de tirar Hedy do banco de reservas.

Eu não estava familiarizada com a expressão inglesa "banco de reservas", mas logo supus o que significava.

— Só se passaram alguns meses, Margaret. De toda forma, ela precisava refinar o sotaque. Não podíamos tê-la cuspindo alemão no *set*. O que o público pensaria? Que contratamos chucrutes? Não parece muito americano.

— Suponho que tenha razão. Mas o inglês dela está bem polido agora. Só aparece uma leve nota europeia. Nada muito específico, bem como você gosta.

— E é por isso que encontrei um papel para ela *agora* — disparou, sem dúvida irritado com a posição na qual eu o colocara.

— Poderia me contar mais sobre o papel, sr. Mayer? — perguntei, cheia de sorrisos agora que estava na presença da esposa dele.

Eu tinha encurralado o chefe do estúdio. Ele estava furioso, mas sabia que tinha que se comportar na frente da esposa.

— Acho que encontrei um veículo para explorar sua aparência na tela e aproveitar ao máximo suas especificidades, seu lado exótico. Vai se tornar Gaby, uma turista francesa visitando o Casbá, o labiríntico bairro nativo de Argel. No filme, que vamos chamar de *Argélia*, sua personagem atrai um notório ladrão de joias francês, Pepe le Moko, e cria o estopim da trama.

— Parece ideal — comentei, sincera. — Quem vai interpretar Pepe?

— Um ator francês chamado Charles Boyer.
— Conheço o trabalho dele. É excelente.
— Então está decidido — declarou a sra. Mayer. — Você vai garantir que dê tudo certo no *set*, não vai, L.B.? Que ninguém arranje problemas para Hedy? — Ela arqueou a sobrancelha, intimando que eu não deveria ser assediada por ninguém, incluindo ele.
— É claro, Margaret.
Ela se virou para mim.
— Agora venha, Hedy, quero apresentá-la a algumas mulheres adoráveis.

CAPÍTULO 28

4 de março de 1938
LOS ANGELES, CALIFÓRNIA

— A senhorita entra em cena em cinco minutos, srta. Lamarr — gritou o assistente de produção para dentro de meu camarim.

Susie se apressou para terminar de passar meu delineador e fechar meu vestido. Eu não queria atrasar a filmagem, pois o diretor, John Cromwell, era notoriamente pontual. Eu tinha me esforçado demais por aquele papel para arriscar perdê-lo.

Quando acabou, Susie me observou no espelho sobre a penteadeira, coberta de tubos de batom vermelho e esmaltes, delineador preto e pó compacto claro. A jovem enérgica designada como minha assistente de figurino era a antítese da figurinista fria do Theater an der Wien, a sra. Lubbig, de cuja reticência eu sentia falta às vezes. Ela deu um gritinho.

— Você está maravilhosa!

Eu me levantei e me examinei no espelho de três lados que ficava nos fundos. A maquiagem pesada parecia excessiva sob a luz forte do camarim, mas eu sabia que funcionaria bem para as câmeras. Meu figurino consistia de um tubinho preto de seda com um luxuoso casaco de seda branco, pérolas brilhantes e brincos de diamante que refletiam a luz. Todos falsos, é claro, mas brilhantes. O diretor e a figurinista,

Irene Gibbons, julgavam que essa era a roupa adequada para uma francesa de fortuna visitando o emaranhado pobre de becos do Casbá. Era ridículo pensar que uma turista rica sequer passaria pelo submundo de Argel, muito menos vestida daquele jeito, mas isso era Hollywood.

A única decisão que a figurinista acertou foi a ousada paleta branca e preta da roupa. Era impactante, assim como meu vestido de casamento Mainbocher. O esquema de cores limitado destacava meu cabelo escuro e minha pele pálida, ainda mais pálida com o pó, e eu sabia que passaria uma impressão dramática. Os muitos e muitos filmes a que Ilona e eu tínhamos assistido para aperfeiçoar nosso inglês nos ensinaram mais que o sotaque apropriado; eu aprendera sobre luz e sombra em filmes americanos.

Eu estava dando uma última conferida em minha aparência quando a mão de Susie pousou em meu ombro. Eu quase pulei. Os americanos eram bastante informais uns com os outros, quase a partir do momento em que se conheciam. A sra. Lubbig jamais teria sonhado em me tocar se não fosse necessário para me vestir para um papel, aplicar minha maquiagem ou arrumar meu cabelo. Eu, porém, estava tentando ser americana e reprimi meu impulso austríaco de me desvencilhar do toque de Susie.

— Na verdade, srta. Lamarr, você está um arraso — disse, com um risinho. — Eles vão ficar doidos quando a virem atuar.

O que Susie queria dizer com "um arraso" e "doidos"? Pela expressão em seu rosto, adivinhei que fosse algum tipo de elogio, mas às vezes eu tinha dificuldade em entender os coloquialismos dela.

Eu assenti, esquivando-me um pouco da audácia de seu elogio, e abri a porta do camarim. O corredor que levava ao palco sonoro parecia anormalmente longo, e meus sapatos de cetim preto ecoavam de um jeito incomumente alto. Ou seriam só meus nervos?

Os tinidos de equipamento e o zumbido baixo de conversas logo abafaram o som dos saltos. Cheguei ao *set* com pouca pompa. Atividades de todo tipo me cercavam – carpinteiros e contrarregras e aderecistas e atores e extras pareciam frenéticos em suas tarefas –, trazendo vida a uma cidade do norte da África bem ali, nos Estados Unidos. Eu estava familiarizada com cenários teatrais, mas aquela construção elaborada era diferente de qualquer palco ou *set* em que já tinha atuado. Parecia vasta e real. E eu me sentia pressionada.

Por que pensara que um curto tempo como atriz europeia me qualificava para Hollywood?

Quando ninguém reparou em mim, reuni coragem e fui em direção a um homem de feições severas e cabelo grisalho que parecia estar no centro das atividades. Talvez ele pudesse me dar alguma orientação. Ele ergueu os olhos de um debate acalorado com um câmera e me encarou. Finalmente, exclamou:

— Você deve ser nossa Gaby!

Estendi a mão para cumprimentá-lo, aliviada por ter sido identificada. Por seu jeito autoritário, adivinhei sua identidade.

— Sim, sou eu. E o senhor é o sr. Cromwell?

Durante nosso aperto de mãos, ele disse:

— Eu mesmo. Por favor, me chame de John.

— E, por favor, me chame de Hedy. Aprecio a oportunidade de ser sua Gaby.

O sr. Cromwell me examinou dos pés à cabeça.

— Você é tão deslumbrante quanto Mayer prometeu. Isso é bom, porque temos grandes planos para você nesta cena.

Sua declaração sobre "grandes planos" para Gaby me deixou tanto encantada quanto aliviada. A trama de *Argélia* era cheia de ação e intriga, mas aquelas cenas eram vetadas a minha personagem, que funcionava como um fruto proibido para o protagonista, o ladrão de joias Pepe. A natureza ornamental de minha personagem não me surpreendeu – a maioria dos papéis femininos em Hollywood eram só decorativos –, mas a chance de dar textura e peso a Gaby era uma oportunidade intrigante, mesmo que inesperada. Eu pensara sobre cenas nas quais ela se juntava à perseguição em vez de ficar sentada como um ornamento. Mesmo assim, não importava o escopo do papel, a escala do *set* e a equipe me lembravam que eu estava grata pela oportunidade.

— Fico feliz em ouvir isso, sr. Cromwell. Quer dizer, John. Tenho muitas ideias sobre como avivar Gaby e adoraria falar sobre elas.

As sobrancelhas de John se franziram em confusão, mas ele não respondeu diretamente à oferta.

— Bem, deixe-me apresentá-la a nosso cinegrafista, James Wong Howe. Ele tem algo em mente para você.

Atravessamos o palco sonoro até um canto do *set* onde um beco estreito, pequeno em relação aos prédios de barro falsos ao redor, fora construído. Ali, um chinês baixo, usando boina e peitilho ao redor do pescoço, dava ordens a dois câmeras sobre a posição de equipamentos e falava a três contrarregras, postados no topo dos prédios de barro, sobre ângulos de iluminação.

— Jimmy, aqui está nossa Gaby — chamou John.

O sr. Howe virou-se em nossa direção.

— Ah, nós a estávamos esperando, srta. Lamarr. A cena foi montada para sua chegada.

— Você sabe o que fazer, Jimmy. Vou deixá-la em suas mãos experientes — disse John, que, então, saiu a passos largos pelo palco.

— Pronta? — perguntou o sr. Howe. Ele não pedira que eu o chamasse de Jimmy.

— Sei minhas falas, sr. Howe, mas temo que não tive a oportunidade de ensaiar com meus colegas. E John mencionou que vocês têm novos planos para esta cena, mas não sei quais são.

— Não deixe isso preocupá-la — disse-me, com a voz apaziguadora que se poderia usar com uma criança ansiosa. — Os planos que temos para você não vão exigir muito ensaio.

— Tudo bem — respondi, devagar. Ainda não tinha certeza do que o sr. Howe queria de mim.

— Antes de filmar a cena com todos os extras, vamos garantir que as câmeras e a luz estejam certas. — Ele me pegou pela mão e me levou a um degrau do beco onde um "X" estava marcado com fita adesiva. — Criei uma iluminação específica para você, que vai vir de cima e projetar sombras precisas em suas feições simétricas. Venho testando essa ideia há anos, mas nunca tive uma atriz com semblante tão perfeito quanto o seu.

— Obrigada, sr. Howe — respondi, embora ele não tivesse falado como um elogio, e sim uma simples observação.

Ele ergueu meu queixo com um dedo, estudando meu rosto de várias perspectivas.

Então, recuou um passo e me dirigiu.

— Mantenha-se imóvel. E abra seus lábios um pouco para provocar, mas não mostre os dentes.

Posicionando-me como ele pedira e permanecendo imóvel, esperei. O sr. Howe ordenou que o câmera e os contrarregras fizessem leves modificações no equipamento, então me encarou através da lente da câmera central. Eu não tinha me mexido, então não podia imaginar o que ele achava tão interessante.

Longos minutos se passaram, e eu me perguntei o que Gaby faria em seguida. Quais eram os "grandes planos" a que o diretor se referira? Com certeza minha cena não podia ser só isso.

— Devemos ensaiar as próximas marcações? — perguntei, depois de cerca de dez minutos.

— O que quer dizer, srta. Lamarr? — respondeu o sr. Howe, de trás das lentes.

— John Cromwell mencionou "grandes planos". Não devemos praticar o movimento que vamos inserir na cena?

— Srta. Lamarr, essa tomada estendida, com a iluminação e o trabalho de câmera cuidadosamente planejados, é o grande plano.

— Mas eu não estou fazendo nada. — Eu estava confusa.

— Você não precisa *fazer* nada — disse o sr. Howe, com uma irritação inconfundível na voz. Eu quase podia ouvi-lo pensar: *Por que ela está fazendo essas perguntas inúteis? Por que não obedece às ordens?* — A visão do diretor é apresentá-la como um símbolo do feminino, uma cifra, um mistério que Pepe, e a audiência junto com ele, precisa desvendar. E você deve saber que o melhor jeito de uma mulher inspirar mistério é com sua beleza e seu silêncio.

Silêncio. Outra vez, silêncio era exigido de mim. Eu deixara Fritz e seu mundo para trás em parte porque tudo o que ele queria era uma mulher muda e obediente. E, embora soubesse que era um sonho vão, ainda esperava mais da nova fase. Parecia, contudo, que Hollywood procurava exatamente a mesma coisa que Fritz.

CAPÍTULO 29

13 de março de 1938
LOS ANGELES, CALIFÓRNIA

Susie me ajudou a sair do vestido de noite preto e das pérolas exigidas para a cena de *Argélia* que eu acabara de regravar – o momento em que Gaby e Pepe se veem pela primeira vez. Como em muitas de minhas cenas, fiquei sentada imóvel por longos momentos enquanto a câmera se demorava em meu rosto. Eu tinha começado a me sentir mais à vontade no *set*, exceto por esses interlúdios desconfortáveis quando o resto do elenco tinha que recuar silenciosamente e esperar a lente do sr. Howe terminar minha parte. Durante aqueles minutos infinitos, eu tentava recuperar o poder que costumava sentir no palco para dar textura e interesse a Gaby e esperava que essa energia transparecesse na tela. Mesmo assim, não conseguia evitar o pensamento de ter sido relegada a nada mais que um manequim.

As paredes finas de meu camarim tremeram com uma batida alta. Enquanto Susie abria uma fresta da porta, amarrei firmemente meu roupão de seda. No *set*, reuniões de trabalho podiam acontecer em qualquer lugar, a qualquer momento, e eu sabia – com *Êxtase* em meu passado – que devia resguardar minha modéstia.

Minha antiga colega de quarto, Ilona, espiou pela abertura da porta com um jornal enrolado nas mãos. Algumas semanas atrás, tínhamos decidido nos mudar para lugares separados, e eu alugara uma casa pequena de seis cômodos no alto de Hollywood Hills, com um jardim amplo o suficiente para alguns animais me fazerem companhia. Mesmo assim, Ilona e eu continuávamos muito próximas, ainda mais desde que nos aproximáramos de um grupo simpático de imigrantes hollywoodianos como nós, incluindo os diretores Otto Preminger e meu antigo mentor Max Reinhardt, além de americanos judeus, como o produtor Walter Wanger. Em jantares, nos mantínhamos informadas sobre eventos europeus que não chegavam aos jornais americanos. E, embora o homem que eu começara a namorar, o ator Reggie Gardiner, fosse inglês, não continental, como nós, ele passava ao grupo informações de seus contatos também. Entre meus pretendentes, eu o escolhera por sua natureza gentil e seus modos não ameaçadores. Estava farta de tipos como Fritz Mandl.

Pela expressão de Ilona e o jornal que ela trazia, entendi que queria falar a sós.

— Susie — eu disse —, poderia pegar um café para nós da lanchonete?

— É claro, srta. Lamarr — respondeu ela, alegre. Eu entendia o inglês de Susie razoavelmente bem, mas não sua personalidade efervescente. Era tão inquietante quanto o clima ensolarado da Califórnia.

Quando ela fechou a porta atrás de si, Ilona me entregou o jornal. Mais de perto, vi que seus olhos estavam vermelhos de choro. Antes que eu visse a notícia, ela perguntou:

— Viu isto?

— Não, estive no *set* o dia todo. É sobre...
Ela sabia antes mesmo de eu completar a frase.
— Sim.

Estávamos esperando os acontecimentos políticos austríacos, sobre os quais minha mãe parecia permanecer alegremente ignorante em sua correspondência. Talvez de propósito, conhecendo-a. Alguns dias antes, em resposta a um levante dos nazistas austríacos e da insistência alemã para que o simpatizante nazista Arthur Seyss-Inquart fosse nomeado ministro de Segurança Pública com controle ilimitado, ouvimos que o chanceler Schuschnigg – o homem que tinha deposto Ernst von Starhemberg por dizer que ele era brando demais com os alemães – abriu um referendo sobre a unificação austríaca com os alemães. Em resposta, Hitler ameaçou Schuschnigg com uma invasão. Ilona era húngara, não austríaca, mas via as ações de Hitler como uma prévia do que poderia se passar na Hungria. Hitler realmente conquistaria a Áustria? O que a comunidade internacional faria se os alemães tentassem fazer isso?

Ilona nem me deixou ler o artigo. Ela estava explodindo com a notícia.

— Hedy, é inacreditável. Ontem o Exército alemão atravessou a fronteira da Áustria, como temíamos. Sabe o que eles enfrentaram?

— Não — eu disse, embora já imaginasse as tropas austríacas enfrentando as forças de Hitler em pontos de segurança que eu tinha visitado com Fritz ao longo dos anos. Perguntei-me outra vez se Fritz estaria equipando ambos os lados do conflito. Ou ele tinha finalmente fracassado em jogar dos dois lados, como era seu hábito, e sido obrigado a fugir?

— A visão de austríacos comemorando e agitando bandeiras nazistas. E nenhuma resistência militar. Nada. Incrivelmente, o governo austríaco tinha ordenado o Exército a não resistir. Hitler simplesmente entrou no país.

— O quê? — Eu estava chocada. Sentei-me na cadeira da penteadeira com as pernas tremendo. — Nenhuma resistência? Nada?

— Não. Parece que, nos dias antes da tomada de fato, a SS secretamente prendeu todos os potenciais dissidentes. Mesmo assim, Hitler ficou surpreso com as boas-vindas. Ele pretendia destruir o Exército austríaco, tornando o país um Estado fantoche com Seyss-Inquart como líder de um governo pró--nazista, mas não precisou tomar essa medida. Os austríacos foram tão receptivos que ele só absorveu a Áustria no Reich.

— E, simples assim, a Áustria se tornou parte da Alemanha. — Minha voz tremeu quando eu disse essas palavras.

— Simples assim — respondeu Ilona, com a incredulidade aparente na voz.

A *Anschluss*, invasão e conquista de meu país, a qual papai e eu temíamos e que tinha servido como incentivo para meu casamento, acontecera. Embora eu soubesse que Ilona dizia a verdade - na verdade, eu sabia melhor que ninguém que esse evento era inevitável -, a notícia me deixou pasma. Parte de mim nunca acreditara que esse dia chegaria, e eu rezara para que não chegasse, embora não orasse a nenhum deus específico.

Nos dias imediatamente antes e depois da minha fuga, eu começara a reconhecer que os nazistas poderiam conquistar a Áustria. Eu presumira que o poderio militar de Hitler e o fanatismo de seus seguidores seriam um desafio para as forças austríacas, mal equipadas sob o fraco Schuschnigg.

No entanto, nunca esperei que o povo austríaco recebesse aquele louco de braços abertos.

Onde estaria mamãe quando as tropas nazistas marcharam nas ruas vienenses ao som de vivas? Certamente, ela não teria agitado uma bandeira de boas-vindas. Provavelmente, ficara sentada na sala de visitas tomando chá enquanto os tanques rolavam pelas ruas, fingindo não sentir a casa vibrar. Será que estava a salvo?

Eu precisava tirá-la da Áustria antes que ela fosse vítima de sua ignorância autoimposta. Ela permitiria que eu tentasse, agora que a Alemanha controlava a Áustria? Se sim, como tirá-la do país? Eu nem sabia quais seriam as regras de emigração austríacas sob o controle alemão ou a natureza das leis de imigração americanas. Eu tinha entrado no país de braço dado com o sr. Mayer e apoiada por sua influência; a complexa rede de papelada e aprovações tinha sido facilitada para mim.

Comecei a chorar. Ilona se ajoelhou a meu lado e me abraçou.

— Sua mãe ainda está lá, não é? — perguntou.

Eu assenti, mas não expressei os pensamentos que me atormentavam. O que aconteceria com os judeus austríacos? As leis de Nuremberg seriam aplicadas a eles, à mamãe? Tendo ouvido os planos de Hitler da boca do próprio, eu tinha bastante certeza da resposta, embora não pudesse dizer isso a ninguém.

Pronunciar tais palavras seria admitir que eu mesma era judia e que tivera conhecimento desse fato antes que acontecesse.

Em Hollywood não havia judeus.

CAPÍTULO 30

14-15 de janeiro de 1939
LOS ANGELES, CALIFÓRNIA

Argélia mudou tudo e nada. A fama que eu buscava veio. Andei em tapetes vermelhos para as estreias do filme, com fãs gritando meu nome nas ruas. Mulheres em todo canto adotaram o que os jornais chamavam de "visual Lamarr" – cabelo escuro, com frequência tingido, repartido no meio e com cachos em cascata, sobrancelhas arqueadas simétricas, pele pálida e lábios carnudos e reluzentes. O visual que eu pensava ser tão americano, cultivado pela insistência do sr. Mayer, tornou-se associado ao "exotismo" de Hedy Lamarr, e a ironia rendeu boas gargalhadas a mim e Ilona.

O dinheiro também veio. Ao mesmo tempo que mantinha a distância os avanços do sr. Mayer, insisti em mais remuneração do que negociara de início. O "culto" de Hedy Lamarr me deu a coragem e a influência para exigir salários mais altos, adequados aos lucros de bilheteria que todos acreditavam que meus filmes futuros renderiam.

Após o lançamento de *Argélia*, o terror que sentia de Fritz também se dissolveu. Meu divórcio foi concedido. Até quando os procedimentos legais forneceram a Fritz meu endereço e ele começou a enviar cartas, suas palavras eram estranhamente conciliadoras, uma vez que ele não tinha controle legal sobre mim, e mesmo seu próprio poder diminuíra. Ele fora expulso da Áustria quando sua aliança com os nazistas se desgastou e tinha se refugiado na América do Sul, onde começara a esconder a maioria de seus ativos durante nosso casamento. Ao se reconectar comigo, parecia querer apenas pegar emprestado um pouco da fama da ex-esposa, nada mais, mas eu não lhe dei nada. O divórcio não só me libertou de meus temores como me deu a liberdade para namorar quem eu quisesse. Essa licença me proporcionou uma fome renovada para pular de um homem a outro, buscando refúgio em seus braços, mas nunca cedendo minha autonomia, e outros homens se seguiram ao gentil – mas no fim enfadonho – Reggie Gardiner.

Contudo, apesar de todos esses homens, uma solidão profunda me seguia como um cachorro abandonado, latindo no silêncio sempre que o barulho das multidões ou os sussurros de um pretendente se aquietavam. Às vezes, como um tipo de bálsamo para minha solidão, eu me permitia seguir no encalço veloz dos americanos – que se moviam depressa, como se temessem que, ao reduzir o passo, fizessem a história se encrustar neles como uma craca –, mas então as lembranças das quais eu tentava fugir me alcançavam, e a culpa me dominava. Como eu podia justificar viver em tal abundância quando terrores e privações ocorriam diariamente na Áustria? Quando judeus eram submetidos a ataques brutais nas ruas por bandidos usando suásticas, privados de seus direitos pelas Leis de Nuremberg? Um frenesi antissemita instigou *pogroms* em novembro, nos quais lojas judias foram pilhadas e vandalizadas e sinagogas foram queimadas, incluindo aquelas de Döbling. Todos horrores sobre os quais eu tinha conhecimento prévio, de modo geral. Minha vida americana parecia uma loucura contra a escuridão crescente, e ficava cada vez mais difícil manter a leveza que ela exigia.

Então, eu me dividi em duas. De dia, pintava os lábios e as sobrancelhas e lançava olhares enigmáticos para a câmera, assumindo a máscara de Hedy Lamarr. À noite, tornava-me Hedy Kiesler de novo, atormentada por temores pelo meu próprio povo, tanto vienense como judeu, embora eu nunca tivesse realmente pensado em mim mesma como judia até deixar a Áustria. Entendi que, ao fugir do país sem avisar ninguém sobre a seriedade dos planos de Hitler, eu tinha uma dívida tremenda com o povo austríaco – particularmente com os judeus. E eu não sabia como ajudar ninguém. Exceto mamãe.

Era nauseante saber que eu não tentara persuadi-la o bastante a deixar o país em nosso último encontro. No chá, eu me permitira ficar com raiva de suas críticas a respeito de papai e experimentara uma pontada de medo ao pensar no que ela poderia revelar a Fritz a respeito de meus planos. E essas emoções me dominaram, fazendo-me desistir de qualquer persuasão no momento em que ela expressou não estar disposta a deixar Viena. Eu devia ter reprimido meus sentimentos e contado o que sabia sobre a *Anschluss* e Hitler.

Eu tinha desistido fácil demais. Não deixaria isso acontecer de novo. Eu encontraria um jeito de tirar minha mãe da Áustria.

Sua carta mais recente me mostrou que eu não precisava mais me concentrar em convencê-la a deixar sua preciosa Viena. Não que mamãe escrevesse diretamente sobre os horrores ocorrendo na cidade; ela estava preocupada, com razão, que os oficiais do governo nazistas pudessem ler cartas enviadas ao exterior e puni-la de alguma forma. Em vez disso, eu sentia seu terror sobre esses eventos terríveis em cada frase cautelosa e em cada palavra que ela *não* escrevia.

> Querida Hedy,
> Espero que sua nova vida em Hollywood continue a tratá-la bem. Você sempre buscou sucesso.

Respirei fundo quando li, tentando não deixar o elogio ambíguo me incomodar. Mamãe era constitucionalmente incapaz de elogios – jamais me parabenizaria por meu trabalho em *Argélia*; em vez disso, dizia que o sucesso no cinema era algo que eu "buscava" –, mas eu não podia deixar sua negatividade natural me desviar. Continuei lendo.

> Penso com frequência na conversa que tivemos antes de sua partida. Percebo que devia ter ouvido seu conselho, Hedy. Mas mães muitas vezes não dão crédito ao conhecimento das filhas, e eu não sou exceção. Pergunto-me agora se não é tarde demais.
> Caso seja, Hedy, quero corrigir um mal-entendido que houve entre nós naquele mesmo dia. Durante nossa conversa, você dividiu comigo sua crença de que eu lhe neguei afeto por despeito ou antipatia em relação a você. Nada poderia estar mais longe da verdade. Eu procurava apenas mitigar a adulação e a indulgência imoderadas de seu pai. Preocupei-me com o que poderia acontecer com uma criança muito bonita, já adorada por sua beleza pela sociedade,

a quem ambos os pais dizem que tudo que faz e pensa é perfeito. Não foi fácil, mas, ao contrário do que você pensa, fiz por amor.

Lágrimas escorreram por meu rosto ao ler tais palavras, que retratavam o mais próximo de um sentimentalismo ou de um pedido de desculpas que minha mãe já me oferecera. E a carta tornou outra coisa clara: minha mãe estava pronta, até desesperada, para fugir. Eu só precisava descobrir como trazê-la para os Estados Unidos.

Na noite seguinte, uma conversa ao acaso apontou o caminho. Em uma festa no alto de Hollywood Hills, duas de minhas amigas europeias se afastaram para conversar com um diretor com quem esperavam trabalhar, abandonando-me com um sujeito bastante enfadonho e tímido que circundara nossa conversa. Eu quase fui embora sem nem pedir licença quando me lembrei de algo que ele dissera a minha amiga: ele era advogado.

— O senhor mencionou que é advogado? — Dado que ele era convidado da festa, povoada majoritariamente por profissionais da indústria cinematográfica, imaginei que não trabalhava com imigração. Mesmo assim, pensei que não fazia mal perguntar. No mínimo, ele podia me dar o nome de um especialista no assunto.

Seus olhos se iluminaram, como se não acreditasse que eu estava falando com ele. Eu quase não acreditava também. Ele balbuciou por um segundo, então disse:
— S-sim, sou.

Eu não vi motivo para conversa fiada, então fui direta.

— Sabe como fazer pessoas da Europa serem admitidas nos Estados Unidos?

— U-um pouco — respondeu, ainda gaguejando. Eu o estava deixando nervoso ou era um hábito infeliz? — Não é minha área, mas conheço as leis em geral. Posso presumir que esteja perguntando por alguém em particular?

Eu assenti.

— De onde ele ou ela vem? — Quanto mais confortável ele se tornava, mais a gagueira desaparecia.

— Áustria.

— Hummm... — Sua testa, parcialmente escondida pelos óculos grandes, se franziu. — Bem, em primeiro lugar, os Estados Unidos não têm política de refugiados, só política de imigração. Temos um sistema de cotas rigoroso, e só certo número de pessoas de cada país tem permissão de imigrar por ano. Assim que atingimos a cota, os candidatos passam a ser rejeitados.

— Como posso descobrir se os Estados Unidos ainda estão aceitando pessoas da Áustria ou se a cota foi preenchida?

— Bem, acho que Roosevelt fundiu as cotas da Áustria e da Alemanha agora que os países se unificaram...

Quase gritei que os países não se "unificaram", mas que a Alemanha tomou a Áustria à força. Porém, o homem estava falando e eu precisava escutar.

— Mesmo assim — continuou —, tenho certeza de que posso descobrir o número para a senhorita. Vale lembrar que não se trata apenas das vagas remanescentes. Essa pessoa deu entrada na documentação?

Eu não tinha pensado sobre a parte administrativa do quebra-cabeça. Fiz que não com a cabeça.

— Bem, os Estados Unidos tornaram a imigração um processo bastante confuso. De propósito. O governo espera usar os meandros de seu processo oneroso como um impedimento.

— Por quê?

— Para que o mínimo de imigrantes entre no país, é claro — disse, alheio à natureza terrível de sua declaração. — De modo geral, é o seguinte: o requerente se registra no consulado americano e entra numa lista de espera para um visto. Enquanto espera, tem que coletar uma longa lista de documentos, tais como identidade, certificados de polícia, permissões de saída e trânsito e declaração financeira, a fim de provar que pode se sustentar. A pegadinha é que todos esses documentos têm data de vencimento, então é preciso obtê-los e sair daquela lista de espera antes que vençam. Caso contrário, a pessoa precisa começar tudo de novo. O intervalo para acertar a documentação é quase impossível de acertar, tão complicado que o chamam de "muro de papel".

Assenti, zonza com todos os requisitos que mamãe teria que cumprir para passar por esse "muro". Eu nem conseguia imaginar quanto tempo o processo levaria. Ela ficaria a salvo enquanto esperávamos? Eu não podia arriscar.

— Há algum jeito de acelerar o processo?

— Bem, seria preciso ter contatos bem no alto. Se você tivesse conexões no governo federal, talvez houvesse uma chance de passar alguém para o topo da lista ou eliminar parte da papelada.

Eu sabia o que tinha que fazer. Sem nem perguntar o nome do advogado – e pior, sem nem agradecer-lhe pelo conselho –, desapareci na multidão de convidados. Corri em direção à única pessoa que conhecia que tinha precisamente o tipo de "conexões" de que eu precisava: o sr. Mayer.

CAPÍTULO 31

28 de janeiro de 1939
LOS ANGELES, CALIFÓRNIA

— Devemos fugir e nos casar? — uma voz perguntou das sombras no deque da piscina.

Eu tomei um susto e quase derrubei o cigarro. Tinha saído a fim de ficar sozinha e não vira ninguém. Se soubesse que um homem estava ali, eu teria evitado a área e procurado um santuário diferente para escapar daquela reunião terrível.

A festa lotada era precisamente o tipo de *soirée* hollywoodiana que eu detestava, mas o sr. Mayer insistiu que eu comparecesse e, dado que ele concordara em ajudar com a situação de minha mãe, não ousei recusar. Essa comemoração deprimente do lançamento de um filme consistia em fofocas sobre os contratos de Hollywood mais recentes, competição por papéis em filmes futuros e olhares lascivos de executivos de estúdio e produtores de cinema. Eu preferiria passar a noite conversando sobre os acontecimentos políticos e culturais na casa de meus amigos europeus com gostos parecidos, ou sozinha em casa, tocando piano ou brincando com algumas criações científicas inspiradas pelos anos que passara à mesa de jantar de Fritz ouvindo homens discutirem invenções. No entanto, lá estava eu, ouvindo o sr. Mayer fazer declarações autocongratulatórias sobre mim aos "rapazes" aduladores sempre a reboque:

— O velho aqui não é um mau juiz de talento, não é mesmo?

Olhei para essa dama uma vez e disse a mim mesmo: essa garota é uma estrela. E, em pouco tempo, realmente a tornei uma. Em geral, eu fugiria antes que tivesse que conversar com um desconhecido, ainda mais um homem. Mas algo na voz do cavalheiro era familiar, até cativante. Para não mencionar que ele me divertira. Sua pergunta totalmente inapropriada e excessivamente amigável me fez sorrir, o que não era fácil naqueles tempos.

— Trouxe a aliança? — perguntei para a escuridão. Como esse sujeito reagiria a um leve desafio?

— É claro. Presumo que gosta de diamantes?

— Prefiro esmeraldas, mas diamantes servem.

— Estava pensando em um colar de esmeraldas como presente de casamento depois da cerimônia.

— Você conhece sua noiva muito bem. — Quase dei um risinho.

— Depois de todos esses anos, querida — a voz ficou mais alta —, é melhor conhecer mesmo.

A figura de um homem emergiu da sombra da varanda. Quando ele se aproximou, percebi que era bem alto, talvez um metro e noventa. Como meu pai.

— Sim, realmente — eu disse baixinho, desconfiada da pessoa que estava prestes a se materializar.

Embora ainda não pudesse distinguir as feições, a luz baça da festa na casa começou a iluminar seu rosto, como devia ter iluminado o meu.

— Ó Deus, você é Hedy Lamarr. — Ele soava surpreso, mas não intimidado.

Eu gostei disso. Desde *Argélia*, os homens eram ou tímidos ou agressivos demais comigo.

— Ó Deus, sou — eu disse, fingindo surpresa, então dei uma longa tragada em meu cigarro.

Cinzas caíram da ponta, e percebi que meus dedos tremiam devido à proximidade desse homem mais velho e atraente. Seu cabelo meticulosamente penteado e o terno imaculado contrastavam com o sorriso relaxado, os olhos calorosos e o jeito tranquilo. Eu sentia que o conhecia, e ninguém tinha despertado essa sensação em mim desde que chegara a Hollywood.

— Imagino que devo pedir desculpas pela presunção — disse ele, mas não ouvi nenhum arrependimento nem desconforto em sua voz.

— Não, por favor. Se pedir, terei que bani-lo de volta àquele canto para podermos ter uma conversa normal.

Ele soltou uma gargalhada profunda e sincera. De novo, como meu pai.

— O que a traz aqui em uma noite fria de janeiro enquanto há uma festa quente lá dentro? — perguntou.

— Sou austríaca. Não considero isso exatamente frio.

— Não respondeu à pergunta.

— Acho que a conversa é melhor aqui fora do que lá dentro.

Vi o branco de seus dentes quando ele sorriu.

— Um elogio da srta. Lamarr? Estou lisonjeado.

— Quem disse que eu estava falando do *seu* lado da conversa? Talvez estivesse falando do meu.

Ele riu de novo.

— Ninguém me contou que seu bom humor era equivalente a sua beleza.

— Elogios vão levá-lo a todo lugar e a lugar nenhum, senhor... — Minha voz sumiu quando percebi que não sabia quem ele era. Mas, se tinha sido convidado a essa festa, devia ser da indústria cinematográfica, o que me fez gostar menos dele.

— Markey. Gene Markey.

Eu conhecia o nome. Era roteirista, mas lembrei que também fora casado com a atriz Joan Bennett, com quem tinha uma filha pequena. Ele não era conhecido por ser um mulherengo, mas tampouco era conhecido por *não* ser um. O fato me deixou um pouco desestabilizada.

Com habilidade conversacional, ele preencheu a pausa.

— Vamos sair desta festa horrorosa? Conheço um bar razoável logo na esquina.

Acompanhá-lo ia contra minhas regras pessoais. Afinal, eu não o conhecia de fato, e Hollywood estava cheia de predadores. Mas eu ficara atraída por ele. Pela primeira vez, soltei as rédeas e arrisquei.

Assentindo, tomei seu braço, e, juntos, descemos da varanda e saímos. Caminhando ao lado dele, senti-me inesperadamente calma e segura, sensações que não experimentava desde a morte de papai. Sua presença me fez questionar se eu tinha finalmente conhecido um homem com quem não precisava interpretar nenhum papel.

CAPÍTULO 32

10 de julho de 1939
LOS ANGELES, CALIFÓRNIA

Com a cesta cheia de flores silvestres, abri a porta dos fundos de nossa casa branca na Benedict Canyon Drive, que tínhamos apelidado de Fazenda da Sebe, um casulo de calmaria com paredes e mobília brancas, no qual as únicas cores eram encontradas em tapetes, obras de arte e flores. Adentrei a sala de estar. Gene estava esparramado no sofá branco, em um sono profundo, com páginas do último roteiro espalhadas sobre o tapete vermelho. Donner, nosso dogue alemão, tinha tentado enrodilhar seu corpo enorme na pequena seção de almofadas aos pés de Gene. Os dois emanavam contentamento, uma felicidade profunda na qual eu apenas começara a confiar. Quando meus demônios particulares dormiam, é claro.

Esgueirei-me até a cozinha, sem querer perturbá-los. Peguei um vaso de porcelana simples no armário e o enchi de água. Depois de cortar as pontas dos caules das flores coloridas, coloquei-as no vaso e comecei a arrumá-las.

De repente, eu estava girando nos braços de Gene. A saia cheia de meu *dirndl*[2] se inflou em um círculo, e eu ri. Ele me pôs no chão e disse:

---

2. Vestido tradicional usado na Áustria, entre outros lugares, que inclui corpete, saia e avental. (N.T.)

— Minha pequena *Hausfrau*, como está bonita em suas vestes caseiras.
— Obrigada, gentil senhor. — Eu fiz uma mesura enquanto ele me abraçava.

Jamais teria imaginado que nosso encontro fortuito no deque de piscina de um desconhecido levaria a um casamento menos de oito semanas depois. Imagino que a familiaridade e o conforto que senti com Gene desde o início tenham tornado a decisão surpreendentemente fácil. Ao mesmo tempo, não conseguia parar de me perguntar, no meio de uma guerra europeia da qual acabara de tirar minha mãe, por que eu merecia tal felicidade. Se tivesse ficado na Áustria, minha realidade teria sido muito diferente.

— No que está pensando? — perguntou.

Eu não queria dizer no que estava pensando. Nunca tinha dividido com Gene o segredo de minha herança judaica nem o fato de que meu ex-marido vendera armas a Mussolini e Hitler. Ele sabia que eu fora casada antes, é claro, mas nada além disso. Eu não ousava lhe contar os segredos que mantinha enterrados tão fundo.

— Estava me lembrando do dia em que nos casamos — eu disse.

Estivéramos relaxando após um delicioso jantar de frutos de mar em nosso restaurante preferido à beira da praia. Era início de março, e fora uma sexta-feira longa no *set* para ambos. Eu estava no meio dos ensaios para *Flor dos trópicos*, e Gene trabalhava na reescrita de um roteiro. Ambos estaríamos de volta ao trabalho na segunda de manhã, e eu me sentia animada para a rara folga naquele fim de semana.

Os diretores frequentemente exigiam que eu trabalhasse aos sábados e domingos.

— Vamos nos casar amanhã — disse Gene, segurando minha mão e dando um beijo no dorso.

Eu ri. Vivaz e amante das pegadinhas, Gene nunca deixava de me fazer rir, do mesmo modo como meu pai poderia compartilhar algum enigma bobo ou deixar um brinquedo misterioso embrulhado em minha mesa de cabeceira. Com quase vinte anos a mais que eu, tendo vivido uma vida inteira como oficial naval condecorado na Grande Guerra e novelista antes de me conhecer, sua experiência e seu jeito inabalável faziam com que me sentisse segura.

Os olhos escuros de Gene estavam sérios.

— Não estou brincando, Hedy. Quero que tenhamos uma vida juntos e não quero esperar.

Eu parei de rir.

— Isto é um pedido de casamento?

Gene parecia ter surpreendido a si mesmo.

— Acho que sim.

Eu estava atônita. Embora me sentisse mais próxima a Gene e mais segura com ele que com qualquer outro homem, incluindo Fritz no começo, estávamos juntos não havia nem dois meses. E eu prometera que nunca deixaria outro homem me possuir como Fritz. No entanto, o casamento com Gene pareceria com o casamento com Fritz? Eu não imaginava esse homem experiente e afável, com sua habilidade singular de me fazer sentir segura, tratando-me como Fritz. Mas me preocupava a possibilidade de estar mergulhando nesse matrimônio como meio de me sentir estável em um mundo que, de outras formas, me deixava bastante insegura.

Enrolei um pouco, retribuindo com uma piada.

— Está finalmente pronto para me dar o anel de diamantes que me prometeu na noite em que nos conhecemos?

Foi a vez de Gene rir.

— Achei que esqueceria isso.

Estendi a mão vazia.

— Uma esposa precisa de aliança.

Ele sorriu.

— Quer dizer que aceita?

Eu aceitava? Não conseguia imaginar fazer votos com Gene - nem com qualquer outro homem -, mas tampouco conseguia me imaginar dizendo "não". Gene tinha tornado minha vida em Hollywood real, deixando de ser aquela farsa extravagante. Eu devia dizer "não" só porque estava com medo de dizer "sim"?

Contra todas as expectativas e meu próprio bom senso, eu disse:

— Acho que sim.

Naquela noite, dirigimos até o estado de Baixa Califórnia, ao norte do México, o único lugar onde poderíamos nos casar em vinte e quatro horas. Na tarde seguinte, Gene me esperou no topo da escada do palácio do governador de Mexicali. Ele estendeu um buquê de flores roxas para mim. O sol da tarde dava ao arranjo uma aparência etérea, quase como se brilhasse por dentro.

Saí da limusine - tínhamos decidido chegar separados, em prol do decoro - e subi os degraus até o palácio. Quando cheguei ao último, peguei o buquê de Gene e, com a mão livre, entrelacei meus dedos nos dele. Nós não conversamos. Tínhamos sido informados de que a tradição mexicana exigia que a noiva e o noivo não se falassem até o fim da cerimônia e não queríamos atrair o azar que diziam afligir os casais que quebravam essa regra.

Ficamos em pé ao lado de Apolonia Nunez, o magistrado civil mexicano, e das três testemunhas exigidas: Gustavo Padres Jr., do consulado mexicano; Raul Mateus, do Departamento Central da Polícia; e Jimmy Alvarez, gerente de uma taverna local. Parecia um palco, até que o sr. Nunez começou a falar. Nem eu nem Gene entendíamos os votos em espanhol, mas compreendíamos a magnitude das palavras.

Olhei para Gene, bonito em um terno cinza simples. Ele o escolheu para complementar meu vestido cor de ameixa, escuro, que meu querido amigo estilista Adrian tinha feito para mim, embora não para aquela ocasião. A cerimônia exigia decoro, mas Gene não conseguia parar de sorrir e eu não consegui evitar sorrir de volta. Como esse casamento era diferente do meu primeiro.

— Hedy? — Ouvi meu nome nas profundezas de meu devaneio, e a voz me puxou de volta ao presente. — Não devemos nos arrumar? — perguntou Gene.

— Arrumar para o quê? — Eu estava genuinamente confusa. Pensei que tínhamos decidido fazer uma refeição austríaca tradicional em casa, depois passar o resto da noite lendo diante da lareira.

— Para a festa no Trocadero, é claro. Ouvi que os homens devem ir de *smoking*, então é melhor pegar um de seus vestidos de gala.

Eu me lembrava do evento no Trocadero, mas não queria ir – e, de toda forma, pensei que tínhamos decidido não comparecer. Eu só tinha fingido esquecer para estender nosso tempo juntos. A sós.

Aproximei-me dele e sussurrei:

— Pensei que íamos ter uma noite agradável em casa. — Eu beijei seu pescoço como sabia que ele gostava. Gene era um amante habilidoso e ardente e, em geral, muito fácil de persuadir com carícias.

Envolvendo-me nos braços, ele retribuiu o beijo com firmeza. Corri os dedos por suas costas, desenhando círculos intricados, até ele gemer baixinho. Então, eu disse:

— Está decidido.

Soltando-me dos braços dele, entrelacei nossas mãos e o conduzi ao quarto.

Gene se afastou de mim.

— Não, Hedy, vamos sair. Ficamos em casa duas noites nesta semana.

— E saímos as outras cinco.

Minha voz traiu minha irritação. Como ele podia querer ir àquelas festas horríveis quase todos os dias? Eu tinha passado a adorar as noites em casa com Gene, tocando piano ou experimentando com ideias que tinha para invenções científicas - rascunhos ou modelos feitos de barro e fios -, enquanto ele lia ou trabalhava em roteiros. A maravilha de ter um cônjuge de que se gostava não era ficar em casa em sua companhia, diante da lareira ou na cama? Eu não tivera isso com Fritz.

— Vamos, Hedy. Você sabe como funciona o jogo. As posições nos filmes, como atriz, roteirista, produtor, o que quer que seja, vêm do poder. O poder vem de relacionamentos. E não se podem manter relacionamentos sem fazer o circuito das festas.

Gene despejou esse monólogo supérfluo sobre como Hollywood funcionava – o que eu sabia tão bem quanto qualquer um – para disfarçar suas reais preocupações. Ele trabalhara como produtor no novo filme de Lillian Russell e tivera problemas com seus colegas na 20th Century Fox. Parecia acreditar que um pouco de adulação suavizaria os atritos, assim como acreditava que minha aparição deslumbrante no Trocadero resolveria minha disputa com o sr. Mayer sobre o pagamento pelo filme que eu estava gravando atualmente, *A mulher que eu quero*, com Spencer Tracy. Eu tinha me tornado inflexível com meu chefe a respeito da porcentagem dos lucros que acreditava merecer. Para um homem sofisticado, às vezes Gene era surpreendentemente ingênuo. Seria preciso muito mais que uma noite no Trocadero.

Olhei nos olhos suplicantes de meu marido e me perguntei com quem precisamente tinha me casado. E quem ele pensava que era sua esposa.

CAPÍTULO 33

14 de outubro de 1939
LOS ANGELES, CALIFÓRNIA

A umidade jazia como um cobertor sobre a cidade, tornando nosso coração mais pesado. Ventiladores giravam no teto, e a cortina violeta do crepúsculo bloqueava o sol, mas minhas roupas ainda estavam pegajosas e úmidas. Eu ansiava pelas florestas geladas de Viena, mas sabia que não podia voltar para casa. Não agora, talvez nunca.

Havia jornais espalhados pela mesa na sala privada do restaurante Brown Derby, úmidos com os anéis dos copos apoiados. Os jornais vinham de destinos distantes, e muitas cópias eram difíceis de encontrar. Não importava a língua, as letras sangravam notícias terríveis na primeira página. A Europa estava em guerra.

Meus amigos europeus e eu nos reuníamos não para afogar a angústia em bebida, mas para compartilhar informações. Tínhamos descoberto que apenas uma pequena parte da verdade era relatada nos jornais. Certamente, a invasão nazista da Polônia fora descrita em detalhes minuciosos, assim como os ultimatos dados à Alemanha pelo Reino Unido e pela França. Mas, como eu gostava de lembrar a nosso grupo, quando Hitler invadiu a Áustria, as Leis de Nuremberg entraram em vigor e nenhum jornal relatou o fato. Nossa rede europeia era nossa fonte para saber que os lares e as lojas dos judeus austríacos tinham sido saqueados; que os judeus não podiam mais estudar em escolas e universidades e foram proibidos de exercer suas profissões; que judeus eram espancados nas ruas a qualquer hora ou lugar a bel-prazer dos nazistas; e, terrível para algumas de minhas amigas mais vaidosas, atrizes judias estavam sendo obrigadas a limpar banheiros. Só a violência escancarada de novembro de 1938 na *Kristallnacht* parecera merecer a atenção dos jornalistas. Manchetes declaravam a pilhagem nazista de negócios, lares, hospitais e escolas de judeus, a queima de mais de mil sinagogas, o assassinato de mais de cem pessoas e a deportação de mais de trinta mil homens judeus aos campos de concentração recém-construídos. Estávamos encorajados pela revolta mundial que a *Kristallnacht* inspirara e pensamos que isso deteria a fúria antissemita de Hitler, mas os relatos logo sumiram de vista. E fomos abandonados novamente a nossa própria rede, em especial quando se tratava de receber notícias sobre os cidadãos judeus da Europa.

 A verdade passava de boca em boca, como se fôssemos os primeiros povos habitando a Terra, sujeitos a uma história apenas oral. Quando boatos começaram a aumentar sobre um programa organizado para segregar todos os judeus em bairros isolados do resto da população, chamados guetos, nossas preocupações cresceram. Eu me preocupava que os guetos, embora horríveis, fossem só um passo dos planos aparentemente cada vez mais drásticos de Hitler para resolver o que ele chamava de "questão judaica". Eu me perguntava até onde Hitler iria para remover os judeus da sociedade alemã, ainda mais agora que a Alemanha se espalhava pela Europa como uma praga.

A gravidade de meu crime se tornara clara. Será que eu poderia ter ajudado os judeus europeus alertando que as Leis de Nuremberg não eram o fim dos planos de Hitler? Eu carregava a culpa de manter esse segredo. Meu silêncio e meu egoísmo tinham permitido que as comportas se abrissem, e o que eu faria para compensar?

Peter Lorre, ator e amigo húngaro, perguntou:

— Alguém ouviu novidades sobre o que está acontecendo? — Tínhamos descoberto que relatos em primeira mão davam as informações mais precisas e detalhadas.

Ilona respondeu primeiro:

— Recebi um telegrama confirmando que estava tudo bem. Mas a Hungria não foi afetada. Ainda não.

Otto Preminger, diretor e ator também da Áustria, assentiu.

— Como a maioria de vocês sabe, consegui transferir minha mãe de Viena para Londres na primavera passada, então não tenho notícias recentes dela — acrescentei, não mencionando que as conexões do sr. Mayer tinham me ajudado a acelerar a transferência. Para conseguir a assistência dele, eu tinha recuado de minhas exigências de salário, além de prometer que não pediria sua ajuda com qualquer outro refugiado. — Não ouvi nada recentemente de minha família estendida na Áustria. Nunca fomos muito próximos de meus tios.

Parte de mim queria trazer mamãe para mais perto, talvez aos Estados Unidos, embora tivesse sido muito mais fácil levá-la rapidamente à Inglaterra. Eu não sabia se o governo me permitiria trazê-la para cá, mesmo com o poder que tinha como celebridade e com o apoio do estúdio, especialmente depois do que aconteceu com o *MS St. Louis*. Quase três meses antes, em maio, o *St. Louis* partira da Alemanha com quase mil pessoas a bordo desesperadas para fugir dos nazistas, e finalmente aportara em Cuba, onde os passageiros imploraram para entrar nos Estados Unidos. Os governos cubano e americano negaram acesso, forçando-os a voltar às perigosas costas europeias. Por que eu pensava que minha mãe iria, ou deveria, se dar melhor que aquelas mais de novecentas almas?

Meu coprotagonista austro-americano de *Flor dos trópicos*, Joseph Schildkraut, ecoou minhas palavras:

— A maior parte de minha família imediata está aqui, e não recebemos notícias dos parentes mais distantes.

Os outros só balançaram a cabeça. Ninguém tinha família na Alemanha nem na Polônia, onde seria mais fácil descobrir detalhes mais críticos. Enquanto eu encarava os jornais e os rostos europeus desolados que me cercavam – Gene não se juntara a mim naquela noite e, cada vez mais, ele preferia festas de Hollywood a qualquer outro plano para as noites –, pensei pela milionésima vez em como fora egoísta. Tinha levado meu conhecimento prévio da *Anschluss* e minhas suspeitas sobre os planos de Hitler em relação aos judeus para os Estados Unidos e os escondido. Como a caixa de Pandora, mantive o segredo sombrio e terrível selado dentro de mim, importando-me mais com o que a verdade poderia divulgar sobre mim do que com a ajuda que a informação forneceria às vítimas da fúria de Hitler. Quantas vidas eu teria salvado se tivesse mantido aquela caixa aberta e convidado o mundo a partilhar de meu terrível segredo? Eu seria considerada culpada por saber o que provavelmente aconteceria e não agir?

Peter bateu o copo vazio sobre a mesa coberta de jornais.

— Odeio me sentir impotente. Queria que houvesse algo a fazer. — Ele ecoava meus sentimentos.

— O que podemos fazer daqui? Juntar-nos ao Exército? Levantar fundos para o esforço de guerra? Os Estados Unidos não vão se envolver — respondeu Ilona ao comentário majoritariamente retórico. — E voltar à Europa não é uma opção.

— Ouvi que o Canadá pode se juntar à luta em breve — disse Joseph, em uma tentativa de acrescentar algo à conversa.

— Como isso vai nos ajudar? — perguntou Peter, em um tom irritado.

— Talvez incentive os Estados Unidos a declarar guerra também? — arriscou Joseph.

A sala ficou em silêncio, todos perdidos nas próprias divagações sobre a guerra e seu impacto em sua família e seus amigos. A fumaça de muitos cigarros subiu ao teto e rodopiou ao redor das pás giratórias do ventilador. Eu podia ouvir o rugido baixo de outros clientes do Brown Derby, a maioria gente da indústria cinematográfica, no restaurante extravagantemente arqueado atrás da porta fechada. Eles não faziam ideia da angústia dentro daquelas paredes, não imaginavam o terror que logo poderia afligir seu próprio povo se os planos de Hitler fossem bem-sucedidos. A negação e a distração do entretenimento eram a língua que eles falavam.

— Há algo que alguns de vocês podem fazer — interveio uma mulher vagamente familiar.

Eu só a conhecia de vista de um jantar com aquele carrossel de amigos, sempre trocando um por outro à medida que as pessoas mudavam de *set* e locação de filme. Eu achava que ela tinha ido com Joseph Schildkraut, mas era tarde demais para perguntar seu nome educadamente.

— Diga... — solicitou Peter, tragando o cigarro. Sem se dar ao trabalho de esconder o ceticismo, ele perguntou: — O quê?

— Vocês podem adotar uma criança.

— O que diabos você está dizendo? — perguntei. A sugestão da mulher me deixou pasma. — O que isso tem a ver com a guerra?

— Tudo. — Ela olhou ao redor da sala. — Há três mulheres, Cecilia Razovsky e Frances Perkins nos Estados Unidos e Kate Rosenheim na Alemanha nazista, trabalhando em segredo para tirar crianças em risco de áreas controladas pelos nazistas e trazê-las para cá. A sra. Razovsky é a presidente do Comitê Consultivo para a Secretária do Trabalho, e a sra. Perkins está na reforma da legislação de imigração. Ela mantém a secretária informada da situação dos refugiados no mundo e, juntas, elas tentam aumentar a flexibilidade das políticas da administração. Quando não são bem-sucedidas, o que é o caso mais frequente, elas voltam a atenção a casos individuais. A sra. Razovsky trabalha com a sra. Rosenheim, que é a chefe do Departamento de Emigração de Crianças na Alemanha e empreende esse trabalho correndo grande risco. Ela identifica crianças em perigo, então a sra. Razovsky e a sra. Perkins tentam arranjar o visto para as crianças e criam parcerias com organizações privadas para patrocinar a viagem até os Estados Unidos.

— Sem os pais? — perguntou Ilona.

— Os pais não podem deixar o país ou às vezes já foram mortos — respondeu. Não precisava dizer com todas as palavras para que entendêssemos: as crianças eram judias ou filhos de opositores que resistiam aos nazistas. Caso contrário, teriam pais para acompanhá-las.

O silêncio na sala era opressivo. A mulher preencheu o vazio com uma súplica tão desesperada que me perguntei como alguém, mesmo entre aqueles artistas cínicos, poderia permanecer indiferente.

— Alguém aceita receber um bebê? — implorou, estendendo um papel dobrado sobre a pequena seção da mesa vazia. — Não sabemos muito sobre a criança, exceto que os pais foram deportados na primeira leva. Por favor, entendam que isso não seria oficial, é claro, porque os americanos não querem sujar as mãos na guerra. Pelo menos não ainda, como alguns de vocês apontaram. E nós daríamos um jeito de legitimar a adoção. Por favor.

Meus amigos desviaram o olhar e se ocuparam de cigarros e bebidas. Ninguém estendeu a mão ao papel dobrado. Ninguém exceto eu.

CAPÍTULO 34

8 de julho de 1940
LOS ANGELES, CALIFÓRNIA

Será que meus segredos estavam pesando sobre meu relacionamento com Gene ou a distância entre nós era normal? Afinal, tínhamos nos casado com alguém que não conhecíamos de verdade. E tínhamos nos casado por motivos diferentes.

A rotina que Gene e eu estabelecemos nos primeiros dias de casamento tinha funcionado a princípio. Não monitorada e livre como um pássaro, eu saía de casa toda manhã para o mundo do cinema de Hollywood, enquanto ele ficava em casa trabalhando em roteiros. Eu voltava para casa na esperança de passar uma noite sossegada. Logo descobri que, enquanto eu ansiava por aquelas noites de tranquilidade na Fazenda da Sebe, Gene adorava fazer a ronda das festas e clubes noturnos da cena hollywoodiana, estabelecendo contatos e reunindo material para escrita. Ele gostava de ter sua esposa estrela de cinema em seus braços e, no começo, eu cedia.

Com o tempo, porém, parei de interpretar o papel da famosa Hedy Lamarr toda vez que Gene pedia. Seu desejo pela Hedy falsa e pública em vez da Hedy real me aborrecia. Ele começou a sair para as noitadas antes que eu voltasse para casa do *set*. Passei a ficar sozinha em casa com frequência e, se queria me comunicar com meu marido, deixava bilhetes ou o surpreendia na cena de Hollywood. Nossas únicas noites em casa aconteciam quando tínhamos convidados, principalmente nossos queridos amigos Arthur Hornblow Jr. e Myrna Loy. Caso contrário, quase nunca ficávamos sozinhos. Às vezes, eu me perguntava se, caso eu lhe contasse meus segredos, um novo tipo de intimidade surgiria entre nós ou se ele fugiria. Eu tinha medo demais para arriscar, e a rachadura entre nós tornou-se um abismo.

— Pronta? — perguntou Gene.
— Pronta — respondi, embora me sentisse tudo menos pronta.

Trocamos as folhas do papel de carta gravado com nossas iniciais elegantemente entrelaçadas, monograma que tínhamos criado logo após nosso casamento. Meu estômago se revirou quando olhei o papel que Gene me estendeu. O que eu encontraria em sua lista? Por que eu tinha concordado com esse exercício, sugerido por uma amiga atriz que jurava que tinha salvado seu próprio casamento assim?

No entanto, eu sabia por que estava disposta a listar os atributos que mais apreciava em Gene, assim como enumerar seus problemas mais complexos. E vice-versa. Era a derradeira tentativa de adiar o inevitável: o fim de nosso casamento.

Antes de ler, balancei Jamesie, que dormia em seu berço de vime, conferindo se ele estava acomodado. Olhei para Gene, então para nosso bebê gorducho. Ele não tinha reagido bem à adoção de uma criança refugiada. Nem eu, se fosse sincera comigo mesma. Eu me sentira impelida a apanhar aquele papel da mesa no Brown Derby. Minha compulsão derivava não de impulso maternal – minha própria criação carecia de exemplos maternais afetuosos –, mas de culpa e inércia. *Talvez, pensei, se salvasse essa criança, eu cumpriria minha penitência por todas as outras que não salvara.*

Eu nunca tinha explicado a Gene sobre a provável herança de Jamesie nem sobre as circunstâncias de sua adoção – mas, é claro, ele também não fazia ideia de minha origem judaica. A verdade o teria feito se sentir mais conectado comigo? Mais ligado a Jamesie? O que Gene sabia é que fora um jeito possível de nos unir. Sua disposição a seguir em frente com isso por *mim* – embora ele já tivesse uma filha – fazia com que eu me sentisse mais próxima a ele e, quando eu segurava Jamesie, olhava para meu marido com um sentimento de completude. Contudo, quando trazer um bebê para dentro de casa não resultou na unidade familiar que eu esperava, e sim nas duas vidas separadas de sempre, a realidade de nossa alienação se tornou inescapável.

Eu li as palavras de Gene. Animei-me um pouco com as qualidades que ele admirava: meu charme europeu, minha beleza, minhas habilidades como dona de casa e mãe e meu intelecto. Olhei para Gene e dei-lhe um sorrisinho que ele não viu. Ele estava perdido em minhas palavras.

Preparei-me para meus defeitos. A lista, porém, estava em branco.

Meu cenho se franziu e ergui o olhar da página para os olhos de Gene que espreitavam.

— Você não listou nenhum problema.
— Não.
— Por quê?
— Porque não são seus problemas, Hedy. Não são seus defeitos. São meus.

— Como assim?

Os olhos de Gene se mostraram gentis, quase tristes.

— Você se casou comigo esperando algo totalmente razoável. Um marido, um lar, uma família. E não posso lhe dar o que você deseja. Não posso ser o pai de outra criança. Não agora, pelo menos.

Assenti, entendendo por fim. O casamento com Gene nunca melhoraria nem progrediria. Estava acabado.

Gene enfrentou o silêncio, dizendo o que ambos pensávamos, mas nenhum queria falar primeiro.

— Devemos falar com um advogado?

Consenti. Não havia outro jeito.

— E Jamesie? — perguntou Gene, inclinando a cabeça para o bebê adormecido.

O que ele queria saber? Quem teria custódia? Ou estava perguntando o impensável, se iríamos devolvê-lo?

Ergui meu filho do berço e o abracei. Jamesie se remexeu um pouco, mas não acordou.

— Vou ficar com ele — eu disse, sabendo que, por causa das exigências de meu trabalho, a sra. Burton, babá de Jamesie, passaria bem mais tempo com ele do que eu. Mesmo assim, supus que sua vida nos Estados Unidos seria muito melhor que o destino que ele deixara para trás na Europa.

Gene assentiu, estendendo a mão para tocar a minha gentilmente.

— Ainda gostaria de vê-lo de vez em quando.

— É claro, Gene. Você é o pai dele, afinal. Terá o papel que quiser desempenhar.

Eu me agarrara a Gene como um refúgio, uma versão de meu pai que ele não poderia jamais ser, e ele se casara com a glamorosa estrela de cinema que ia para festas toda noite.

No entanto, eu era a simples Hedy Kiesler, e ele era um *bon vivant* de Hollywood. Eu carregava um segredo pesado e Gene procurava a luz, recuando de qualquer sinal de escuridão. Éramos opostos e éramos estranhos um ao outro.

CAPÍTULO 35

19 de setembro de 1940
LOS ANGELES, CALIFÓRNIA

Balancei Jamesie nos braços enquanto Susie lia o jornal. Eu amava as visitas de meu filho angelical ao camarim durante meus intervalos no trabalho, embora constantemente duvidasse da habilidade de ser uma mãe adequada para ele nas poucas horas disponíveis enquanto corria entre palcos, trabalhando simultaneamente em *Pede-se um marido*, com o gentil Jimmy Stewart, e *O inimigo X*, com o sociável Clark Gable. Mesmo assim, Jamesie, o único vestígio de meu breve casamento com Gene, introduzia um raio dourado de sol em meu mundo adulto, agitado e com frequência tenso.

— Atingidos por torpedos enquanto apertavam os ursinhos de pelúcia — disse Susie, cujas lágrimas se acumulavam nos olhos.

— Do que está falando? — Eu pensei ter ouvido errado enquanto escutava os balbucios de Jamesie. Por que ela mencionaria torpedos e brinquedos de crianças na mesma frase? Talvez fosse meu inglês. Ou alguma gíria de Susie.

Ela não respondeu à pergunta, o que não era comum para Susie, sempre falante. Seus olhos estavam fixos no jornal. As lágrimas começaram a escorrer.

— O que foi, Susie?

Ela não falou. A sra. Burton, que estivera sentada no canto tricotando um chapéu para Jamesie enquanto eu o segurava, levantou-se da cadeira e espiou sobre o ombro de Susie. Ela soltou uma exclamação.

Com Jamesie se contorcendo em meus braços, fui até as mulheres e li o jornal com elas.

— "Nazistas lançam torpedos em navio de refugiados e matam crianças." — Li a manchete horrível em voz alta.

— "Com os crescentes ataques aéreos alemães e a ameaça de invasão por terra se tornando real, lares no Canadá espontaneamente ofereceram ao governo britânico hospitalidade e santuário para crianças britânicas e refugiados."

— Susie leu trechos da notícia em um sussurro. — "No dia 12 de setembro de 1940, o *SS City of Benares* estava lotado com uma tripulação de duzentas pessoas e cento e noventa e sete passageiros, entre eles noventa crianças que se dirigiam ao Canadá para se salvarem da Blitz e da ameaça de invasão alemã. O navio, viajando de Liverpool ao Canadá, foi atingido no dia 17 de setembro de 1940 por torpedos alemães quando estava a novecentos e sessenta e cinco quilômetros da terra. O *SS City of Benares* afundou, tirando a vida de cento e trinta e quatro passageiros e cento e trinta e um membros da tripulação, incluindo oitenta e três das noventa crianças enviadas pelos pais ao Canadá em busca de segurança."

— Não! — exclamei. Como?! Certamente nem os nazistas teriam como alvo um navio cheio de crianças.

Susie leu outros detalhes sobre as crianças a bordo do *SS City of Benares*. Elas eram de famílias britânicas bombardeadas na Blitz, assim como famílias de refugiados que temiam pela vida dos filhos judeus se Hitler invadisse a

Inglaterra, embora eu tivesse que ler nas entrelinhas para entender essa parte, uma vez que o jornal só descrevia a situação das crianças judias com eufemismos. Independentemente da origem, todos buscavam a mesma coisa para seus filhos: segurança. Exatamente o que os nazistas roubaram delas.

Eu encarei meu filho de um ano e meio. Exceto pelos caprichos do acaso – algum fator desconhecido nos esforços das sras. Rosenheim, Perkins e Razovsky –, Jamesie poderia ter sido uma das crianças naquele barco. Só o destino o tinha colocado em um navio para os Estados Unidos no outubro anterior em vez de naquele navio para o Canadá. Depois de quase perder a guarda de meu filho para a assistência social quando eu e Gene nos separamos em julho – o sistema judicial americano parecia não conceber a ideia de uma mãe criar um filho adotivo sozinha –, a possibilidade da perda estava fresca demais para suportar. Senti a dor visceral dos pais enlutados das vítimas do *SS City of Benares*.

O assistente de produção espiou pela porta.

— Está na hora, srta. Lamarr.

A sra. Burton estendeu os braços e disse:

— Eu o levo para a soneca, senhora.

Relutante, entreguei meu filho. Ela o acomodou no carrinho e o levou para fora do camarim. *Pobrezinho*, pensei. Jamesie provavelmente pensava que a sra. Burton era sua mãe de verdade. De um lado ele tinha uma mãe que trabalhava demais, do outro tinha um espaço vazio, uma vez que o laço de Gene com Jamesie, que já era tênue, quase arrebentara desde o divórcio.

Sem meu amado filho nos braços, eu me sentia trêmula, e o peso terrível da perda se abateu sobre mim. Por mais que estivesse com um vestido de baile para a próxima cena, desabei como uma folha de papel descartada, arrastada por meu luto e minha culpa. Poderia eu ter feito algo para evitar todas essas perdas? Se tivesse contado ao governo americano ou britânico sobre meus temores em relação aos planos de Hitler, aquelas crianças teriam embarcado nessa viagem? Os inimigos dos nazistas teriam impedido algumas das maquinações terríveis de Hitler para que os pais não precisassem enviar seus preciosos filhos pelo vasto e perigoso oceano Atlântico? Alguém teria acreditado em mim? Será que eu estava exagerando? As emoções que eu carregava pesavam tanto que eu precisava colocá-las em algum lugar.

— Vamos, srta. Lamarr. — Susie envolveu os braços ao meu redor e gentilmente tentou me erguer do chão. Meu corpo era como um peso morto, e ela não podia me mover. Derrotada, sentou-se a meu lado no chão e ficamos em silêncio. Pela primeira vez, a alegre Susie não tinha nada a dizer. A linguagem do luto era desconhecida para ela.

O assistente bateu de novo. Eles provavelmente esperavam por mim no *set*. Quando ninguém respondeu, ele abriu uma fresta da porta.

— Srta. Lamarr? — Ele quase pulou quando me viu com Susie, as duas sentadas no chão e apoiadas contra a parede. Quando se recuperou do susto, veio até nós e perguntou: — Devo chamar o médico, senhora?

Olhei nos olhos azuis do garoto - ele era pouco mais que um menino tentando galgar os degraus de Hollywood - e percebi que esse era o momento em que tudo mudaria. Minha história e cada caminho que eu *poderia* ter escolhido no passado tinham moldado meu presente. Eles guiavam meus pensamentos e minhas ações como o leme invisível de um navio. E nada arrancou meu presente do rumo como o *SS City of Benares*.

Eu não iria mais chafurdar em culpa e luto; em vez disso, pagaria a penitência por meus pecados. Eu pegaria tudo o que sabia sobre o mal que era Hitler e me afiaria como uma lâmina. E, com essa lâmina, cortaria o Terceiro Reich.

CAPÍTULO 36

30 de setembro de 1940
LOS ANGELES, CALIFÓRNIA

— A Robin Gaynor Adrian. — Gilbert Adrian, conhecido simplesmente como Adrian, ergueu a taça para brindar ao filho recém-nascido.

Só a celebração pelo novo filho de meus queridos amigos, os Adrian, me tiraria de casa nos dias depois do ataque ao *SS City of Benares*. Como perder uma festa comemorando o nascimento de um bebê saudável quando tantos tinham morrido recentemente? Ergui minha taça de champanhe com meus companheiros de jantar à direita e à esquerda, percebendo pela primeira vez que não tinha sido oficialmente apresentada ao homem sentado à esquerda, baixo e louro, com os olhos azuis de criança.

Eu quase não me dava mais ao trabalho de me apresentar, de tão sombrio que andava meu humor e de tão focada que estava em meu trabalho. Desde a notícia da terrível tragédia do *Benares*, eu seguia uma rotina rígida. Quando voltava para casa do *set* de um filme tolo em que estava trabalhando, chamado *Fruto proibido*, passava o tempo com Jamesie até ele dormir. Depois, dedicava o resto da noite a recuperar todas as lembranças de jantares como a sra. Mandl, nos quais questões militares e armamentistas tinham sido discutidas, e as escrevia freneticamente em um caderno. Nessas notas, esperava encontrar o caminho para a redenção, um modo de usar as informações para ajudar as pessoas que deixara para trás.

Quando os nazistas queimaram livros de judeus e de intelectuais depois da *Anschluss*, fragmentos chamuscados de páginas flutuaram pelo ar por dias - ou pelo menos era o que eu tinha ouvido. O povo vienense podia encontrar palavras de Albert Einstein, Sigmund Freud, Franz Kafka e até Ernest Hemingway, entre outros, em calçadas ou sobre os casacos. Passavam noites tentando pôr aqueles trechos em contexto ou dar sentido a eles. Enquanto tentava reunir e analisar minhas lembranças de conversas militares entreouvidas enquanto presidia a mesa de jantar dos Mandl, eu me sentia como meus colegas vienenses depois da *Anschluss*, unindo peças de um quebra-cabeça e tentando encontrar sentido no caos.

Eu tinha feito longas listas de planos militares e falhas nos armamentos sobre as quais Fritz se lamentara. De todas as munições, os armamentos e os componentes de armas que ele produzira, torpedos tinham apresentado os maiores problemas. Sua precisão era um desafio, assim como sua suscetibilidade à interferência do sinal por navios inimigos. Junto com todas as frases entreouvidas sobre torpedos, escrevi cada detalhe que descobrira em minha breve conversa com o especialista em torpedos nazista Hellmuth Walter na fábrica Hirtenberger de Fritz logo antes de escapar. Parecia que minha melhor chance de abalar o Terceiro Reich - e garantir que um submarino ou um navio alemão nunca mais ferisse um navio cheio de crianças refugiadas - seria de alguma forma usar o conhecimento que eu reunira para explorar ao máximo essa fraqueza dos sistemas de torpedos alemães.

A solução para esse problema – aumentar a precisão dos torpedos dos inimigos dos nazistas e ao mesmo tempo evitar que seus sinais fossem obstruídos pelos homens de Hitler caso uma solução de rádio fosse utilizada – estava em algum lugar fora ou dentro de mim. Fragmentos de soluções me provocavam quando eu estava semiadormecida e imersa em pesadelos e me assombravam mesmo quando estava acordada. A inspiração me eludia enquanto eu tentava afiar minha arma contra Hitler.

Adrian me trouxe de volta ao presente. Ele não tinha terminado o brinde.

— Robin veio com esforço. — Ele pausou para a risada que sabia que resultaria do duplo sentido.

A maior parte dos amigos de Adrian, estilista de vestidos e figurinista, e sua esposa, a atriz Janet Gaynor, suspeitava que eles mantinham um casamento de conveniência – que, embora Janet e Adrian se amassem muito, procuravam amor romântico em parceiros do mesmo sexo. Não que isso diminuísse a força de sua união infalível e seu prazer em se tornarem pais. Esse casal vivaz e sofisticado dava o único tipo de festa hollywoodiana que eu de fato apreciava.

Olhando para Janet, Adrian disse:

— Obrigado a todos vocês, queridos amigos, por nos incentivarem e celebrarem conosco agora.

Janet ergueu a taça para a mesa de catorze amigos ao redor deles, as mulheres vestidas nos belos vestidos de Adrian, incluindo eu mesma.

Adrian girou a esposa, declarando:
— Agora, vamos dançar.

A maioria dos convidados se ergueu para dançar ao som do disco de gramofone selecionado por Adrian e Janet, mas eu permaneci sentada, em outro estado de espírito. Assim como meu colega de mesa.

Em alguns minutos, ele começou a balbuciar.

— Devo me desculpar por não ter me apresentado. Eu sei, é claro, quem a senhorita é, e estive congelado de ansiedade de me apresentar à famosa Hedy Lamarr durante todo o primeiro prato. Mal consegui comer — disse, apontando para o prato de ostras, intacto.

Eu ri do jeito como ele falou. E como não rir? A maioria das pessoas que ainda não me conheciam parecia se sentir desse jeito, mas não tinha a coragem de admitir abertamente, em especial os homens. Eu achei sua honestidade revigorante.

Estiquei a mão para cumprimentá-lo e disse:

— Eu que devo pedir desculpas. Temo não estar muito sociável ultimamente, e isso afetou minha educação.

Ele pareceu preocupado.

— Está tudo bem, srta. Lamarr?

— Por favor, me chame de Hedy — eu disse, então pensei em como responder à pergunta enquanto acendia um cigarro. — É a guerra, entende. Faz minha vida aqui nos Estados Unidos parecer... — Eu procurei a palavra. — Trivial. Tenho estado relutante em socializar. Parece estranho fazer filmes e dinheiro aqui em Hollywood quando o resto do mundo está... — Eu não terminei a frase, temendo que não fizesse sentido para um americano e me perguntando por que revelaria meus pensamentos íntimos a um desconhecido.

Ele preencheu o silêncio.

— Entendo. Minha esposa é europeia e, para ela, a guerra parece muito mais real e iminente que para mim, embora meu irmão, Henry, tenha morrido em junho enquanto estava na embaixada americana na Finlândia, depois da curta guerra dos finlandeses com a União Soviética.

Minha mão voou à boca.

— Sinto muito por seu irmão.

— Obrigado. Uma perda terrível. E estamos vivendo tempos terríveis, mesmo que não pareça, aqui em Hollywood.

— Ele deu um olhar significativo aos dançarinos, que se divertiam.

— Você realmente entende.

Fui tomada de alívio por criar uma conexão em vez de ter a conversa banal de sempre. Dividimos um silêncio confortável e pensativo por um momento, observando os dançarinos, então ele disse:

— Aqui estou eu, sentado ao lado de Hedy Lamarr, e não a convidei para dançar. Gostaria?

— O senhor ficaria ofendido se eu recusasse?

— Na verdade, ficaria aliviado. Nunca fui um grande dançarino. Sou músico.

— Músico? Que maravilha. Minha mãe é uma pianista aposentada. Você toca piano também?

— Sim, mas atualmente componho mais que me apresento.

— Compositor — repeti, intrigada. — Sinto muito, não me lembro de ter ouvido seu nome.

— George Antheil.

— Compositor de *Le ballet mécanique*?

Durante uma das viagens em família para a França na juventude, eu ouvira falar sobre uma peça bastante infame que constituía, em parte, a sincronização de quase uma dúzia de pianos mecânicos – que diziam ser um ataque de métrica errática e acordes em um estilo radical – e sobre o tumulto musical que ela causara em Paris e no Carnegie Hall em Nova York quando foi tocada pela primeira vez, uma década antes. O sr. Antheil era um conhecido compositor de peças modernas e vanguardistas, assim como escritor de artigos respeitados em revistas e jornais sobre a guerra na Europa e os regimes políticos por trás dela; basicamente, a última pessoa que eu esperaria encontrar no universo comercial de Hollywood.

— A senhorita ouviu falar disso?

Ele parecia pasmo.

— Sim. O senhor é o compositor?

— Eu mesmo.

— O que traz o *senhor* a Hollywood?

Ele riu com a ênfase.

— Estou trabalhando na trilha sonora de alguns filmes.

— Uma mudança considerável em relação a seu trabalho antigo.

— Bem, todo mundo precisa ganhar dinheiro de vez em quando. E *Le ballet mécanique* não estava pagando o aluguel — comentou, desanimado.

— Devia se orgulhar de sua peça. Ouvi dizer que é muito inventiva. Eu adoraria ouvi-lo tocar um pouco.

— Mesmo?

— Eu não teria dito se não fosse verdade. — Indiquei o piano vazio.

Nós nos levantamos e, quando fomos em direção ao piano, percebi que George era consideravelmente mais baixo que eu. Talvez um metro e sessenta, enquanto eu tinha um metro e setenta. No entanto, nossa disparidade de altura se tornou irrelevante quando nos sentamos no banco – na verdade, ele pareceu aumentar de estatura quando começou a tocar.

Embora *Le ballet mécanique* fosse tão estranho quanto diziam, também era a coisa mais viva que eu escutara em muito tempo. Senti-me revigorada pelos acordes discordantes e expressei minha decepção quando ele terminou.

— Imagino que, com mãe pianista, a senhorita também toque bem — comentou George.

— Me chame de Hedy. E, sim, eu toco, embora não se possa considerar que "bem". Pelo menos, minha mãe não consideraria.

Eu podia imaginar o horror de mamãe ao saber que o famoso compositor George Antheil estava perguntando sobre minha proficiência no piano. Ela seria a primeira a criticar minha técnica.

— Gostaria de juntar-se a mim para um dueto?

— Contanto que não se incomode com minha falta de habilidade.

Ele me lançou um sorriso travesso e começou a tocar uma música que parecia familiar, mas que eu não conseguia identificar. Eu o segui, uma vez que a melodia era bastante simples, mas então ele passou para uma melodia totalmente diferente. Sincronizávamos um com o outro sem esforço – graças ao talento dele, sem dúvida, não ao meu – enquanto mudávamos de canção, rindo o tempo todo.

De repente, tive uma ideia. Eu vinha pensando havia algum tempo sobre como torpedos e submarinos ou navios poderiam se comunicar secretamente por rádio. Ergui os dedos das teclas do piano e me virei para George.

— Tenho um pedido muito estranho.
— Qualquer pedido de Hedy Lamarr seria uma honra.

Com olhos suplicantes, perguntei:
— Aceitaria trabalhar num projeto comigo? Para ajudar a encurtar a guerra?

CAPÍTULO 37

30 de setembro de 1940
LOS ANGELES, CALIFÓRNIA

— Então esta é a sala de estar de uma estrela de cinema? — perguntou George, andando pelo espaço branco e imaculado exceto pelas pilhas de materiais de trabalho. — Confesso que a imaginei recoberta de potes de maquiagem, joias e vestidos, não mesas de trabalho cheias de rascunhos e... — Ele ergueu da mesa meu volume de *Radiodinâmicas: controle sem fio de torpedos e outros mecanismos*, de B. F. Miessner.

— Livros incompreensíveis.

Eu ri, indicando a sala.

— A sala *desta* estrela de cinema é uma bagunça científica.

— Entendo agora por que você tem sido pouco vista fora do *set* ultimamente.

— Andou perguntando sobre mim? — Eu não sabia se ficava lisonjeada ou ofendida.

— Faço minha lição de casa — disse e, então, fez uma pausa dramática. — Ainda mais se estou prestes a embarcar em um trabalho de guerra importante com a dita estrela.

Senti-me, por fim, lisonjeada.

— Fico contente em ouvir que está acostumado com lição de casa, pois terá muito mais a partir de agora.

— Chegou a hora de me contar no que vamos trabalhar?
— Sim, suponho que sim. — Indiquei que ele se sentasse na poltrona à frente.

Respirei fundo e comecei a explicar sobre minha vida como sra. Mandl. Não os detalhes sórdidos, é claro, mas as incontáveis conversas que eu ouvira sobre munições e armamentos e, mais importante para nossos propósitos, torpedos. Em termos básicos, expliquei os defeitos dos torpedos guiados por fio e meu desejo de criar um sistema de torpedos guiados por rádio para os Aliados que fosse preciso e usasse frequências impossíveis de serem obstruídas.

George parecia pasmo. Assobiando baixo, ele disse:

— Estou maravilhado com seu conhecimento profundo dessa tecnologia e do que imagino que seja informação militar secreta do Terceiro Reich. Não é, de forma alguma, o que pensei que iríamos discutir hoje e mal sei por onde começar, Hedy.

— Pergunte-me o que quiser — eu disse, sincera.

Falar abertamente com George sobre meu passado e minhas ambições, em vez de seguir com a *persona* de Hedy Lamarr, a estrela de cinema, que eu interpretava na maioria dos dias, era libertador. No tom dele, não notei julgamento nem decepção ao conhecer essa Hedy; considerei-me reconhecida pela primeira vez desde que chegara a Hollywood. E aceita.

— Por que torpedos? Você claramente tinha acesso a todo tipo de informação sobre planos militares e armamentos, mas está focada neles.

— Não escolhi os torpedos a esmo. Na verdade, escrevi tudo o que conseguia me lembrar de ter ouvido sobre estratégia militar e armas e procurei a área onde poderia fazer a maior diferença, mas então houve o ataque ao *Benares*. E jurei usar meu conhecimento para ajudar os Aliados a afundar cada submarino e cada navio alemão lá fora. Nunca mais quero ler sobre outra tragédia como aquela.

Isso, claro, era só parte do motivo. A motivação na verdade tinha origem em minha culpa multifacetada. Embora tivéssemos nos comunicado de modo tão confortável, eu ainda não confiava nele para revelar meu passado privado e minhas suspeitas sobre os planos de Hitler.

— Faz sentido. *Benares* foi uma perda terrível. — Ele balançou a cabeça. — Pobres crianças.

— Sim, foi. — Fiz um esforço para meus olhos não se encherem de lágrimas. — Eu também tive a experiência de passar cerca de uma hora com o gênio dos torpedos da Alemanha, Hellmuth Walter. Ele começou falando sobre sua solução para o problema de propulsão de submarinos com peróxido de hidrogênio e passou a discutir a pesquisa que ele e a equipe estavam fazendo com o controle remoto de torpedos. Na época, e até hoje, a maioria dos exércitos favorece torpedos guiados a fio, um sistema em que o torpedo está conectado ao submarino ou ao navio por um fio isolado fino que o conecta eletricamente ao submarinista ou ao marinheiro que controla a mira do torpedo. Walter estava explorando o controle remoto de torpedos. Ele examinava o sistema de controle de rádio usado por bombas planadoras, bombas aladas jogadas de aviões, no qual cada bombardeiro e cada bomba recebe uma de dezoito frequências de rádio para se comunicar. Seus esforços não foram bem-sucedidos, porque o inimigo era capaz de obstruir a comunicação entre bombardeiro e bomba quando detectava quais das frequências de rádio eles estavam usando. Mas pensei que talvez pudéssemos aplicar aos torpedos o conceito das bombas planadoras de um jeito levemente diferente.

Parei, esperando para ver se George tinha comentários ou perguntas. Suas sobrancelhas estavam franzidas em total confusão.

— Você obviamente tem mais perguntas — eu disse.

— Milhares — disse ele, com uma risada. — Acho que minha maior dúvida é: por que eu? O que a faz pensar que um compositor sem nenhum treinamento científico pode ajudá-la a resolver um problema que as melhores mentes militares presumivelmente não conseguiram? Não que eu não queira ajudar, é claro.

— Bem, você tem todas as qualidades de que preciso em um parceiro científico. Tem um senso altamente desenvolvido de instrumentos mecânicos e é brilhante. Aborda problemas, inclusive sobre o mundo, a partir de uma perspectiva ampla, ao contrário da maioria dos inventores e dos pensadores, que tem visões estreitas; isso o torna mais adequado para esse trabalho que qualquer cientista. E você é... — Eu não terminei a frase.

— Eu sou o quê? — Ele quis saber.

— Uma fonte de inspiração. Quando tocamos piano juntos aquela noite na casa dos Adrian, resolvi o problema de como criar um torpedo controlado remotamente e que não possa ser obstruído. — Sorri com a lembrança daquele momento de clareza, quando eu havia finalmente entendido como solucionar a questão dos torpedos. — A solução geral, pelo menos. E vislumbrei com clareza como você pode me ajudar.

— Nosso dueto fez isso? — Ele parecia incrédulo.

— De fato. — Fiz uma pausa para acender um cigarro, oferecendo um a George, que recusou.

— Como?!

— Como mencionei, o maior problema de usar torpedos controlados remotamente, o que permitiria maior precisão, uma vez que não há necessidade de um fio limitador, é que o inimigo pode obstruir a frequência de rádio compartilhada pelo submarinista ou marinheiro e pelo próprio torpedo. Nem mesmo Walter, que era um grande especialista, tinha sido capaz de solucionar esse problema.

— Essa parte entendi. Mas o que diabos isso tem a ver com tocarmos piano?

— Quando tocamos juntos, seguimos um ao outro, pulando de uma melodia a outra facilmente. Você começava uma melodia, e eu seguia seu exemplo. De certa forma, você operava como transmissor de um sinal, como um submarinista ou um marinheiro, e eu, como receptor, como o torpedo em si. Então comecei a pensar: e se o submarinista ou marinheiro e o torpedo constantemente pulassem de uma frequência de rádio para outra, assim como nós dois saltávamos de uma melodia outra? Isso tornaria a comunicação deles praticamente impossível de obstruir, não é? Você poderia me ajudar a construir um instrumento com esse fim.

George se afundou na poltrona, em silêncio, enquanto processava minha teoria.

— Isso é genial, Hedy — disse em voz baixa.

Uma batida soou na porta da sala.

— Entre, sra. Burton — eu disse sabendo que ela era a única dos funcionários ainda na casa.

A babá uniformizada abriu a porta, apresentando Jamesie em seu pijama com os pezinhos azuis.

— O cavalheirinho vai dormir — anunciou.

Eu me levantei depressa para pegá-lo.

— Dê um beijo na mamãe antes de ir para a cama — implorei a ele enquanto fazia cócegas em seus pequenos pés gorduchos.

Jamesie e eu nos beijamos, e eu enfiei o nariz na curva de seu pescoço, inalando seu aroma de bebê, uma mistura de sabonete e talco.

— Boa noite, docinho — sussurrei, relutantemente entregando-o de volta à sra. Burton.

Fechei a porta e me acomodei outra vez na poltrona em frente a George.

— Certo, onde estávamos?

— Você tem um filho? — Ele parecia chocado.

— Sim. Gene Markey e eu o adotamos quando éramos casados. Ele tinha oito meses quando se juntou a nós, em outubro de 1939.

— E agora que você está divorciada?

— Ele é meu. — Hesitei um momento, decidindo se devia confiar em George com meu segredo, e de Jamesie também. Decidi oferecer a verdade, mas só até certo ponto. Eu lhe dei parte da história de Jamesie. — Ele não tem mais ninguém, entende? É um refugiado europeu.

— Ah. — Seu cenho se alisou quando ele pensou entender. — Tudo faz sentido agora. Uma criança refugiada, o *Benares*, os torpedos.

Assenti, permitindo que ele acreditasse que meu resgate de Jamesie, junto à tragédia do *Benares*, constituía todo o ímpeto para meus esforços inventivos. Mas eu sabia que Jamesie era só uma das muitas vítimas do Terceiro Reich que eu era impelida a salvar. Eu sabia que, quando escapara da Áustria sem dividir minhas suspeitas nem trazer ninguém comigo, se tornara minha obrigação salvar muitas, muitas outras vidas.

CAPÍTULO 38

19 de outubro de 1940
LOS ANGELES, CALIFÓRNIA

O trabalho gerou mudanças em meu corpo e meu espírito. Eu não me sentia mais em pedaços.

— Hedy, você vai limpar esse lugar em algum momento? — George me chamou da entrada da sala de estar, onde os detritos das últimas reuniões continuavam espalhados pelo chão.

Tínhamos nos tornado muito íntimos e discutíamos casualmente um com o outro. *Como irmãos*, eu pensava. Era uma mudança revigorante do tratamento que eu em geral recebia de homens, como as atenções ávidas, quase sempre indesejadas, daqueles que queriam ser pretendentes ou as ordens frias de diretores, que me viam como nada mais que um objeto inanimado em seus filmes.

George sabia que era seguro gritar, porque, aos sábados à tarde, a sra. Burton em geral levava Jamesie ao parque, então ele não estaria dormindo. As demandas de tempo de meu novo filme, *A vida é um teatro*, eram tremendas e implicavam que eu trabalhasse com George durante o fim de semana. Antes, nós nos encontrávamos depois do trabalho durante a semana, porque eu preferia estar com Jamesie aos sábados e domingos se não precisasse estar no *set*. George disse que não se importava, porque a esposa e o filho estavam em férias estendidas na Costa Leste visitando família, mas eu ainda sentia que estava invadindo sua privacidade.

— Vamos para a varanda. Hoje o tempo está glorioso — gritei, da cozinha, onde estava organizando a bandeja de café. Abastecíamos nossas discussões acaloradas – nas quais incitávamos um ao outro a caçar o mecanismo pelo qual nosso submarino e nosso torpedo poderiam sincronizar a mudança de frequências de rádio – com enormes quantidades de café. Eu sempre assumia a tarefa, porque não podia confiar nos empregados para fazer um café bom e forte no estilo austríaco em vez da bebida fraca e aguada que os americanos preferiam.

Na Califórnia, a tarde de outubro estava, é claro, quente, mas eu senti uma leve brisa subjacente ao calor que emanava do sol implacável. A nota fria me lembrou dos outonos gélidos e coloridos de Viena e, de repente, senti saudades de Döbling e de papai. A lembrança de meu pai trouxe uma lágrima indesejada, e me perguntei se ele ficaria orgulhoso do trabalho que eu estava fazendo. Afinal, foram aquelas tardes de domingo em que ele tinha pacientemente me explicado o funcionamento técnico do mundo que me deram a base e a confiança para o projeto que eu empreendia com George. Aquelas horas tinham me moldado de um jeito que só agora eu começava a entender. E de uma coisa eu tinha certeza: papai se orgulharia de meus esforços para tirar minha mãe da Londres bombardeada e levá-la ao Canadá em segurança.

Enxugando a lágrima, peguei a bandeja pesada e fui para a varanda. George já tinha montado a mesa de desenho com um bloco de papel, onde tínhamos escrito a estrutura básica de nossa invenção. Foram necessárias várias reuniões por semana durante várias semanas, mas elaboramos nossas três metas interligadas e começamos a trabalhar para realizá-las. Nós as listávamos como: 1) criar o controle de rádio de torpedos para aumentar a precisão; 2) criar um sistema para sinais de rádio entre torpedo e avião, submarino ou navio; e 3) criar um mecanismo que sincronizasse o salto de frequências de rádio entre as comunicações para evitar a obstrução de sinal por forças inimigas.

Servi uma xícara de café fumegante para cada um. Tomando goles lentos e encarando a mesa, nós nos sentamos sob a sombra de um guarda-sol, ouvindo o vento farfalhar as folhas de figueiras, carvalhos e plátanos. Era um som tranquilizante e puro.

— A vida é um teatro parece cansativo — observou George.

Olhando para minha calça de linho amassada e ajeitando meu cabelo trançado às pressas, quase respondi que minha escolha de vestimenta era um reflexo de como me sentia confortável ao lado dele, e devia ser encarada como elogio - o que era verdade. No entanto, eu sabia que os longos dias filmando um musical sobre três atrizes esperançosas, ao lado de Judy Garland, Lana Turner, Tony Martin e Jimmy Stewart, provavelmente tinham cobrado o preço adicional de olhos vermelhos e olheiras. Jimmy era um homem muito gentil, mas a tensão entre Lana, Judy e eu ficava pesada à medida que tentávamos conseguir mais cenas e falas mais interessantes. Mesmo assim, eu não me arrependia, uma vez que o musical leve e superficial trazia um pouco de frivolidade a meu currículo. E meu querido amigo Adrian e eu passávamos horas juntos enquanto ele fazia meus figurinos, confecções maravilhosas, incluindo um fantástico adereço de cabeça. Eu não podia prever como o filme seria recebido, mas estava contente com o tom descontraído.

— Talvez esta seja eu de verdade, sob todos os babados. Talvez este seja um lado que mostro a poucos — eu disse, com tom jocoso, embora fosse verdade.

Eu tinha me perdido por tanto tempo na visão que os outros tinham de mim que sentia alívio com George, uma vez que ele não exigia nenhum artifício. Ali, na varanda e na sala de minha casa, com ele, eu me sentia segura o bastante para abandonar minhas outras máscaras, embora a questão do merecimento continuasse a me atormentar. Tendo recebido a dádiva da transformação no passado, perguntei-me se podia justificar outra mudança.

— Fico honrado — disse George. E eu sabia que era sincero.

— Mas ninguém acreditaria, isto é, *se* eu contasse. O que não vou fazer.

Eu ri, sabendo que ele tinha razão. Levantando-me com relutância da confortável cadeira da varanda, fui até a mesa. Tínhamos feito progresso significativo nas duas primeiras metas, mas precisávamos resolver a terceira antes de ir muito mais longe.

— Estamos prontos para a próxima etapa? — perguntei.

— Espero que sim — respondeu ele, vigorosamente esfregando as mãos como se fosse necessário se aquecer para a tarefa.

Virei a folha do bloco em que tínhamos compilado uma lista de ideias para o mecanismo, de modo que o transmissor e o receptor de rádio pulassem juntos de uma frequência a outra. George e eu às vezes chamávamos esse dispositivo de *Frequenzsprungverfahren* quando recorríamos ao alemão, como fazíamos às vezes, dado que os pais imigrantes de George tinham lhe ensinado a língua durante sua juventude.

Nosso plano tinha evoluído e funcionava da seguinte maneira: depois que o navio ou o submarino lançasse o torpedo, um avião sobrevoando o local enviaria correções de sinal, e o navio ou o submarino as enviaria ao torpedo; entre cada sinal breve, a frequência mudaria manualmente em intervalos de um minuto. Embora essa ideia de trocar de frequências para evitar a detecção e a obstrução do sinal fosse uma novidade em si – um lampejo de inspiração que tive enquanto George e eu tocávamos aquele primeiro dueto –, queríamos um sistema mais avançado, que não dependesse exclusivamente da mudança manual de frequências por militares. Mãos humanas constantemente cometem erros, e o momento exato, tão fácil de errar, era crítico.

Ora, que forma deveria assumir aquele sistema? Que mecanismo poderia realizar essa tarefa? Tínhamos voltado repetidamente a essa pergunta, e os esboços refletiam isso. Precisávamos começar do zero, então virei uma folha nova e escrevi a meta: "Um dispositivo sincronizado para alternar frequências de rádio".

Segurando meu café, andei pela varanda, imaginando que tipo de dispositivo poderia transmitir informações sequenciais de frequências de rádio e também mudar essas frequências. Quando terminei meu café, acendi um cigarro e continuei andando. A inspiração não surgiu do fundo da xícara nem da fumaça do cigarro e, olhando para George, vi que ele tampouco tinha *insights*. Talvez eu nos tivesse proposto uma tarefa impossível. Afinal, se as mentes científicas mais brilhantes, com educação formal, não tinham resolvido o dilema, por que eu achava que uma atriz e um músico poderiam solucioná-lo? Eu me sentia tola.

Pensei de novo no dueto. Na hora, embora nosso preparo fosse pouco convencional, eu tivera certeza de que eu e George éramos os parceiros certos para essa missão. Não só porque o dueto me deu a ideia da sincronicidade, mas porque eu acreditava que o intelecto incomum de George e sua experiência em construir máquinas — mesmo que de uma natureza musical — se adequariam ao projeto.

Reduzi o passo. Uma ideia estava se formando, sugerindo-se nas beiradas de minha consciência, mas não se mostrara ainda. E as máquinas de George? As fitas de papel dos pianos mecânicos que ele usara para criar sincronicidade em *Le ballet mécanique*, por exemplo? Elas continham perfurações que operavam como sinais ao piano para mudar de tecla. Vistas de uma perspectiva levemente diferente, não poderiam as fitas — ou um dispositivo como elas — servir como meio de compartilhar instruções sincronizadas sobre mudanças de frequências de rádio com o navio ou submarino e o torpedo?

Peguei na mesa uma caneta vermelha e o bloco. Em maiúsculas, no papel quase em branco, escrevi: FITAS.

George me olhou.

— O que quer dizer? Espero que não esteja falando de fitas de cabelo.

Eu estava tão empolgada que nem fiquei irritada com o insulto. Eu ri.

— Não, bobo. Estou pensando sobre as fitas de um piano mecânico. Não poderíamos construir um dispositivo parecido para o navio ou submarino e o torpedo, com buracos, como a fita de um piano, com instruções sobre a sequência de rádio que pularia de frequências? Um operaria como transmissor; o outro, como receptor.

George se levantou num salto.

— Meu Deus, sim. Por que *eu* não pensei nisso antes? Poderíamos usar fitas de papel iguais para cada um, como as dos pianos, com aberturas para codificar as mudanças de frequência.

— E como elas fariam as mudanças no sinal de rádio?

Ele pegou a caneta vermelha de minha mão e rabiscou um modelo.

— Veja, Hedy. — Ele me explicou seu desenho. — À medida que as fitas perfuradas rolam ao redor de uma cabeça de comando, podem engatilhar um mecanismo capaz de mover interruptores específicos conectados a um oscilador, que produz um sinal de rádio.

— Isso elimina a necessidade de pessoas para trocar de sinal.

— Sim.

— Também permite abranger todo o espectro de rádio, não só um intervalo. Obstruir o sinal seria quase impossível.

— Exatamente como você esperava.

— Um código inquebrável. — Eu quase sussurrei as palavras, como um mantra. Ou uma prece.

Conseguimos. Criamos um dispositivo que, um minuto antes, eu duvidara que fôssemos capazes de construir. Eu sentia alegria e orgulho de um jeito que nunca experimentara em minha carreira de atriz e, sem pensar, abracei George.

Seus braços me envolveram de volta. Abaixando a cabeça para olhar para ele, que era alguns centímetros mais baixo, sorri. Em vez de sorrir de volta, ele estendeu o pescoço e me beijou nos lábios.

Eu o empurrei, furiosa. Não pela liberdade que ele tomara, mas pela violação de nossa amizade.

— Como pôde?

O rosto dele queimava, e ele cobriu a boca com as mãos.

— O que fiz? Ó Hedy, sinto muito.

— George, estou acostumada com homens me tratando como você fez agora, como se eu fosse um objeto a atender a seus desejos, mas esperava mais de você. Nunca tive uma amizade, uma colaboração, como a nossa, e ela significa mais para mim que qualquer caso amoroso. Entende?

O rubor de sua face diminuiu para um tom de rosa, e ele assentiu.

— Entendo. Me perdoa?

Eu tinha perdoado lesões muito maiores a meu corpo, mas poucas pessoas tinham causado tanto dano a minha mente e meu espírito. Ao mesmo tempo, olhando para o rosto dele, vi sinceridade. Eu a reconhecia, porque via a mesma contrição refletida no espelho todo dia. Como podia negar a ele o tipo de exoneração que buscava para mim mesma? Não seria o perdão o ímpeto de todo aquele esforço?

— É claro, George — disse, solenemente. Então lhe dei um empurrãozinho para aliviar o clima. — Mas não ouse fazer isso de novo.

CAPÍTULO 39

26 de outubro de 1940
LOS ANGELES, CALIFÓRNIA

— O que significa esse garrancho? — perguntou George, apertando os olhos e apontando para a frase ao lado da palavra "fita". — Incrível como você não aprendeu a escrever nem a soletrar direito na tal escola de etiqueta suíça.

Eu ri. A insuficiência de minha educação de elite era uma piada recorrente entre mim e George, particularmente em comparação com a quantidade de informações técnicas e científicas que eu aprendera sozinha. De alguma forma, com ele, esses tópicos não me deixavam na defensiva como aconteceria com outro homem. Ou com minha mãe.

Depois de alguns dias de constrangimento e conversas formais e afetadas, eu me sentia novamente tão confortável com George quanto com o irmão que imaginara tantas vezes e nunca tivera. Eu entendia que seu avanço para cima de mim fora instintivo, como Susie gostava de dizer – comportamento arraigado pela sociedade na maioria dos homens. E eu o tinha perdoado.

— Você sabe perfeitamente bem que aqui diz "controle remoto Philco" — provoquei de volta.

Abaixo de "princípio do controle remoto Philco", escrevi "novo dispositivo de orientação para torpedos". Essa ideia, inspirada pelo novo sistema de rádio Philco que permitia a mudança remota de canais de rádio pelos consumidores, relacionava-se a nosso projeto básico do mecanismo responsável por captar os sinais de rádio e convertê-los em orientações para o torpedo, embora tivéssemos criado um projeto próprio. Tudo isso havia começado com algo que precisamos transformar no conceito final. Sorrimos um para o outro quando confirmamos a funcionalidade dessa parte também. O projeto inacabado se tornava viável. Logo poderíamos enviá-lo ao Conselho Nacional de Inventores, primeiro passo no processo para a aprovação militar de novas tecnologias. Por fim, esperávamos que a Marinha o adotasse.

A porta da frente, que eu abrira para permitir a entrada de uma brisa, fechou-se bruscamente.

— Sra. Burton — eu chamei. — Pode trazer Jamesie antes da soneca? — Eu queria fazer cócegas na barriga de meu filho. Contato físico com sua pele me ajudava a apaziguar a culpa de passar tanto tempo longe dele.

Passos soaram pela entrada de mármore, mas a sra. Burton e Jamesie não se materializaram. Talvez a babá não tivesse me ouvido.

— Sra. Burton? — chamei de novo.

Os passos ficaram mais altos, mas não foram a sra. Burton e Jamesie que abriram a porta da varanda. Uma mulher baixa e bonita, de jeito delicado, com cabelo escuro e maçãs do rosto altas e eslavas, atravessou a porta e pisou nas pedras da varanda. Quem era ela e o que estava fazendo em minha casa?

Comecei a gritar que tínhamos uma invasora quando George falou:

— Boski, o que está fazendo aqui?

Boski era a esposa de George. Pensei que ela e o filho dele estavam fazendo uma visita prolongada à família de George na Costa Leste. Fora o que George me dissera em nosso primeiro encontro, e ele não mencionara seu retorno, embora ocasionalmente compartilhasse uma anedota engraçada sobre o filho, a qual Boski relatara por carta.

Só então percebi que a aparência plácida dela escondia sua fúria. Ela gritou com George:

— O que *eu* estou fazendo aqui? O que *você* está fazendo, passando o sábado com uma estrela de cinema quando sua esposa e filho finalmente voltaram para casa depois de dois meses na Costa Leste ajudando seus pais a lidar com a morte do *seu* irmão? Eu precisava ver essa infidelidade pessoalmente.

George começou a balbuciar uma resposta furiosa, mas ergui a mão para silenciá-lo. Eu entendia a mulher. Eu *já* fora essa mulher. Uma explicação apressada do marido não era algo de que ela precisasse no momento.

Fui em direção à sra. Antheil e segurei suas mãos. Ela se encolheu, mas por fim aquiesceu.

— Sra. Antheil, garanto que nada inapropriado aconteceu entre mim e seu marido.

Eu não queria explicar que pensava em George como um irmão, independentemente do avanço que ele fizera uma semana antes. Nem que, no período em que George e eu estávamos colaborando, eu tinha me divorciado de Gene Markey e namorado o ator John Howard, o *playboy* Jock Whitney e o magnata Howard Hughes, que me emprestara um par de químicos e um laboratório para ajudar com minhas ideias de invenção não militares, como os cubos de *bouillon* que podiam transformar a água em um refrigerante parecido com Coca-

—Cola. Nunca pensei em George do mesmo jeito romântico que pensava em qualquer um desses homens, embora, de muitas formas, ele fosse muito mais importante para mim que qualquer namorado. Eu tinha aprendido – com Fritz, com Gene e com todos os que se seguiram – que me perder em um homem não me protegeria de mim mesma e de minha culpa. Eu tinha que me salvar, e George era meu parceiro nessa redenção.

Continuei:

— Seu marido e eu estamos trabalhando em um projeto, que ambos esperamos que ajude na guerra. Por mais improvável que soe, estamos projetando um sistema de torpedos.

A sra. Antheil me encarou, a boca ligeiramente aberta, então desatou em uma risada histérica. Em um inglês com um sotaque ainda mais forte que o meu, disse:

— Espera que eu acredite nessa bobagem, srta. Lamarr? Por favor, não sou idiota. Meu marido é músico, não cientista, e você é... — gaguejou, então libertou a raiva contida: — Você não é nada além de um rosto bonito.

Esse rótulo tocou em um medo latente: de que o Conselho Nacional de Inventores e a Marinha pudessem rejeitar nossa invenção porque *eu* ajudara a criá-la. No entanto, em vez de retrucar com raiva, mantive a voz apaziguante, e minhas palavras foram calmas. Não podia permitir que nada nem ninguém pusesse em risco minha parceria com George. E se ela o proibisse de trabalhar comigo? Depois de chegar tão perto do sucesso, eu não suportaria não concluir o projeto.

— Foi por seu marido ser músico que o procurei. Sua sinfonia *Le ballet mécanique* envolve máquinas que falam umas com as outras em sincronicidade. Exatamente o conhecimento exigido pelo sistema de torpedos que eu imaginara. Posso mostrar nosso trabalho?

Guiando-a pela varanda até a sala de estar, passei por blocos, anotações, modelos, cálculos matemáticos e livros de física, sistemas de torpedo e frequências de rádio. Seus braços estavam cruzados, e seu cenho, franzido. Ela nem tinha olhado para o marido enquanto passávamos por essas evidências, mas seus olhos duros e inteligentes repararam em cada detalhe de nossos esforços.

Seu rosto finalmente suavizou quando eu disse:

— Peço desculpas por afastar seu marido em um fim de semana. Prometo que esse tempo será sacrossanto a partir de agora. Assim como qualquer projeto que traga dinheiro para sua família. E a senhora e seu filho estão convidados a se juntar a nós sempre que George vier. Seu filho e o meu podem nadar na piscina.

— A senhorita tem um filho? — perguntou, surpresa.

— Sim, ele tem um ano e meio.

Relutantemente, ela disse:

— Obrigada, srta. Lamarr.

— Por favor, me chame de Hedy. A senhora é europeia. Da Hungria, certo?

Ela assentiu.

— Eu também. Sou da Áustria. A guerra transformou tantos velhos amigos em inimigos. Não deixemos que ela nos proíba de sermos amigas.

— Tudo bem — respondeu, hesitante.

Eu a peguei pela mão e a conduzi a um canto em que tínhamos construído um modelo tosco do sistema, com fósforos.

— Venha, deixe-me mostrar como seu marido e eu vamos ajudar os Aliados a vencer a guerra.

CAPÍTULO 40

4 de setembro de 1941
LOS ANGELES, CALIFÓRNIA

Eu encarava o espelho, observando Susie transformar meu rosto, quando a porta do camarim foi escancarada sem uma batida sequer. George entrou correndo, apertando um pedaço de papel.

— Hedy! — exclamou ele. — Hedy, você não vai acreditar!

Susie deu um pulo com a interrupção brusca. Ela tinha acabado de fechar as costas do vestido estiloso e prático que eu usaria para a próxima cena de meu novo filme, *Sol de outono*, que mostrava o encontro inicial entre minha personagem e seu potencial interesse amoroso, interpretado por Robert Young. As filmagens tinham acabado de começar, e eu estava mais animada para esse filme que para qualquer outra coisa que já fizera, exceto *Argélia*.

Encarando um corado e arfante George, que nunca tinha ido ao *set* de um de meus filmes, Susie tirou a conclusão lógica de que ele era um intruso, mesmo que não muito ameaçador, dada sua estatura e seu estado enfraquecido.

— Devo chamar a segurança, srta. Lamarr?

— Não precisa, Susie, mas aprecio a oferta. O sr. George Antheil — parei para erguer uma sobrancelha para ele — é um bom amigo que, às vezes, em sua exuberância, esquece os bons modos.

— Se tem certeza, senhora — disse Susie, hesitando.
— Tenho — respondi. — Pode checar a que horas eles vão precisar de mim no *set* enquanto falo com o sr. Antheil? Não quero deixar o sr. Vidor esperando.

Eu tinha uma tremenda dívida com King Vidor, meu diretor nesse filme e em *O inimigo X*. Depois de uma pausa indesejada no trabalho – devido a um surto de pneumonia de minha parte e um surto de avareza em me emprestar a outro estúdio da parte do sr. Mayer –, Vidor pedira que eu interpretasse a publicitária Marvin Myles em seu último filme, *Sol de outono*. A princípio, o sr. Mayer resistira, mas eu lutara pelo papel incomum e, a pedido meu, Vidor insistira. Em vez de ser elencada como estátua exótica ou linda e fria, Vidor me oferecia a chance de interpretar uma personagem definida não pela aparência, mas por seu intelecto e ambição. De alguma forma, ele via além de minha camada exterior e entendia, em algum nível, qual era a mulher que eu secretamente me tornava fora das telas; então, incentivou-me a habitar o papel.

Susie deu um olhar desconfiado para George, mas assentiu.
— Sim, senhora, vou perguntar — disse ela, silenciosamente fechando a porta atrás de si.
— George, não podia esperar até a noite? — perguntei, irritada. — Esse filme significa muito para mim.

George e eu tínhamos combinado de nos encontrar depois do jantar em minha casa, para grande decepção de John Howard, com quem reatei depois de namorar outros homens. Embora John compreendesse que meu relacionamento com George era profissional e platônico, ele percebia que George me revigorava de um jeito que ele próprio não era capaz de fazer; e meu companheiro odiava ser marginalizado, mesmo quando expliquei que estávamos trabalhando em outra invenção militar. Dessa vez, era um cartucho antiaéreo que explodiria de forma automática não só quando atingisse o avião, mas quando se aproximasse da aeronave. Eu suspeitava que, em algum nível, John não acreditasse em mim, mas no fim o convenci de que sua amargura era infundada e mesquinha. Se ele não tivesse mudado de ideia, isso não teria afetado minha reunião, e eu o teria deixado por outra pessoa; não permitiria que nada interferisse nesse trabalho.

George e eu tínhamos temporariamente desviado o foco do sistema de torpedos porque esperávamos uma resposta. Em dezembro, havíamos submetido uma descrição geral do torpedo e dos sistemas de comunicação ao Conselho Nacional de Inventores, como planejado. Desde o começo, tínhamos total esperança de que o conselho reagisse favoravelmente – não só porque acreditávamos em nossa invenção mas também porque nosso trabalho e o do Conselho tinham um catalisador parecido. Enquanto nosso sistema era supostamente inspirado pela tragédia do *Benares*, o conselho tinha sido formado durante a Grande Guerra, quando o navio de passageiros *RMS Lusitania* foi atacado por torpedos enquanto fazia a travessia de Nova York a Liverpool. No entanto, havia meses que submetêramos a proposta. Embora tentássemos manter uma atitude positiva registrando nossa patente em junho, sob a sugestão do membro do conselho Lawrence Langner – que se encontrara conosco para expressar seu apoio à proposta e até nos colocar em contato com Samuel McKeown, professor da Caltech, e os advogados de patente Lyon & Lyon, a fim de ajudar no processo –, perdemos a esperança.

A intensificação da guerra em todas as frentes só tinha nos deixado mais desolados. Líamos notícias horríveis todos os dias. Hitler se expandia para o leste, na Europa, e descia para a Grécia; as lutas aumentavam na África, inclusive em áreas para as quais Fritz fornecera armas a Mussolini; os ataques aéreos continuavam na Inglaterra, na Escócia, na Irlanda e no País de Gales; os nazistas estabeleceram o governo de Vichy na França; e as ofensivas de U-boot alemãs aumentaram no Atlântico. No entanto, nada aparecia nos jornais sobre a crescente brutalidade contra os judeus e os esforços para segregá-los em guetos e campos de concentração – essas histórias ouvíamos por nossa rede europeia. Embora os Estados Unidos não tivessem entrado na briga ainda, parecia que já estávamos sob sítio e eu queria nosso sistema de torpedos funcionando quando fizéssemos nossa inevitável declaração de guerra.

A única luz entre todas essas notícias assustadoras era a evolução do pedido de imigração de mamãe para os Estados Unidos. Por meses eu não tivera sorte em baixar a alta barricada americana contra a admissão de refugiados de guerra. O fato de que mamãe temporariamente residia na relativa segurança do Canadá tornava difícil argumentar sobre a necessidade de sua transferência, embora ela não representasse um "fardo econômico" para os Estados Unidos, obstáculo que muitos imigrantes não conseguiam ultrapassar. Finalmente, porém, depois de trabalhar com advogados e pressionar o sr. Mayer para que me ajudasse, eu tinha recebido a notícia, por canais não oficiais, de que sua admissão podia ser iminente.

— Não, não pode esperar, Hedy. Estamos aguardando há meses por uma resposta e agora a temos.

Eu pulei da cadeira.

— É a decisão do conselho?

— O que mais seria? — Ele segurava o papel perto do peito com um sorriso enigmático nos lábios.

Saltei para pegar o papel, mas ele se ergueu e o afastou de mim.

— Permita que eu leia as partes mais importantes para você — provocou.

— Rápido, por favor. Tenho que ir para o *set* em breve e não consigo suportar mais delongas.

— A carta é endereçada à Marinha dos Estados Unidos, mas fomos copiados no documento, e o Conselho Nacional de Inventores nos enviou uma cópia mimeografada. Podemos destrinchar cada palavra depois, mas já vou destacar a frase mais importante. — Ele parou e olhou para mim, incapaz de conter o sorriso brincalhão em seu rosto perpetuamente jovem. — Ah, aqui está: "Depois de passar por duas etapas de análise do conselho e estudar a proposta em detalhes, o Conselho Nacional de Inventores recomenda que a Marinha dos Estados Unidos considere a submissão da sra. Hedwig Kiesler Markey e do sr. George Antheil para uso militar".

Eu tinha propositadamente escolhido usar um nome que não Hedy Lamarr. Preocupei-me que minha fama afetasse negativamente a decisão do conselho.

Dei um gritinho de prazer, mas antes que eu o enchesse de perguntas, George acrescentou:

— O melhor de tudo, Hedy, é que a pessoa dando essa recomendação é ninguém menos que Charles Kettering.

— O Charles Kettering? — O nome me deixou tonta. Era um inventor famoso e presidente do Conselho Nacional de Inventores. Tinha aparecido na capa da *Time* alguns anos antes.

— O próprio. E *ele* acha que nossa invenção é promissora o bastante para recomendá-la à Marinha.

Eu ousava externar o pensamento que corria por minha mente? Era ambicioso demais ser tão esperançosa?

— Se Kettering pensa que tem tanto potencial, como a Marinha pode discordar?

Os olhos azuis dele, com seu aspecto tão infantil, brilhavam.

— Foi o que pensei também.

— Agora só precisamos esperar uma resposta da Marinha.

— Sim, a espera continua.

— Certamente é só uma formalidade — especulei.

— Só podemos torcer, Hedy.

Nós trocamos um sorriso, e um senso de euforia me atravessou com esse primeiro reconhecimento público do valor que eu tinha além de minha aparência. Eu queria comemorar, mas sabia que o *set* de *Sol de outono* me chamaria em breve. Mesmo assim, a ocasião era primorosa demais. Servi um copo de conhaque para nós dois e brindamos à invenção.

Era possível, ao criar um mecanismo para combater o Terceiro Reich, expiar meus pecados? Ao salvar a vida daqueles impactados pela guerra naval, eu equilibraria a balança da justiça para aqueles que eu tinha deixado para trás na Áustria? E era possível que, no processo, eu me tornasse mais que Hedy, um "rostinho bonito"?

Não, repreendi-me, batendo o copo na mesa com uma força que surpreendeu George. Eu estava brava comigo mesma. Como podia desejar uma recompensa por cumprir minha penitência? O legado de minha invenção – encurtar a guerra – seria suficiente.

CAPÍTULO 41

7 de dezembro de 1941
LOS ANGELES, CALIFÓRNIA

Apesar de ser domingo, o elenco e a equipe toda estavam no set de *Almas boêmias*. Nós nos acostumáramos a trabalhar todos os dias da semana para a adaptação de um romance de John Steinbeck. Nosso diretor, Victor Fleming, exigia mais de si que do elenco, então nunca reclamávamos, não importavam quantos planos noturnos eu tivesse que cancelar com meu novo *beau*, George Montgomery, o alto ator do estado de Montana. Mesmo assim, eu odiava perder uma noite com meu outro George, meu George romântico, cuja capacidade para o riso me atraía em tempos sombrios.

Depois de combinar que a sra. Burton cuidaria de Jamesie no dia que ela geralmente tinha livre, voltei ao *set* enquanto o sol ardia a pino sobre Hollywood Hills. Susie e eu trabalhamos em silêncio enquanto ela me ajudava a entrar no figurino simples. *Almas boêmias* focava a vida de uma família de californianos hispânicos, e minha personagem, Dolores Ramirez, trabalhava em uma fábrica de conservas. A cena de hoje exigia um uniforme de operária e, ao contrário da maioria de meus papéis, apenas o mínimo de maquiagem. Eu gostava da liberdade de movimento que as roupas e o penteado simples permitiam.

Terminei o último gole do café forte no estilo austríaco que tinha preparado no camarim e percorri o longo corredor em direção ao palco, onde uma paisagem rural de três acres, com uma série de animais de fazenda, tinha sido recriada. Meus saltos ecoaram pelo prédio, praticamente vazio, e, embora eu esperasse ouvir os sons usuais da equipe e do equipamento enquanto me aproximava, não pensei que ouviria um grito de gelar o sangue.

Corri a distância que faltava até o *set*, imaginando que alguém tinha se ferido, o que não era raro em filmagens. Em outro filme dirigido por Fleming, *O mágico de Oz*, uma atriz tinha sofrido queimaduras sérias quando uma porta abriu no momento errado e ela foi exposta ao fogo e à fumaça. Quando cheguei, porém, encontrei outro tipo de catástrofe. Exceto por uma mulher que soluçava, o elenco e a equipe estavam congelados. Ouviam o retumbar de uma reportagem de rádio devastadora.

Corri até meus colegas Spencer Tracy e John Garfield, tão paralisados quanto todos os outros.

— O que está acontecendo? — perguntei a John, que eu considerava mais amigável que Spencer, com quem eu trabalhara em *A mulher que eu quero*. Nem a experiência de gravar dois filmes ao mesmo tempo tinha me tornado mais simpática a ele. Nem ele a mim, pelo visto.

Antes que John respondesse, Spencer me deu um olhar irritado, erguendo o dedo aos lábios.

— *Shhh* — sibilou.

John, que interpretava o parceiro romântico de minha personagem, Dolores, se aproximou e sussurrou em meu ouvido:

— Pearl Harbor foi bombardeado.

Suas palavras me confundiram. O que era e onde ficava Pearl Harbor? Estava prestes a fazer outras perguntas quando a voz grave de um jornalista voltou ao rádio, retumbando pelo *set*.

— Esta é a KGU em Honolulu, Havaí. Estou falando do telhado do prédio da Advertiser Publishing Company. Nesta manhã, testemunhamos uma batalha aberta em Pearl Harbor e um bombardeamento pesado por aviões inimigos, sem dúvida japoneses. A cidade de Honolulu também foi atacada e sofreu danos consideráveis. A batalha está acontecendo há quase três horas. Uma das bombas caiu a quinze metros da torre da KGU. Não é piada. Isto é guerra. Os habitantes de Honolulu foram aconselhados a permanecer em casa e aguardar os resultados do Exército e da Marinha. Há uma luta intensa acontecendo no ar e no mar. Ainda não é possível estimar os danos, mas foi um ataque severo. E o Exército e a Marinha parecem ter o ar e o mar sob controle agora.

Apesar das alegações do repórter, eu não parava de pensar que aquilo era uma piada. Ameaças da Europa eram, de fato, um tópico de discussão havia algum tempo. Todos estavam acompanhando os relatos da Blitz em Londres e mapeando a resposta caso nosso litoral fosse similarmente bombardeado. Mas o Japão? Jornais e políticos não mencionavam nada sobre um ataque da Ásia – nem meus amigos europeus, que sabiam muito mais sobre a guerra do que era divulgado pelos jornais e pelo rádio.

Olhei ao redor. Os outros atores, a equipe e nosso diretor pareciam tão chocados e descrentes quanto eu. Ficamos imóveis à medida que fatos horríveis começaram a chegar, e eu estendi a mão para apertar a de John e me firmar. Mais de trezentos bombardeiros e aviões japoneses tinham atacado a base naval em Oahu, no Havaí. Incontáveis navios na frota do Pacífico foram atacados, particularmente o *USS Arizona*. O número de mortos ainda era incerto. Sabíamos que seria questão de horas antes de os Estados Unidos declararem guerra.

Quando o relato continuou a repetir as mesmas notícias, e o elenco e a equipe começaram a conversar, fui para um canto escuro do *set*, atrás da fachada grosseira de um prédio que se passava por uma casa de fazenda, e chorei. Eu compreendia melhor que qualquer um ali a natureza sombria dos inimigos que os Estados Unidos enfrentariam. Para as pessoas ao redor, aquelas forças não tinham rosto nem voz. Mas eu tinha olhado os líderes de nossos inimigos nos olhos e escutado a voz deles, então sabia o terror que pretendiam infligir ao mundo.

CAPÍTULO 42

30 de janeiro de 1942
LOS ANGELES, CALIFÓRNIA

Eu andava sobre o piso de mármore do saguão de entrada da Fazenda da Sebe, esperando George Antheil, não o Montgomery, que permanecia em minha vida – pelo menos até então. Ele enviara um bilhete urgente mais cedo ao *set* da MGM, onde eu ensaiava cenas com meu coprotagonista William Powell para meu novo trabalho, *Sua Excelência, o réu*, um filme *noir*. Tínhamos combinado de nos encontrar em minha casa no fim da tarde. Enquanto perambulava com o roteiro em mãos, aparentemente memorizando falas, na verdade eu não conseguia pensar em nada além das notícias de George.

Nas sete semanas desde que a máquina de guerra americana começara a girar suas engrenagens, contra não só o Japão mas também a Europa, minha inquietude crescia diariamente. O país se preparava para enviar soldados para o leste e o oeste, ao próprio solo europeu do qual eu fugira, pelo oceano que eu atravessara. Relatos oficiais sobre aviões derrubados e navios afundados chegavam junto com histórias mais discretas passadas entre meus amigos europeus, dizendo que os torpedos americanos mirados em navios japoneses muitas vezes falhavam porque erravam o alvo ou porque detonavam cedo demais. *Certamente*, pensei, *a Marinha adotaria nosso sistema para resolver esse defeito*. Certamente, o Exército não permitiria ao inimigo prosseguir quando George e eu lhes oferecíamos uma opção mais efetiva.

Essa ansiedade atingiu um ápice quando os sussurros sobre um plano que os nazistas chamavam de *Endlösung* – que, com sua meta de aniquilar judeus europeus, era a estratégia do Terceiro Reich que eu temia – começaram a percorrer os corredores dos *sets* de Hollywood e alcançar os ouvidos de meus amigos europeus. Nós nos reuníamos em bares e cafés para compartilhar boatos, achando o absurdo glamoroso de Hollywood difícil de suportar enquanto contávamos histórias inimagináveis de guetos judeus, trens de prisioneiros e campos de concentração. Parecíamos ser os únicos com esses pesadelos. Ou, talvez, daqueles que ouviam esses murmúrios, fôssemos os únicos que acreditavam que eles pudessem ser reais.

Imagens dos pobres judeus austríacos habitavam minha consciência. Vários deles eram como eu, imaginavam-se vienenses. No entanto, descobriram que era impossível remover a mancha de sua herança depois da invasão nazista, não importava quão forte esfregassem, mesmo com vigor teutônico. Onde estavam essas pessoas agora? Se não tivessem fugido de Viena, como mamãe, estavam em guetos ou campos? Ou pior? Eu podia ter feito algo por eles?

Eu esperava que a visita de George surgisse com um convite para a ação. Esperávamos havia meses por uma resposta da Marinha sobre nosso sistema de torpedo. E sentar ociosamente em *sets* – usando figurinos, coberta de joias e sobrecarregada com culpa – não era mais uma opção.

A campainha tocou e, apesar de eu ter estado contando minutos para isso, tomei um susto. Minha empregada, Blanche, foi ao saguão de entrada abrir a porta, mas eu a afastei. Não precisava de cerimônia com George e, de toda forma, não aguentava nem mais uns poucos minutos de cortesias para ouvir suas novidades. Lancei-me sobre ele antes de lhe dar a chance de tirar o chapéu e o casaco.

— Quais são as notícias?

— Só um momento, por favor. Contarei tudo no devido tempo. — Ele tirou o chapéu, sacudindo a água da chuva.

Respeitei seu pedido, em teoria, mas não consegui conter uma pergunta.

— Ouviu falar dos fracassos dos torpedos da Marinha?

— Sim — disse ele, tirando o casaco.

— Isso vai incentivar a Marinha a adotar nosso sistema, não acha? Quer dizer, os torpedos deles têm um desempenho tão baixo.

— Sua mãe já chegou? — perguntou, pendurando o casaco no cabide.

Por que ele estava mudando de assunto?

Era verdade que George vinha escutando minhas preocupações sobre o bem-estar de mamãe fazia meses. Ele acompanhou o inferno que passei para tirá-la de Londres e levá-la ao Canadá. E estava muito familiarizado com o modo como eu pressionara o estúdio para me ajudar a trazê-la até os Estados Unidos. Se alguém merecia uma atualização, era ele.

— Ela está no trem para a Califórnia agora. Vai levar três dias para chegar do Canadá; ou seja, vai chegar no dia dois de fevereiro.

— Deve ser um alívio — disse George enquanto me seguia até a sala de estar, onde eu tinha montado uma mesa de desenho com uma folha nova para outro projeto.

— Sim — respondi, mas na verdade tinha sentimentos conflitantes.

Eu me esforçara muito para trazê-la para a Califórnia, mas, agora que ela estaria em minha casa dentro de dias, eu estava hesitante. Como seria ter mamãe, notoriamente difícil, como presença fixa em meu novo mundo? As revelações sentimentais que ela compartilhara em sua carta - que sua reserva e sua negatividade derivavam de um desejo de equilibrar a indulgência de papai - deixariam nosso relacionamento melhor? Eu podia acreditar no amor que ela alegava sentir por mim? Decidi focar o positivo. Eu teria minha mãe comigo, segura e viva, quando muitos amigos, vizinhos e familiares vienenses estavam nas mãos dos nazistas.

— Onde ela vai morar? Aqui com você e Jamesie?

Sem responder, esquadrinhei meu amigo e colega. Meu companheiro de batalha. Por que ele não estava contando as notícias urgentes? Por que estava tão curioso sobre mamãe, sobre quem tinha apenas tolerado conversas no passado? Eu nunca o vira agir de modo tão evasivo antes; na verdade, eu costumava ter que conter seu ímpeto.

A resposta chegou de repente, mas eu não aguentava ouvi-la dos lábios de George. Em vez disso, comecei a andar de um lado a outro sobre as tábuas brancas de minha sala de estar, encarando o céu periodicamente, enquanto respondia a seus questionamentos sobre minha mãe. Embora a chuva torrencial tivesse parado e o céu tivesse aberto, nuvens projetavam uma escuridão periódica sobre o verde vívido de meu jardim. Fui tomada pela melancolia.

— A Marinha nos recusou — finalmente reuni a coragem para dizer, porque sabia que ele estava lutando para me dar a terrível notícia.

George suspirou, finalmente admitindo.

— Sim.

Sem dizer mais nada – eu ainda não suportava a ideia de falar sobre a recusa –, fui até o aparador e servi um copo de uísque para nós dois. Indicando que ele se acomodasse perto, sentamos lado a lado nas poltronas de couro cor de chocolate. Dessa vez, no entanto, não discutimos animadamente nossas invenções. Bebemos em silêncio.

— Por quê? — finalmente perguntei. Quase não queria saber.

— Bem, você tinha razão sobre os torpedos. Ouvi boatos de que mais de sessenta por cento dos torpedos que eles lançaram não atingiram seus alvos. É terrível. — Ele evitou a pergunta por um momento, então tomou um gole do líquido âmbar e continuou: — Mas esses defeitos não tiveram o efeito que você imaginou que teriam. Como você, pensei que o fracasso naval levaria à aceitação de nossa criação. Em vez disso, a Marinha se concentrou em fazer os torpedos antiquados funcionarem, não em desenvolver algo completamente novo com um sistema de orientação complicado.

— Apesar de nosso sistema ser superior? — Eu estava incrédula.

— Apesar disso. — Ele parou, como se fosse doloroso continuar. — É claro, a Marinha não está abertamente admitindo seus problemas com os torpedos, então minhas fontes dizem que eles atribuem a decisão de rejeitar nossa proposta ao nosso sistema ser pesado demais, segundo alegam.

— O quê? Isso não faz sentido, George.

— Eu sei. Eles disseram que nossa invenção era grande demais para ser usada com o torpedo médio.

— Quê? — Eu não conseguia acreditar no que George acabara de dizer. — De todos os motivos para rejeição, esse é o mais ridículo. Nossos mecanismos cabem dentro de um relógio. Tornamos isso inteiramente claro nos documentos que submetemos ao Conselho Nacional de Inventores e à Marinha.

— Eu sei, e o conselho aprovou nossos projetos. Sinceramente, Hedy, pergunto-me se eles sequer leram a submissão. Acho que viram a analogia entre aspectos do nosso sistema e o piano mecânico, fizeram uma extrapolação sem sentido e se agarraram a ela como desculpa, em vez de admitir a verdade: eles não fornecem financiamento para pesquisa em torpedos há décadas e, como resultado, a Marinha está atrelada a um sistema arcaico e ineficiente que é caro demais para se jogar fora.

George parecia derrotado, mas minha raiva só tinha começado a se inflamar. Eu virei para ele, gritando:

— Como eles podem rejeitar uma invenção capaz não só de guiar com precisão uma frota inteira de torpedos até seu alvo, mas que também seria impossível de obstruir pelos inimigos, em favor de um sistema antiquado que nunca chegou a funcionar direito?

— Não sei — respondeu George, com tristeza, mas não havia revolta em sua voz, tampouco raiva.

Quem era esse George?

Pressionei sua aquiescência, testando seus limites.

— Devíamos escrever à Marinha e ao Conselho Nacional de Inventores e explicar como interpretaram mal nossa submissão. Dizer a eles precisamente como os mecanismos podem ser pequenos.

— Não acho que valha a pena, Hedy. Duvido que mudem de ideia. — Por que ele estava tão estranhamente complacente? Talvez a longa espera tivesse exaurido o compositor – ou inventor – eternamente otimista.

Levantei-me da poltrona de couro, com a voz ainda mais forte.

— Vamos a Washington explicar nossa invenção pessoalmente. — Eu conjurei todo o meu poder, como se estivesse no palco, e acrescentei: — George, se aprendi algo, certo ou errado, foi que Hedy Lamarr, a atriz, não a inventora diante de você, é capaz de fazer os homens mudarem de ideia.

CAPÍTULO 43

20 de abril de 1942
WASHINGTON, D.C.

Em Washington, a guerra parecia mais real. Da janela de um carro alugado, vi tropas em treinamento, bandeiras balançando em todos os edifícios e forças de segurança reforçadas ao redor de prédios governamentais. Uma energia e um orgulho palpáveis pulsavam nos cidadãos e me encorajavam para a guerra contra o Terceiro Reich.

O motorista nos deixou diante do prédio da Nova Guerra, como era conhecido, na esquina da Twenty-First Street e da avenida Virginia, no quadrante noroeste. Subimos a imponente escadaria de arenito onde ficavam os escritórios oficiais de seções do Departamento da Guerra, incluindo a Marinha. Um oficial militar nos deixou passar pela porta giratória de bronze e fomos até dois guardas aturdidos que ajudavam a policiar os cidadãos autorizados a entrar e sair do prédio, entre as multidões de homens e mulheres do Exército e da Marinha. Reconhecendo-me, eles nos guiaram até a frente da fila de segurança, passando por um mural de quinze metros que disseram ser chamado *Defesa das liberdades dos Estados Unidos*.

— Nós temos uma reunião à uma hora — eu disse à recepcionista, que estava sentada atrás de uma série de portas pelas quais os homens nos acompanharam.

Esse encontro com oficiais do alto escalão naval fora arranjado pela "fonte" de George, seu amigo do governo que nos mantivera a par do *status* do processo de submissão de nossa criação.

A jovem, que usava um uniforme militar e parecia ter feito no cabeleireiro uma versão loura do "visual Lamarr", me encarou. Ela balbuciou:

— Você é... você é... Hedy... Hedy... — Boquiaberta, parou de falar.

— Lamarr — concluí, com um sorriso gentil. — Sim, sou Hedy Lamarr e este é o sr. George Antheil. Nós temos uma reunião.

Ela se levantou rapidamente.

— Sim, srta. Lamarr, sinto muito. Por favor, permita-me levá-los ao escritório do coronel Smith.

Enquanto nos levava por muitos corredores, a recepcionista periodicamente nos olhava por sobre os ombros, como se não acreditasse que uma estrela do cinema estivesse entre eles. Ela nos guiou mais fundo no labirinto de proezas navais, até que finalmente chegamos a um escritório amplo que ocupava um canto inteiro do prédio. Antes que a jovem batesse na porta, outro homem apareceu e nos cumprimentou.

— Bullitt — disse George, com a mão já esticada.

Os homens se cumprimentaram e se deram tapinhas nas costas. Percebi que ele devia ser a "fonte" de George. William C. Bullitt atualmente era oficial sênior do Departamento do Estado, mas era um jornalista e diplomata quando George e sua esposa o haviam conhecido em Paris, em 1925. Embora Bullitt tivesse perdido a simpatia do presidente Roosevelt devido a críticas públicas ao subsecretário Sumner Welles, um favorito de Roosevelt, ele ainda estava próximo o suficiente dos corredores do poder para nos fornecer informações internas confiáveis. Ele tinha marcado a reunião e se oferecido para nos acompanhar.

Os homens terminaram seu encontro e se viraram para mim. George apresentou o amigo, que estendeu a mão.

— Pode me chamar de Bullitt. Então a senhorita é a famosa Hedy Lamarr — disse ele, com certa dose de espanto, embora me esperasse naquela tarde. — Quando George me contou que estava trabalhando em uma invenção com a senhorita, achei que estivesse me pregando uma peça.

Eu não gostava do tom desse homem, mesmo que fosse um bom amigo de George.

— Não conseguia imaginar uma mulher trabalhando numa invenção militar?

Bullitt arregalou os olhos.

— Não, claro que não. Porque eu não conseguia imaginar uma linda estrela do cinema querendo trabalhar com esse cara — disse, com um soco falso no braço de George. Os dois riram. Talvez eu tivesse julgado Bullitt injustamente. A antecipação desse encontro deixara meus nervos à flor da pele.

Virando-se para a porta, Bullitt disse por sobre o ombro:

— Estão prontos?

— Mais que nunca — respondeu George.

Estendi a mão e apertei a dele. Estava mais nervosa que antes de subir num palco ou num *set* de cinema, porque não estava atuando.

Bullitt segurou a porta para nós, e entramos em um escritório amplo, onde dois homens de uniforme e um cavalheiro civil nos aguardava. Bullitt os apresentou como coronel L. B. Lent, engenheiro-chefe do Conselho Nacional de Inventores; coronel Smith, assistente do oficial de aquisições da Marinha; e sr. Robson, cujo título permaneceu curiosamente não dito.

Depois que trocamos cortesias, fiquei diante dos homens, feliz por ter colocado meu terno azul-marinho mais conservador. Em minha voz mais impositiva, falei:

— Boa tarde, cavalheiros. Obrigada por reservarem este tempo para nós, particularmente em vista das demandas que a guerra deve impor aos senhores. O sr. Antheil e eu entendemos que no início recusaram a adoção de nosso sistema de torpedo, proposto como parte de seu plano naval geral, devido a preocupações com o tamanho desse sistema. Hoje, gostaríamos de tirar alguns minutos para explicar exatamente quão pequeno ele é. Gostaríamos de começar com a descrição que consta na inscrição de patente, que o Escritório de Patentes dos Estados Unidos atualmente considera.

Os homens se entreolharam com surpresa. Ninguém tinha contado a eles que tínhamos pedido a patente, independentemente da rejeição? Ou os olhares de espanto eram uma farsa? Continuei com o discurso que tinha preparado em detalhes, erguendo diagramas do sistema de torpedos e modelos demonstrando seu tamanho. George assumiu no momento designado e terminamos nossa apresentação enfatizando a precisão do sistema e convidando-os a fazer perguntas.

O sr. Robson pigarreou.

— Foi uma apresentação iluminadora, sr. Antheil e srta. Lamarr. Acho que falo por todos quando digo que temos uma apreciação maior por seu sistema de torpedos, em especial pelo tamanho. Certamente não é o gigante que pensávamos; vocês criaram uma invenção intrigante e original.

George e eu trocamos olhares esperançosos.

Ele continuou:

— Entretanto, devemos manter nossa decisão anterior de rejeitá-lo. Decidimos continuar com nosso sistema de torpedos existente, com atualizações e modificações, é claro.

Eu não entendia. George olhou para mim, confuso.

— Posso perguntar por quê? — questionei, tentando manter a voz contida. — Nós abordamos as preocupações que expressaram com o tamanho de nossa invenção.

— Sim, a senhorita e o sr. Antheil fizeram isso. — Os homens trocaram outros olhares furtivos, e o sr. Robson hesitou antes de continuar: — Srta. Lamarr, posso falar francamente?

Assenti.

— Sou um grande fã de seu trabalho e falo por todos aqui quando digo que apreciamos os esforços incríveis que a senhorita e o sr. Antheil empreenderam. No entanto, meu conselho é o seguinte: atenha-se aos filmes. Eles ajudam a soerguer o ânimo das pessoas. Ainda assim, se está determinada a ajudar com a guerra, achamos que seria mais capaz de fazer isso vendendo títulos de guerra que construindo torpedos. Em vez de se concentrar em toda essa história de armas, por que não nos ajuda a arrecadar dinheiro para vencer a guerra contra os japas e os chucrutes?

Apesar do sexismo que eu sabia muito bem que permeava meu mundo, eu não conseguia acreditar nas palavras dele. Esses homens estavam rejeitando um sistema que permitiria a um avião ou um navio guiar uma frota inteira de torpedos contra aeronaves inimigas com total precisão, impossibilitando ao inimigo obstruir os sinais de rádio necessários. Como o Exército podia permitir que seus soldados e marinheiros se perdessem nos mares - que tantos fossem mortos - porque não podiam usar um sistema de armas projetado por uma mulher?

Minha voz soou calma, emoção que eu certamente não sentia. O que sentia era fúria.

— Deixe-me entender. Vocês estão recusando nossa invenção, que tornaria sua frota insuperável na guerra marítima, porque sou mulher? Uma mulher famosa que vocês prefeririam que anunciasse a venda de títulos de guerra, não que ajudasse a construir sistemas eficazes? Posso fazer ambos, sabem? Vender títulos e ajudar com torpedos, se é isso que é necessário.

O sr. Robson respondeu:

— Essa não é a única razão pela qual decidimos recusar sua proposta, srta. Lamarr. Contudo, já que tocou no assunto, devo admitir que seria difícil para nós convencer nossos soldados e nossos marinheiros a usar um sistema de armas criado por uma mulher. E não vamos tentar.

Eu não conseguia me mover. Eu não conseguia falar. Suas palavras tinham me levado à imobilidade e ao silêncio. George e eu chegáramos tão perto e fomos bloqueados por puro preconceito. Vendo minha expressão, George interveio, desesperadamente tentando estancar a ferida, defendendo os méritos de minha "ocupação pouco feminina de inventora" e elogiando minhas habilidades e meu intelecto na construção desse sistema de torpedos inatacável. No entanto, a ferida era fatal.

Enquanto ele continuava a batalha, defendendo a superioridade de nosso sistema e a irrelevância do gênero de seu criador, afundei-me nos braços envolventes da cadeira. Parecia o único consolo disponível no momento.

Toda a raiva revolvendo-se evaporou, deixando uma casca oca e bela. Talvez a casca fosse tudo o que este mundo quisesse de mim. E talvez o mundo nunca me permitisse cumprir minha penitência.

CAPÍTULO 44

4 de setembro de 1942
FILADÉLFIA, PENSILVÂNIA

Ouvi o rugido da multidão de trás da cortina de veludo escarlate. A cor e a textura eram tão reminiscentes do Theater an der Wien que, por um momento, fui transportada de volta a Viena para a estreia triunfante no palco como a icônica imperatriz bávara Elizabeth. Quão distante parecia aquele momento e quão inocente era aquela garota. Era incrível pensar que eu já fora livre da culpa que agora estava costurada ao meu âmago.

Eu me perguntei como minha culpa seria medida. Será que haveria um cálculo de vidas que eu poderia ter salvado? A balança penderia mais favoravelmente em minha direção por causa de meus esforços com a invenção, apesar de seu uso ter sido recusado pelo Exército? A Marinha não mudou de ideia mesmo quando o Escritório de Patentes dos Estados Unidos aprovou nossa inscrição, dando à invenção a patente número 2.292.387, decisão que só teria feito diferença se nosso projeto fosse viável. Haveria leniência em minha sentença devido às contribuições que eu fazia agora para impedir o mal dos nazistas do único jeito que me restava? Eu vendia títulos de guerra, não construía torpedos, como o sr. Robson tinha sugerido sem muita gentileza. Levei suas palavras ao pé da letra, embora duvidasse que ele esperasse isso.

As notas de violinos e trompas flutuaram sobre o barulho da plateia, que lentamente se assentou em silêncio respeitoso quando a apresentação se concluiu. O anfitrião barítono anunciou a apresentação seguinte aos patronos da Academia de Música da Filadélfia, e eu me preparei para minha interpretação. Pois era de fato uma interpretação.

A cortina se ergueu, revelando uma confecção arquitetônica de ouro, cristal e carmesim evocativa da decoração vienense de minha juventude. Quão danificada estaria agora a paisagem vienense e seu povo? Será que algum de meus vizinhos de infância permanecia nas casinhas charmosas que ocupavam as ruas de Döbling, incluindo a rua de meu pai, a Peter-Jordan-Strasse? Ou teriam eles sido enviados à Polônia e aos campos? Uma lágrima ameaçou escapar e escorrer por minha bochecha, mas pisquei para contê-la.

Retornando ao presente, ouvi a plateia arquejar com a oferta brilhante que eu oferecia. Usando um vestido escarlate com lantejoulas, projetado para capturar cada faceta de luz no palco, não me mexi, permitindo que os espectadores absorvessem minha aparência. Então, caminhei em direção à plateia com as mãos estendidas, preparando a doação que eu buscava. Eu era tanto uma oferenda como um convite.

— Bem-vindos ao show de vitória dos Estados Unidos! — anunciei em minha melhor imitação de sotaque americano, sabendo que meu sotaque germânico natural não seria bem recebido naquela noite. Ergui a mão no famoso símbolo de "V" de vitória, e o público me imitou.

Então todos baixaram as mãos para aplaudir, e o teatro retumbou com aplausos.

— Meu nome é Hedy Lamarr, e estou caçando ouro para o Tio Sam. Estou aqui para ajudar a vencer a guerra. Acho que vocês estão aqui para ver como é aquela tal de dama Lamarr — eu disse, com uma inflexão humorística, colocando a mão no quadril de forma brincalhona. Era minha melhor imitação da animada Susie.

Os espectadores riram, como planejado. Então deixei a voz uma oitava mais grave para enfatizar meu argumento absolutamente sério.

— Nós estamos aqui pelo mesmo propósito. A aparência de Hedy Lamarr não devia ser tão importante quanto o que Hirohito e Hitler estão fazendo. Toda vez que abrem a carteira, vocês dizem a esses dois homens podres que os ianques estão chegando. Vamos fazer o fim da guerra acontecer logo. Não pensem sobre o que o sujeito ao lado está fazendo. Comprem títulos!

Os aplausos ameaçaram me ensurdecer e, enquanto eu esperava que diminuíssem, pensei sobre os dias vindouros, transbordando com outros eventos como aquele, nos quais eu faria alguma versão daquele discurso. Haveria desfiles e apresentações e até almoços para homens de negócios e líderes políticos com uma entrada mínima de cinco mil dólares em títulos de guerra. Quantos milhões eu seria capaz de arrecadar para a causa dos Aliados?

Com as mãos acima das sobrancelhas para fazer sombra enquanto olhava a plateia, perguntei:

— Há algum homem do Exército na plateia hoje?

Os organizadores da turnê tinham dado ingressos a um grupo de oficiais do Exército e da Marinha para esse propósito, e tinham plantado em suas fileiras um marinheiro muito especial. Ele se inscrevera para o papel, e nós tínhamos ensaiado esse número antes. Os militares, sentados na seção dianteira da esquerda, gritaram e ergueram as mãos.

— Vamos ganhar essa guerra, rapazes?
Dessa vez, a plateia inteira deu vivas, embora os militares gritassem mais alto. Então, como tínhamos ensaiado, um marinheiro gritou para mim:
— Que tal um beijo antes de irmos para a guerra?
Fingindo-me chocada com a pergunta, deixei meu queixo cair enquanto olhava em sua direção.
— Você pediu um beijo, marinheiro?
— Sim, senhora! — gritou ele, de volta.
Eu me virei para a plateia.
— Acham que eu deveria dar um beijo nesse corajoso marinheiro?
O público gritou um "sim!" ressonante.
— Esses bons americanos acham que devo atender ao pedido, marinheiro. Então, suba aqui.

O garoto, usando um uniforme da Marinha branco e perfeitamente passado, completo, com chapéu e gravata, correu para o palco. Ele parecia ávido e confiante, até pisar no estrado largo, quando uma expressão tímida de repente passou por seu rosto. Ele nunca tinha encarado uma plateia de milhares de pessoas antes. Essa era sua primeira vez no palco e a primeira vez nesse papel, embora ele não fingisse ser um marinheiro prestes a embarcar para a guerra. Seu navio o aguardava, assim como o vasto oceano Pacífico e as frotas de navios inimigos.

Para acalmar seus nervos, eu o cumprimentei com um aperto de mão caloroso e o convidei a se apresentar à plateia com seu nome: Eddie Rhodes. Então virei minha atenção de volta para a plateia.

— Farei um acordo com vocês, pessoal. Darei um grande beijo em nosso corajoso soldado Eddie Rhodes se conseguirmos vender, agora mesmo, pelo menos quinhentos mil dólares. Temos garotas com folhas de doações no fim de cada fileira, prontas para escrever os nomes e as ofertas.

As garotas, também vestidas em uniforme militar, passaram as listas de doação pelas longas fileiras da Academia de Música enquanto Eddie e eu esperávamos no palco. O nervosismo do rapaz parecia ter passado, então conversamos tranquilamente por vários minutos sobre a família que o esperava em casa, enquanto a orquestra tocava uma música patriótica. Quando ele compartilhou sua empolgação com o serviço militar a bordo de um navio no Pacífico, porém, meu estômago se revirou. Como eu queria que a Marinha tivesse aceitado nosso sistema de torpedos... Se tivesse, aquele pobre rapaz teria uma chance muito maior de sobreviver. Eu me virei para que ele não visse as lágrimas se acumulando em meus olhos.

Uma fileira de garotas que tinham terminado a tarefa começou a se formar ao longo do palco.

— Atingimos o número? — perguntei ao gerente da turnê, que já somava o número de doações.

Observei enquanto ele conversava animadamente com o anfitrião, mas ninguém respondeu à pergunta. Não tínhamos atingido a meta de quinhentos mil dólares? Talvez tivéssemos pedido demais? Tínhamos debatido por muito tempo sobre o número exato para pedir dos patronos naquela noite, e eu colocava uma pressão incrível sobre mim mesma para conseguir a quantia. Tabulava cada dólar como se me levasse mais perto de um estado de redenção.

Eddie e eu nos entreolhamos com a demora, a ansiedade crescendo. Finalmente, o anfitrião subiu as escadas que levavam ao palco. Quando chegou a nós, perguntei no microfone:

— Nosso marinheiro merece esse beijo?

— Bem, srta. Lamarr, tenho uma notícia a dar. Pedimos uma quantia tremenda da plateia hoje. Quinhentos mil dólares, como a senhorita sabe, é uma verdadeira fortuna.

— Com certeza — respondi, com tranquilidade, como se não estivesse me preparando para más notícias.

— E hoje não arrecadamos quinhentos mil dólares — acrescentou ele, para a decepção da plateia, que vaiava.

— Sinto muito — eu disse a Eddie, que parecia abatido.

— Não sinta, srta. Lamarr. E Eddie, você também não vai ficar decepcionado. Porque, nesta noite, arrecadamos dois milhões, duzentos e cinquenta mil dólares! — O anfitrião praticamente berrou, o que foi quase uma necessidade, dada a explosão de sons da plateia.

Eu estava pasma. Nenhum evento de arrecadação de títulos de guerra jamais arrecadara quinhentos mil dólares, que dirá mais de dois milhões. Só os almoços do mais alto escalão, com as altíssimas taxas de doação mínimas para os grandes doadores, almejavam esses números. Não um evento para vender títulos de guerra.

— Beijo, beijo! — A plateia começou a cantar, trazendo-me de volta ao momento. — Beijo, beijo!

Eu me virei para Eddie. Ele merecia esse beijo, e a plateia também. Enquanto eu me preparava, os holofotes me cegaram por um momento, levando-me de volta a minha noite de estreia no Theater an der Wien. O tempo parou, voltando àquela noite que transformou tudo. Aquela noite que me mandou no caminho em que eu estava agora, um caminho carregado de culpa esmagadora, busca por redenção e, ocasionalmente, alegrias inesperadas.

Quantas máscaras usei?, foi a pergunta que me fiz, incapaz de conter as lágrimas que escorriam por meu rosto.

Lágrimas que Eddie Rhodes, o gerente da turnê e provavelmente a plateia pensavam ser de alegria pela arrecadação absurdamente bem-sucedida. Será que eu já havia tirado uma de minhas máscaras e exibido minha pele nua ao mundo desde a morte de papai? O mais perto que eu chegara fora durante meu trabalho com George, o qual julgaram inaceitavelmente "pouco feminino". Um trabalho ao qual eu me recusara a retornar depois da rejeição da Marinha, mesmo quando George me implorou; eu simplesmente não conseguia me tornar tão vulnerável de novo. Tirando isso, havia me parido em múltiplos renascimentos, vestindo uma *persona* nova a cada iteração, só para retornar a minha aparência original. Mesmo naquela noite. Ainda mais naquela noite.

Será que, no fim, eu tinha me tornado quem eles já pensavam que eu era? Para todos os outros, eu era Hedy Lamarr, só um rosto bonito e um corpo esguio. Eu nunca era Hedy Kiesler, aspirante a inventora, pensadora curiosa e judia. Nunca o que eu sabia realmente ser sob os muitos papéis que interpretara na frente e atrás das telas.

Ou eu tinha abraçado a percepção que o mundo tinha de mim como um disfarce, de modo a distraí-los enquanto alcançava minhas metas? Será que eu tinha tomado a *persona* a que tinha sido relegada e me tornado uma arma contra o Terceiro Reich, ainda que não fosse o instrumento de destruição que pretendia? Eu me perguntei se sequer importava o que – ou quem – eles pensavam que eu era, uma vez que eu tinha realizado minha vingança contra os supressores europeus financiando os Aliados nesta noite e, talvez, junto com isso, alcançado a redenção que buscava.

Eu sempre estivera sozinha sob minha máscara, a única mulher na sala.

NOTA DA AUTORA

Nós seguramos um pedaço da história das mulheres todos os dias. Não digo isso em um sentido metafórico, mas bem literal. Todo dia, praticamente, todos nós seguramos um pedaço de história criado – indiretamente – por Hedy Lamarr. Que pedaço de história é esse? É aquele que o período e o escopo deste romance não me permitiram abordar. Seu telefone celular. No entanto, como uma invenção patenteada por uma estrela de cinema deslumbrante em 1942 se tornou a base para o celular moderno, um dispositivo que transformou o mundo?

Como você provavelmente sabe agora, *A única mulher* explora a vida singular, e às vezes inacreditável, de Hedy Lamarr, mais conhecida como estrela do cinema. Se fiz meu trabalho direito, o livro também revela aspectos de sua vida bem menos compreendidos: sua juventude enquanto judia em uma Áustria muito católica; seu casamento surpreendente, e às vezes perturbador, com o fabricante e comerciante de armamentos Friedrich (Fritz) Mandl, de quem ela fugiu; e, talvez mais importante, a época que ela passou criando invenções que esperava que ajudassem os Aliados a derrotar os nazistas na Segunda Guerra Mundial. Foi durante esse período, esquecido quase por completo até recentemente, que aquela que fora a garota austríaca Hedwig Kiesler (junto com o compositor George Antheil) pensou em uma invenção na qual sinais de rádio transmitidos de um navio ou uma aeronave a seu torpedo constantemente trocariam de frequência, tornando os sinais impenetráveis e melhorando a precisão dos torpedos. Essa foi a abordagem de Hedy na tecnologia de espalhamento espectral.

Depois que Hedy apresentou sua invenção à Marinha e teve seu projeto recusado, apesar dos defeitos nos sistemas de torpedos usados por eles, Hedy presumiu que era a sentença de morte para seu sistema de comunicações secreto. É interessante notar, no entanto, que o Exército classificou a patente 2.292.387 como altamente confidencial e, nos anos 1950, contratou uma fabricante para usá-la na construção de uma sonoboia capaz de detectar submarinos na água, então transmitir essa informação a um avião em voo, usando a ideia de salto de frequência inobstruível concebida por Hedy. Mais tarde, o Exército e outras entidades privadas começaram a criar suas próprias invenções aproveitando essa interpretação de tecnologia de espalhamento espectral – sem qualquer recompensa a Hedy, uma vez que a patente tinha expirado; hoje, aspectos de sua ideia podem ser encontrados nos dispositivos sem fio que usamos todos os dias. O papel de Hedy nesses avanços ficou desconhecido até os anos 1990, quando ela recebeu alguns prêmios por sua invenção – reconhecimento que ela considerava muito mais importante que o sucesso de seus filmes.

Então, quando olhamos para nossos celulares – como praticamente todos fazemos incontáveis vezes por dia –, olhamos para uma invenção científica feita, em parte, por Hedy

Lamarr. É um lembrete tangível de sua vida, além dos filmes pelos quais ela é mais famosa. E quem sabe se o celular como o conhecemos hoje teria sido construído sem o trabalho dela?

No entanto, a mim parece que Hedy, sua história e sua criação podem ter uma importância simbólica ainda maior. O modo como sua contribuição a esse dispositivo que mudou o mundo foi praticamente perdida – ou ignorada – por décadas reflete a marginalização das contribuições das mulheres, problema que é tanto histórico como moderno. Se o trabalho de Hedy em tecnologia de espalhamento espectral foi propositadamente desconsiderado ou inconscientemente esquecido, parece que embutidas nesse lapso estavam concepções erradas sobre suas habilidades – sobre todas as mulheres, na verdade. Suposições errôneas sobre a capacidade das mulheres, derivando em parte dos papéis a que foram relegadas, levaram muitos a pensar de um jeito restrito sobre o modo como o passado foi moldado. A não ser que comecemos a ver as mulheres históricas através de uma lente mais ampla e inclusiva – e a reescrevê-las na narrativa –, continuaremos vendo o passado de modo mais restritivo do que provavelmente era, e arriscamos carregar essas perspectivas no presente.

Se a sociedade não tivesse visto Hedy simplesmente como uma criatura incrivelmente bela, mas como um ser humano com uma mente afiada, capaz de contribuições significativas, talvez tivesse descoberto que sua vida interior era mais interessante e fértil que a exterior. Sua invenção poderia ter sido aceita pela Marinha quando ela a ofereceu – e jamais saberemos o impacto que isso poderia ter tido na guerra. Se as pessoas estivessem, então, dispostas a olhar além da "única mulher na sala" e examiná-la a fundo, talvez tivessem visto uma mulher capaz de grandeza – e não só nas telas.

CONVERSA COM A AUTORA

Ao contrário de Senhora Einstein e Carnegie's Maid, *nos quais você escreve sobre mulheres históricas desconhecidas (ou fictícias) – a real Mileva Marić, a primeira esposa de Albert Einstein e também física; e a fictícia Clara Kelley, uma criada imigrante irlandesa que inspirou a filantropia de Andrew Carnegie –, em* A única mulher *você mergulha na vida de Hedy Lamarr, que foi uma estrela do cinema nos anos 1940 e 1950. O que a atraiu para uma figura histórica famosa quando seus dois últimos livros procuraram escavar mulheres do passado e reinseri-las na narrativa histórica?*

Em meus romances, tento trazer à luz mulheres notáveis cujas contribuições são relativamente desconhecidas e cuja vida privada teve significância tanto histórica como moderna. Nesse sentido, Hedy Lamarr não é como Mileva Marić nem Clara Kelley. Hedy teve uma vida incrível, por vezes inacreditável, que é pouco conhecida, e suas contribuições incomensuráveis à ciência eram anônimas até bem recentemente. Nossa crença de que a conhecemos porque seu nome é familiar, e porque ela apareceu em filmes, é falsa; conhecemos apenas as personagens que ela interpretou em filmes e a Hedy pública mostrada na mídia da época. A autêntica Hedy, que era motivada a ajudar o esforço de guerra e as vítimas do Terceiro Reich com suas invenções, jazia por baixo da máscara que ela mostrava para a sociedade, e eu queria explorar esse tema difuso e intrigante da alternância entre a vida exterior e interior das mulheres em *A única mulher*.

Como você chegou ao cerne de A única mulher?

Ao contrário de muitos de meus livros, nos quais identifico uma informação particular encontrada na pesquisa (ou, no caso de *Carnegie's Maid*, um conto familiar) que deu origem à história, a semente que germinou em *A única mulher* foi plantada por uma única menção feita por uma adorável amiga. Essa amiga, antropologista talentosa, coleta informações instigantes e mencionou Hedy e suas invenções anos atrás, durante um almoço entre amigos escritores. A dicotomia entre a imagem popular de Hedy Lamarr e a cientista secreta me impressionou e ficou comigo desde aquele almoço. Nesse meio-tempo, coletei dados sobre Hedy à medida que começaram a emergir artigos sobre seu trabalho científico surpreendente; por fim, uma história sobre essa importante mulher formou-se em minha cabeça.

Como com seus outros romances históricos, A única mulher emprega uma quantidade enorme de pesquisa. Seu processo de pesquisar a vida e o mundo de uma pessoa conhecida diferiu da metodologia que usou ao escrever so-

bre mulheres históricas menos famosas ou fictícias, como Mileva Marić e Clara Kelley?

De certo modo, a pesquisa que empreendi para os três romances foi bem similar. À medida que pesquisava a ambientação dos livros, eu mergulhava no mundo que as personagens habitavam – do macro das sociedades, como desenvolvimentos políticos, acontecimentos importantes, o *status* das mulheres e outros grupos étnicos, tendências artísticas e valores educacionais, ao micro de vidas diárias, como decoração da casa, roupas, adornos, dinâmicas relacionais típicas e comida. Esses processos, embora variassem para cada livro dependendo da região e da época, apresentaram semelhanças. Dito isso, quando mergulhei nas nuances da vida de Hedy, a pesquisa divergiu em alguns sentidos. Embora eu tenha sido inundada com informações sobre Hedy, a estrela de cinema, de fontes midiáticas, seus filmes e seus artigos (como condiz a uma personalidade da sua estatura) – e tive que analisar a abundância enganadora dessas informações às vezes contraditórias com muito cuidado para encontrar os detalhes mais autênticos –, deparei-me com uma escassez de detalhes quando se tratava de sua juventude na Áustria, seu primeiro casamento e sua fuga para Londres. Materiais sobre Hedy, atriz e celebridade, eram abundantes, mas não sobre a Hedy austríaca ou cientista; por isso, essa parte da pesquisa não foi muito diferente daquela que fiz a respeito de Mileva Marić ou Clara Kelley.

A única mulher é, claro, um trabalho de ficção histórica, embora tenha sido inspirado em eventos reais e pessoas que existiram. Houve alguma área em particular em que você precisou utilizar mais ficção que fato?

Como mencionei, informações sobre os anos iniciais de Hedy na Áustria e seu casamento com Fritz Mandl eram mais escassas que aquelas sobre seus anos como atriz de Hollywood. À medida que eu examinava os materiais limitados sobre essa época mais antiga, e essencial para construir minha história fictícia sobre Hedy Lamarr, precisei intuir ou imaginar respostas a certas questões-chave que eu tinha sobre eventos em particular, assim como motivações ou comportamentos. Por exemplo, quanto às interações de Hedy com Mussolini ou Hitler, ninguém sabe com certeza o que ocorreu, e há muitos boatos (alguns de natureza lasciva), mas fui capaz de fazer suposições com base no relacionamento profissional de longa data que Fritz Mandl tinha com Mussolini e sua aproximação com o Terceiro Reich sobre o tipo de conversas que ela teria ouvido e os documentos que talvez tenha visto. Quanto à herança judaica de Hedy, a observância religiosa de sua família ou o impacto disso, não sabemos de fato, porque Hedy nunca falou publicamente sobre o assunto nem sobre que efeito esses fatores tiveram em seu desejo de criar invenções para ajudar o esforço de guerra dos Aliados. Só deduzi que, à medida que descobriu sobre os planos dos nazistas para os judeus europeus e o tratamento que lhes era reservado, a culpa de sobrevivente e um desejo por justiça teriam crescido nela, impulsionando sua invenção de uma tecnologia de espalhamento espectral, pelo menos em parte. Outra área em que tive que me apoiar em inferências criativas em vez de pesquisa foi em relação à adoção de Jamesie, como ela gostava de chamar o filho. Uma aura de mistério cerca essa adoção há muito tempo, ainda mais pelo momento em que ocorreu, tão cedo em sua vida e durante um período complicado de seu segundo casamento.

Várias teorias foram apresentadas (incluindo a noção muito questionada de que Jamesie era de fato filho de Hedy), mas, quando descobri sobre o trabalho incrível feito por Cecilia Razovsky, presidente do Comitê Consultivo à Secretária do Trabalho, Frances Perkins, secretária do Trabalho nos Estados Unidos, e Kate Rosenheim, chefe do Departamento de Emigração de Crianças na Alemanha nazista, para secretamente tirar crianças em risco de áreas controladas pelos nazistas e enviá-las para os Estados Unidos, quis destacar seu trabalho oferecendo-o como possível explicação para a origem de Jamesie. Para um mergulho mais profundo na vida de Hedy Lamarr, recomendo fortemente os seguintes livros: *Hedy Lamarr: The Most Beautiful Woman in Film (Screen Classics)*, de Ruth Barton; *Hedy's Folly: The Life and Breakthrough Inventions of Hedy Lamarr, the Most Beautiful Woman in the World*, de Richard Rhodes; e *Beautiful: The Life of Hedy Lamarr*, de Stephen Michael Shearer.

Como você descreveria o legado de Hedy Lamarr?

O legado científico de Hedy vive entre nós de formas que ela jamais poderia ter imaginado – como ninguém poderia em 1942, quando ela e George Antheil receberam a patente. Criando parte da base para os atuais celulares, suas ideias estão entrelaçadas na textura tecnológica da vida de quase todos, bem como no tecido da sociedade moderna. No entanto, os eventos que levaram à invenção de Hedy e a maneira como o Exército rejeitou seu uso na Segunda Guerra Mundial – explorando, em vez disso, sua beleza deslumbrante para arrecadar dinheiro para a guerra – deixam outro legado, particularmente quando o Exército e seus fabricantes utilizaram o trabalho dela mais tarde, sem creditar sua influência por décadas. Isso é um testemunho importante da marginalização das contribuições de mulheres históricas, tanto em sua época como posteriormente.

AGRADECIMENTOS

A oportunidade de dividir o incrível legado de Hedy Lamarr, ao mesmo tempo histórico e moderno, só é possível graças ao apoio, encorajamento e empenho de muitas, muitas pessoas. Eu devo começar, como sempre, agradecendo a minha extraordinária agente Laura Dail, de quem os sábios conselhos são uma fonte constante de inspiração e orientação. O maravilhoso time da Sourcebooks merece minha infinita admiração. Sem o suporte da minha brilhante editora Shana Drehs, a fenomenal Dominique Raccah, juntamente com os fantásticos Valerie Pierce, Heidi Weiland, Heather Moore, Liz Kelsch, Kaitlyn Kennedy, Heather Hall, Stephanie Graham, Margaret Coffee, Beth Oleniczak, Tiffany Schultz, Adrienne Krogh, Will Riley, Danielle McNaughton, Katherine McGovern, Lizzie Lewandowski e Travis Hasenour, essa história nunca poderia tornar-se conhecida. E sou extremamente grata aos incríveis vendedores, livrarias e leitores que têm apoiado a mim e ao meu trabalho.

Do mesmo modo, família e amigos têm sido parte integrante do processo de criação deste livro, especialmente minha equipe de Sewickley, Ilana Raia, Kelly Close e Ponny Conomos Jahn, e, sem o amor dos meus meninos, Jim, Jack e Ben, nada disso seria possível. Eu devo isso tudo a eles.